Gilbert Keith Chesterton
Pater Brown und das Paradies der Diebe

Inhalt

Der geheime Garten

Aristide Valentin, Chef der Pariser Polizei, hatte sich zu seinem Diner etwas verspätet und einige seiner Gäste begannen vor ihm einzutreffen. Sie wurden jedoch von seinem getreuen Diener Iwan beruhigt, dem Alten mit der Narbe und einem Gesicht, das beinahe ebenso grau war wie sein Schnurrbart, und der immer an seinem Tisch in der Vorhalle saß, einer mit Waffen behängten Vorhalle. Valentins Haus war vielleicht ebenso eigenartig und berühmt wie dessen Besitzer. Es war ein altes Haus mit hohen Mauern und mächtigen Pappeln, welche beinahe die Seine überhingen; aber das Seltsame seiner Bauart – und vielleicht sein Polizeiwert – bestand darin, dass es gar keinen anderen Ausgang ins Freie gab als den durch die Eingangstür, die von Iwan und der Waffensammlung bewacht wurde. Der Garten war groß und gut gepflegt und es gab verschiedene Ausgänge aus dem Haus in den Garten; aber es gab keinen Ausgang aus dem Garten in die Außenwelt. Ringsherum lief eine hohe, glatte, unersteigbare Mauer mit eigentümlichen Stacheln auf dem Rücken, wohl kein übler Garten für einen solchen Mann, wenn man bedenkt, dass einige Hundert Verbrecher geschworen hatten, ihn aus der Welt zu schaffen.

Wie Iwan den Gästen erklärte, hatte ihr Gastgeber angerufen, er sei noch auf zehn Minuten zurückgehalten. In Wirklichkeit war er dabei, noch einige letzte Anordnungen für Hinrichtungen und ähnliche garstige Dinge zu treffen, und obwohl ihm diese Pflichten von Grund aus zuwider waren, vollzog er sie doch stets mit aller Pünktlichkeit. Unbarmherzig in der Verfolgung von Verbrechern, war er sehr nachsichtig bezüglich ihrer Bestrafung. Seit er an der Spitze des französischen und im Allgemeinen auch europäischen Polizeiwesens stand, verwandte er seinen großen Einfluss ehrlich zugunsten einer Milderung der Verurteilungen und einer Säuberung der Gefängnisse. Er war einer jener menschenfreundlichen Freidenker, welche das einzige Schlimme an sich haben, dass sie das Erbarmen sogar noch kälter als die Gerechtigkeit machen.

Als Valentin eintraf, steckte er bereits in schwarzer Kleidung mit der roten Rosette – eine elegante Gestalt mit dunklem, jedoch bereits ergrauendem Bart. Er begab sich geradewegs durch sein Haus in sein Studierzimmer, das sich zum angrenzenden Garten hin öffnete. Die Gartentüre war offen, und nachdem er seine Handtasche an ihren dafür bestimmten Platz versperrt hatte, stand er ein paar Sekunden am offenen Fenster und blickte in den Garten hinaus.

Die scharfe Mondsichel kämpfte mit den fliegenden Fetzen eines Sturmes und Valentin betrachtete ihn mit einer für eine wissenschaftliche Natur, wie es die seinige war, ungewöhnlichen Nachdenklichkeit. Vielleicht besitzen solche wissenschaftliche Naturen irgendeinen übersinnlichen Weitblick auf die schrecklichsten Probleme ihres Lebens. Wenigstens beeilte er sich, eine solche Stimmung von sich abzuschütteln, denn er wusste, er war spät dran und seine Gäste hatten schon begonnen einzutreffen. Ein Blick in den Salon genügte ihm bei seinem Eintreten, um sich zu vergewissern, dass sein wichtigster Gast jedenfalls noch fehlte. Er sah all die anderen Stützen der kleinen Gesellschaft: Er sah Lord Galloway, den englischen Gesandten, einen cholerischen alten Herrn mit einem rotbraunen Gesicht wie ein Apfel und dem blauen Bändchen des Hosenbandordens. Er sah Lady Galloway, schmächtig und dünn wie ein Faden, mit silbernem Haar und einem empfindsamen und überlegenen Gesicht. Er sah deren Tochter, Lady Margaret Graham, ein blasses und hübsches Mädchen mit einem Elfengesicht und kupferfarbenem Haar. Er sah die Herzogin von Mont St. Michel, schwarzäugig und üppig, und mit ihr ihre zwei Töchter, ebenfalls schwarzäugig und üppig. Er sah Dr. Simon, den typischen französischen Gelehrten mit Brille, braunem Spitzbart und einer von jenen parallelen Runzeln durchfurchten Stirne, welche die Strafe des Hochmutes sind, da sie durch fortwährendes Hochziehen der Brauen entstehen. Er sah Pater Brown aus Cobhole in Essex, den er vor Kurzem in England kennengelernt hatte. Er sah – vielleicht mit mehr Interesse als irgendjemand von all diesen – einen großen Mann in Uniform, der sich zu den Galloways herabbeugte, ohne jedoch ein besonders herzliches Entgegenkommen zu finden, und nun herantrat, dem Gastgeber seine Aufwartung zu machen. Das war Hauptmann O'Brien von der französischen Fremdenlegion. Er war eine geschmeidige und doch etwas großtuerische Gestalt, glatt rasiert, dunkelhaarig, blauäugig und strahlte, wie es bei einem Offizier jenes berühmten Regimentes siegreicher Misserfolge und erfolgreicher Selbstmorde natürlich schien, gleichzeitig eine Art von Ungestüm und Schwermut aus. Er war von Geburt Irländer und hatte in jungen Jahren die Galloways gekannt – besonders Margaret Graham. Von Gläubigern bedrängt, hatte er seine Heimat verlassen und brachte jetzt seine vollständige Verachtung für britische Etikette dadurch zum Ausdruck, dass er in Uniform und mit Säbel und Sporen umherschlenderte. Als er sich zur Familie des Gesandten herniederbeugte, verneigten sich Lord und Lady Galloway steif und Lady Margaret blickte zur Seite.

Doch aus welchen alten Gründen auch immer solche Leute aneinander interessiert sein mochten, ihr ausgezeichneter Gastgeber hatte kein besonderes Interesse an ihnen. Keiner von ihnen war wenigstens in seinen Augen der Gast des Abends. Valentin erwartete aus besonderen Gründen einen Mann von weltumfassendem Ruf, dessen Freundschaft er sich auf einigen seiner großen Detektivreisen in den Vereinigten Staaten erworben hatte. Er erwartete Julius A. Brayne, jenen Multimillionär, dessen riesige und selbst erdrückende Schenkungen zugunsten kleiner Religionsgemeinschaften den amerikanischen Blättern Anlass zu manchem leichten Scherz und zu manchem leichten Ernst gaben. Niemand konnte genau angeben, ob Mr Brayne Atheist war oder Mormone oder Gesundbeter; aber er war stets bereit, Geld in jedes geistige Gefäß zu schütten, solange dieses keins war, das sich überlebt hatte. Eines seiner Steckenpferde bestand darin, auf den amerikanischen Shakespeare zu warten – ein Steckenpferd, das mehr Geduld erforderte als Angeln. Er bewunderte Walt Whitman, hielt aber Lukas P. Tanner aus Paris, Pa., für „fortschrittlicher" als Whitman. Er hatte eine Vorliebe für alles, was er für fortschrittlich hielt. Auch Valentin hielt er für fortschrittlich, tat ihm damit aber ein großes Unrecht an.

Das Erscheinen Julius K. Braynes im Zimmer wirkte so entscheidend wie die Tischglocke. Er besaß jene große Eigenschaft, derer sehr wenige von uns sich rühmen können, nämlich dass seine Gegenwart so fühlbar wirkte wie seine Abwesenheit. Er war von mächtiger Gestalt, ebenso breit wie hoch und steckte in tadelloser Abendtoilette, ohne ihr auch nur durch so viel wie eine Uhrkette oder einen Ring nachzuhelfen. Sein Haar war weiß und wie bei einem Deutschen glatt nach hinten gekämmt, das Gesicht rot, leidenschaftlich und unschuldig, mit einem dunklen Knebelbart an der Unterlippe, was diesem sonst kindlichen Gesicht etwas Theatralisches, ja nahezu Mephistophelisches verlieh. Der Salon beschränkte sich jedoch nicht lange darauf, den berühmten Amerikaner anzustarren. Sein verspätetes Kommen war schon ein häusliches Problem geworden und mit aller Beschleunigung wurde er mit Lady Galloway am Arm in das Speisezimmer geschickt. Einen Punkt ausgenommen, waren die Galloways recht heiter und unbefangen. Solange Lady Margaret nicht den Arm jenes Abenteurers O'Brien nahm, war ihr Vater ganz zufrieden, und sie hatte es nicht getan, sie war, wie es sich geziemte, mit Dr. Simon eingetreten. Nichtsdestoweniger war der alte Lord Galloway unruhig und beinahe grob. Während des Diners benahm er sich noch halbwegs wie ein Diplomat, als aber bei den Zigarren drei von den jüngeren Herren – Simon, der Doktor, Brown, der Priester, und der störende O'Brien, der Verbannte in fremder Uniform – sich verzogen, um sich unter die Damen zu mischen oder im Gewächshause zu rauchen, wurde der englische Diplomat in der Tat sehr undiplomatisch. Jede Minute stachelte ihn der Gedanke auf, der Taugenichts von einem O'Brien könnte irgendwie Lady Margaret Zeichen machen; auf welche Weise, bemühte er sich erst gar nicht, sich vorzustellen. Er war mit Brayne, dem weißhaarigen Yankee, der an alle Religionen glaubte, und Valentin, dem ergrauenden Franzosen, der an gar keine glaubte, seinem Kaffee überlassen. Miteinander streiten, das konnten sie, aber keiner von ihnen war imstande, ihn ins Gespräch zu ziehen. Nach einiger Zeit hatte die fortschreitende Wortklauberei den Gipfelpunkt der Langweile erreicht und Lord Galloway erhob sich und suchte den Salon auf. Sechs bis acht Minuten verlor er in den langen Gängen seinen Weg, bis er die hohe, dozierende Stimme des Doktors und dann die langsame des Priesters gefolgt von allgemeinem Gelächter hörte. Aber im Augenblick, als er die Salontür öffnete, sah er nur eines – er sah, was nicht dort war. Er sah, dass Hauptmann O'Brien fehlte und dass auch Lady Margaret nicht da war.

Ungeduldig, wie er das Speisezimmer verlassen hatte, verließ er den Rauchsalon und stampfte nochmals den Gang entlang. Sein Bestreben, seine Tochter vor dem irisch-algerischen Tunichtgut zu beschützen, war etwas wie der Mittelpunkt seiner Gedanken, eine nahezu fixe, verrückte Idee geworden. Als er der Rückseite des Hauses zuschritt, wo Valentins Arbeitszimmer lag, war er überrascht, seine Tochter zu treffen, die mit blassem, achtlosem Gesicht vorüberschoss, was ein zweites Rätsel darstellte. Wenn sie mit O'Brien zusammengewesen war, wo war O'Brien? Wenn sie mit O'Brien nicht zusammengewesen war, wo war sie gewesen? Mit einem dem Alter eigenen leidenschaftlichen Verdacht strebte er vorwärts dem hinteren, dunklen Teile des Hauses zu und traf zufällig auf eine Dienstbotentür, welche auf den Garten hinausführte. Der Mond hatte jetzt mit seiner Sichel die ganzen Reste des Sturms zerrissen und vor sich hergewälzt. Sein Silberlicht erhellte alle vier Winkel des Gartens. Eine hohe Gestalt in Blau schritt über den Rasen auf die Tür des Arbeitszimmers zu und ein Schimmer des Mondlichts auf ihrem Umriss gab sie als den Hauptmann O'Brien zu erkennen.

Er verschwand durch die Glastür in das Haus und ließ Lord Galloway in einem unbeschreiblichen Gemütszustand, giftig und zugleich unentschlossen, zurück. Der Garten, der in seinem Blau und Silber wie die Bühne eines Theaters erschien, schien ihn zu verhöhnen mit all jener aufdringlichen Zartheit, gegen die seine weltliche Überlegenheit vergebens anzukämpfen suchte. Die Länge und Eleganz der Schritte des Irländers versetzten ihn auch in Zorn, als wäre er nicht der Vater, sondern der Nebenbuhler, und das Mondlicht machte ihn vollends rasend. Wie in einer Märchenlandschaft von Watteau fühlte er sich von dem Zauber eines Troubadourgartens gefangen, und entschlossen, sich solch verliebten Verrücktheiten durch Unterhaltung zu entziehen, lief er hinter seinem Feinde drein. Er strauchelte dabei über eine Wurzel oder einen Stein im Gras. Er blickte zu Boden, zuerst ärgerlich, dann ein zweites Mal neugierig. Im nächsten Augenblick sahen der Mond und die hohen Pappeln auf etwas ganz Außergewöhnliches hernieder – auf einen ältlichen englischen Diplomaten, der davonsprang und dabei schrie oder brüllte.

Seine heiseren Schreie riefen ein bleiches Gesicht in die Tür des Studierzimmers, die blitzende Brille und die hochgezogenen Brauen Dr. Simons, der des Edelmannes erste klare Worte vernahm. Lord Galloway schrie:

„Eine Leiche im Grase, eine blutige Leiche!"

An O'Brien dachte er gar nicht mehr.

„Wir müssen sofort Valentin davon verständigen", meinte der Doktor, als der andere in abgerissenen Worten alles beschrieb, was er zu erkennen gewagt hatte. „Ein Glück, dass er hier ist!" Und eben als er sprach, trat der große Detektiv ins Studierzimmer, herbeigerufen durch den Schrei. Es war beinahe amüsant, seine typische Veränderung zu beobachten. Er war eingetreten mit der gewöhnlichen Unruhe des Gastgebers und Gentlemans, welcher fürchtet, dass einer seiner Gäste oder Dienstboten erkrankt ist. Als er jedoch die blutige Tatsache erfuhr, wurde er bei all seinem feierlichen Ernste plötzlich munter und geschäftsmäßig, denn, so unerwartet und grässlich es sein mochte, es war sein Beruf.

„Seltsam, meine Herren", sagte er, als sie in den Garten hinauseilten, „dass ich Geheimnisse um die Erde herum verfolgt haben sollte und nun kommt eines und nistet sich in meinem eigenen Garten ein. Wo ist der Ort?"

Sie überquerten den Rasen mit etwas weniger Zuversicht, da ein leichter Dunst vom Fluss sich zu erheben begonnen hatte, doch unter der Führung des verstörten Galloway fanden sie den in das tiefe Gras gesunkenen Körper, den Körper eines sehr großen und breitschultrigen Mannes. Er lag mit dem Gesicht nach unten, sodass man nur erkannte, dass seine starken Schultern von schwarzem Tuch bekleidet waren und sein mächtiger Kopf außer einigen braunen Haarbüscheln, die wie nasses Seegras an dem Schädel klebten, kahl war. Eine Scharlachschlange von Blut kroch unter seinem Gesicht hervor.

„Wenigstens", meinte Simon mit einem tiefen und eigentümlichen Ausdruck, „ist es niemand aus unserer Gesellschaft!"

„Untersuchen Sie ihn, Doktor", rief Valentin ziemlich hastig, „er könnte noch nicht ganz tot sein."

Der Doktor bückte sich nieder.

„Er ist nicht ganz kalt, aber ich fürchte, er ist tot genug", ent-
schied er. „Helfen Sie mir einmal, ihn aufzurichten."
Sorgfältig hoben sie ihn ein Stück vom Boden empor, und alle
Zweifel, ob er wirklich tot sei, waren sofort aufs Grässlichste
beseitigt, denn – das Haupt fiel herab. Es war gänzlich vom
Körper getrennt worden. Wer immer ihm den Hals durch-
geschnitten haben mochte, der hatte ihm auch den Nacken
durchtrennt. Selbst Valentin erschrak ein wenig.
„Er muss stark gewesen sein wie ein Gorilla", murmelte er.
Obwohl an anatomische Operationen gewöhnt, hob Dr.
Simon den Kopf nicht ohne einiges Beben auf. Er war am
Nacken und der Kinnlade leicht zerfranst, das Gesicht aber
zeigte keinerlei Verletzung. Es war ein plumpes, gelbes Gesicht, gleichzeitig eingefallen und doch aufgedunsen, mit einer Adlernase und schweren Augenlidern – das Gesicht eines
lasterhaften römischen Kaisers mit vielleicht einer leichten
Annäherung an einen chinesischen Kaiser. Alle Anwesenden
schienen es mit dem kältesten Auge des Fremden anzusehen.
Nichts anderes ließ sich beim Aufheben des Körpers über den
Mann feststellen, außer dem weißen Schimmer eines Vor-
hemdes, befleckt von einem roten Schimmer von Blut. Es war,
wie Dr. Simon sagte, der Mann hatte nicht zu ihrer Gesellschaft gehört. Er konnte aber ganz gut versucht haben, sich
zu ihr zu gesellen, denn er war für eine solche Gelegenheit in
entsprechender Weise gekleidet.
Valentin ließ sich auf seine Hände und Knie nieder und
untersuchte auf etwa zwanzig Meter im Umkreis mit seiner
peinlichsten beruflichen Sorgfalt den Boden, wobei er etwas
weniger sorgfältig von dem Doktor und ganz oberflächlich
von dem englischen Lord unterstützt wurde. Nichts belohnte

ihr Herumkriechen, als einige ganz kurze Stücke abgezwickter oder abgehackter Zweige, die Valentin für einen Augenblick prüfend aufhob und dann beiseitewarf.

„Zweige", sagte er ernst, „Zweige und ein ganz Fremder mit abgeschnittenem Kopfe, das ist alles, was auf der Wiese zu finden ist."

Eine beinahe schaudernde Stille entstand, und dann stieß der fassungslose Galloway scharf hervor:

„Wer ist dort? Wer ist dort drüben an der Gartenmauer?"

Eine kleine Gestalt mit einem lächerlich großen Kopfe näherte sich ihnen unschlüssig im Mondscheindunst; einen Augenblick sah sie wie ein Kobold aus, doch entpuppte sie sich schließlich als der harmlose, kleine Priester, den sie im Salon zurückgelassen hatten.

„Übrigens", bemerkte er bescheiden, „Sie wissen, es gibt keine Tore zu diesem Garten."

Valentins schwarze Augenbrauen zogen sich etwas ärgerlich zusammen, wie sie es angesichts der Soutane grundsätzlich taten. Doch er war zu gerecht, um die Bedeutung der Bemerkung abzuleugnen.

„Sie haben recht", erwiderte er, „ehe wir herausfinden, wie er getötet wurde, müssten wir herausfinden, wie er dazu kam, hier zu sein. Nun hören Sie mich an, meine Herren! Wenn es sich ohne Beeinträchtigung meiner Stellung und Pflichten machen lässt, werden wohl alle einverstanden sein, dass gewisse bedeutende Namen besser aus der Geschichte ausgeschaltet bleiben. Es sind Damen hier, meine Herren, und ein fremder Gesandter. Wenn wir es als ein Verbrechen ansehen, muss es auch als ein Verbrechen verfolgt werden. Bis dahin aber kann ich von meiner eigenen Verschwiegenheit

Gebrauch machen. Ich bin das Haupt der Polizei: Ich bin so öffentlich, dass ich mir gestatten kann, privat zu sein. Wenn es dem Himmel gefällt, werde ich jeden meiner Gäste entlasten, ehe ich meine Leute hereinrufe, um nach irgendjemand anderem zu suchen. Meine Herren, auf Ihr Ehrenwort, niemand von Ihnen wird das Haus bis morgen mittags verlassen: Es sind Schlafzimmer für jedermann bereit. Simon, ich glaube, Sie wissen, wo mein Diener Iwan in der Vorhalle zu finden ist; er ist ein vertrauenswürdiger Mann. Sagen Sie ihm, er solle einen anderen Diener als Wache lassen und sofort zu mir kommen. Lord Galloway, Sie sind sicherlich die geeignetste Person, den Damen mitzuteilen, was geschehen ist, und eine Panik zu verhindern. Auch Sie müssen bleiben. Pater Brown und ich werden bei der Leiche bleiben."

Wenn dieser Geist des Befehlshabers aus Valentin sprach, gehorchte man ihm wie einem Signalhorn. Dr. Simon ging in den Waffensaal und störte Iwan auf, des amtlichen Detektivs Privatdetektiv. Galloway begab sich in den Salon und erzählte äußerst taktvoll die schreckliche Neuigkeit, sodass zu dem Zeitpunkt, als sich die Gesellschaft dort zusammenfand, die Damen schon bestürzt und wieder beschwichtigt waren. Inzwischen standen der gute Priester und der gute Atheist bewegungslos zu Haupt und Füßen des toten Mannes im Mondlicht gleich symbolischen Statuen ihrer eigenen beiden Philosophien des Todes.

Iwan, der Vertraute mit der Narbe und dem Schnurrbart, kam aus dem Haus geschossen wie eine Kanonenkugel und lief über den Rasen auf Valentin zu wie ein Hund auf seinen Herrn. Sein fahles Gesicht hatte sich ganz belebt von der Glut dieser häuslichen Detektivgeschichte und mit beinahe unangenehmer Gier fragte er seinen Herrn um Erlaubnis, die Überreste untersuchen zu dürfen.

„Ja, sieh nach, Iwan, wenn du willst", erlaubte Valentin. „Aber mach nicht zu lange, wir müssen hineingehen und dies drinnen alles diskutieren."

Iwan griff nach dem Kopf – und ließ ihn dann fast wieder fallen.

„Wie?", keuchte er. „Es ist – nein, nicht –, kann nicht sein. Kennen Sie diesen Mann, Sir?"

„Nein", erwiderte Valentin gleichgültig, „wir werden besser hineingehen."

Sie trugen den Körper gemeinsam auf ein Sofa im Studierzimmer und versammelten sich dann alle im Salon.

Der Detektiv ließ sich ruhig und ohne Zögern an einem Schreibtisch nieder, aber sein Blick war der stählerne Blick eines Richters beim Urteilsspruch. Er machte rasch ein paar Notizen auf ein Stück Papier und fragte dann kurz: „Ist alles hier?"

„Mr Brayne fehlt", bemerkte die Herzogin von Mont St. Michel umherblickend.

„Nein", fügte Lord Galloway mit heiserer, grimmiger Stimme hinzu. „Und auch Mr Neil O'Brien nicht, kommt mir vor. Ich sah diesen Herrn im Garten herumlaufen, als die Leiche noch warm war."

„Iwan", befahl der Detektiv, „geh und hole Hauptmann O'Brien und Mr Brayne. Mr Brayne raucht, wie ich weiß, im Speisezimmer eine Zigarre zu Ende. Hauptmann O'Brien geht, glaube ich, im Wintergarten auf und nieder. Ich bin nicht ganz sicher."

Der getreue Diener verschwand blitzartig aus dem Zimmer,

und ehe noch jemand sich rühren oder sprechen konnte, fuhr Valentin mit der gleichen soldatischen Kürze in seiner Auseinandersetzung fort:

„Jedermann hier weiß, dass ein toter Mann im Garten gefunden wurde, dessen Kopf glatt vom Rumpf abgeschnitten ist. Dr. Simon, Sie haben ihn untersucht. Glauben Sie, dass es, um jemand den Hals in dieser Weise durchzuschneiden, großer Kraft bedürfen würde? Oder vielleicht nur eines sehr scharfen Messers?"

„Ich möchte behaupten, dass es mittels eines Messers überhaupt nicht getan werden könnte", bemerkte der bleiche Doktor.

„Haben Sie irgendeine Idee", fuhr Valentin fort, „mit was für einem Werkzeug es getan werden könnte?"

„Um mit zeitgemäßer Wahrscheinlichkeit sprechen zu können, ich habe wirklich keine", erwiderte der Doktor, indem er wie im Schmerz seine Brauen hochzog. „Es ist nicht leicht, selbst plump einen Nacken durchzuschlagen, und dieser war glatt abgeschnitten. Man konnte das mit einer Streitaxt oder einem alten Scharfrichterbeil tun oder auch mit einem Zweihänder."

„Aber beim Himmel noch mal!", rief die Herzogin beinahe in einem hysterischen Anfalle aus. „Hier gibt es doch keine Streitäxte und Zweihänder?"

Valentin war noch mit dem Papiere vor sich beschäftigt.

„Sagen Sie mir", fragte er rasch weiterschreibend, „hätte man es mit einem langen französischen Kavalleriesäbel tun können?" Ein leises Klopfen kam von der Türe, das aus irgendwelchem unbekannten Grunde jedermanns Blut erstarren machte wie das Klopfen in „Macbeth". Inmitten dieses eisigen Schweigens vermochte Dr. Simon zu sagen:

„Einen Säbel – ja. Ich glaube, das ginge."

„Danke Ihnen", bemerkte Valentin. „Herein, Iwan!"

Der getreue Iwan öffnete die Tür und ließ Hauptmann O'Brien eintreten, den er endlich, von Neuem den Garten durchmessend, gefunden hatte.

Der irische Offizier stand unentschlossen und herausfordernd auf der Schwelle.

„Was wollen Sie von mir?", fragte er.

„Bitte, setzen Sie sich", lud Valentin in glattem Tone ein. „Wie, Sie tragen Ihren Säbel nicht? Wo ist er?"

„Ich ließ ihn auf dem Tisch in der Bibliothek", erwiderte O'Brien, bei seiner aufgeregten Stimmung in seinen irischen Dialekt verfallend. „Er war mir lästig, er war so …"

„Iwan", befahl Valentin, „bitte, geh und hole des Hauptmanns Schwert aus der Bibliothek," und dann, während der Diener verschwand: „Lord Galloway sagt, er sah Sie den Garten verlassen, gerade bevor er die Leiche fand, was machten Sie im Garten?"

Der Hauptmann warf sich unbekümmert in einen Stuhl.

„O, mein Junge", rief er in reinem Irisch, „den Mond bewundern, mich mit der Natur unterhalten."

Ein dumpfes Schweigen trat ein und verweilte, und endlich kam von Neuem jenes schwache und schreckliche Klopfen. Iwan erschien wieder und trug eine leere Säbelscheide.

„Das ist alles, was ich finden kann", bemerkte er.

„Leg es auf den Tisch", befahl Valentin, ohne aufzublicken.

Ein Schweigen erfüllte den Raum gleich jenem Meere unendlichen Schweigens rings um die Anklagebank des verurteilten Mörders. Die schwachen Ausrufe der Herzogin waren längst verklungen und Lord Galloways geschwollener Hass war befriedigt und sogar ernüchtert. Die Stimme, die sich erhob, kam somit ganz unerwartet.

„Ich glaube, ich kann Ihnen sagen", fiel Lady Margaret mit jener klaren, zitternden Stimme ein, mit der eine mutige Frau öffentlich spricht, „ich kann Ihnen sagen, was Mr O'Brien im Garten machte, nachdem er selbst zum Schweigen gezwungen ist. Er machte mir einen Heiratsantrag. Ich lehnte ab; ich sagte ihm, unter meinen familiären Verhältnissen könne ich ihm nichts als Achtung entgegenbringen. Er war darüber ein wenig ärgerlich; er schien nicht viel auf meine Achtung zu geben. Ich frage mich", fügte sie mit kaum merklichem Lächeln hinzu, „ob ihm jetzt überhaupt noch etwas daran liegt. Denn ich biete sie ihm jetzt an. Ich will überall beschwören, dass er nie etwas Derartiges begangen hat."

Lord Galloway war zu seiner Tochter hinübergesteuert und suchte sie mit etwas, was er für Flüstern halten mochte, einzuschüchtern.

„Halte deinen Mund, Maggie", sagte er, „weshalb solltest du den Burschen decken? Wo ist sein Säbel? Wo ist sein verdammter Kavallerie…"

Er hielt inne, zurückgehalten durch den sonderbaren Blick, mit dem seine Tochter ihn betrachtete, einen Blick, der in der Tat eine geisterhafte Anziehungskraft für die ganze Gruppe besaß.

„Du alter Tor!", sagte sie mit leiser Stimme, ohne sich um irgendwelche Rücksichtnahme zu bekümmern. „Was glaubst du denn, beweisen zu können? Ich sagte dir, dieser Mann war unschuldig, solange er bei mir war. Aber wenn er nicht unschuldig war, so war er doch bei mir. Wenn er einen Mann im Garten ermordete, wer war es, der es gesehen haben musste?

Wer musste zumindest davon gewusst haben? Ist dein Hass gegen Neil so groß, dass du deine eigene Tochter …?"

Lady Galloway kreischte auf. Jedermann saß in Gruseln bei dem Gedanken an jene teuflischen Tragödien, die einst zwischen Liebenden sich abgespielt haben. Sie sahen das stolze, weiße Gesicht der schottischen Aristokratin und ihres Verehrers, des irischen Abenteurers, gleich alten Ahnenbildern in einem düsteren Haus. Das lange Schweigen war voll von formlosen, geschichtlichen Erinnerungen an ermordete Ehemänner und vergiftete Buhlerinnen.

Inmitten dieser trübsinnigen Stille fragte eine unschuldige Stimme:

„War es eine sehr lange Zigarre?"

Der Gedankensprung war ein so scharfer, dass sich alles nach dem Sprecher umzublicken gezwungen sah.

„Ich meine", sagte der kleine Pater Brown aus der Zimmerecke, „ich meine jene Zigarre, welche Brayne beendet. Sie scheint beinahe so lang wie ein Spazierstock."

Trotz der Belanglosigkeit der Frage sprachen Zustimmung sowohl als Verwirrung aus Valentins Gesicht, als er den Kopf erhob.

„Ganz richtig", bemerkte er schroff. „Iwan, geh und sieh nochmals nach Mr Brayne und bring ihn sofort hierher."

In dem Augenblick, als die Bedienstete die Tür geschlossen hatte, wandte sich Valentin mit einem ganz neuen Ernst an die junge Dame.

„Lady Margaret", sagte er, „ich bin sicher, wir alle fühlen Dankbarkeit sowohl wie Bewunderung für Ihre Tat, dass Sie ohne Rücksicht auf sich selbst des Hauptmanns Gebaren aufklärten. Aber noch bleibt eine Tücke. Lord Galloway traf Sie, wenn ich mich entsinne, als Sie aus dem Studierzimmer nach dem Salon unterwegs waren, und es lagen nur wenige Minuten dazwischen, als er den Garten betrat und den Hauptmann noch herumwandernd fand."

„Sie dürfen nicht vergessen", antwortete Margaret mit leiser Ironie in ihrer Stimme, „dass ich ihn eben abgewiesen hatte; da wären wir wohl kaum Arm in Arm zurückgekehrt. Immerhin, er ist ein Ehrenmann, und so wartete er mein Eintreten ab – und wurde des Mordes beschuldigt."

„In jenen wenigen Augenblicken könnte er wirklich …", bemerkte Valentin ernst.

Das Klopfen kam von Neuem und Iwan steckte sein narbiges Gesicht herein.

„Bitte um Verzeihung", meldete er, „aber Mr Brayne hat das Haus verlassen."

„Verlassen!", schrie Valentin und sprang zum ersten Male auf die Füße.

„Fort! Ausgerissen! Verduftet!", antwortete Iwan in humorvollem Französisch. „Auch sein Hut und Rock sind fort und ich will Ihnen etwas sagen, was alles übertrumpft. Ich lief zum Hause hinaus, um Spuren von ihm zu finden, und fand auch eine, eine große noch dazu!"

„Was meinen Sie?", fragte Valentin.

„Ich werde Ihnen sogleich zeigen", sagte sein Diener und erschien wieder mit einem blinkenden, blanken, an der Spitze und auf dem Rücken mit Blut befleckten Kavalleriesäbel. Alle Anwesenden starrten ihn an, als wäre es ein Donnerkeil, aber der erfahrene Iwan fuhr ganz ruhig fort:

„Ich fand dies", sagte er, „fünfzig Meter weit von hier auf der Pariser Straße, in die Büsche geworfen. Mit anderen Worten,

ich fand es genau dort, wo Ihr ehrenwerter Mr Brayne es hin-
warf, als er weggelaufen ist."

Neuerdings herrschte ein Schweigen, doch von ganz anderer
Art. Valentin ergriff den Säbel, untersuchte ihn, überlegte mit
ungerührter Konzentration und wandte sich dann mit dem
Ausdruck des Respektes O'Brien zu.

„Hauptmann", sagte er, „wir sind sicher, Sie werden uns diese
Waffe jederzeit überlassen, wenn sie zu polizeilicher Prüfung
benötigt werden sollte. Inzwischen", fügte er hinzu, indem er
den Stahl in die klirrende Scheide stieß, „lassen Sie mich Ihnen Ihr Schwert zurückgeben."

Angesichts des militärischen Symbolismus dieser Handlung
konnten sich die Zuschauer kaum des Beifalles enthalten.

Für Neil O'Brien war dieses Ereignis in der Tat der Wende-
punkt seines Daseins. Zu der Zeit, als er erneut in dem geheimnisvollen, in die Farben des Morgens getauchten Garten um-
herwanderte, war die tragische Nutzlosigkeit seines gewohnten
Benehmens von ihm gefallen: Er war ein Mann, der viele
Gründe hatte, glücklich zu sein. Lord Galloway erwies sich als
Ehrenmann und hatte sich entschuldigt. Lady Margaret gab
sich als mehr denn nur als Dame, zumindest als Frau, und
mochte ihm wohl Besseres als eine Entschuldigung geboten
haben, als sie vor dem Frühstück zwischen den alten Blumenbeeten einherwandelten. Die ganze Gesellschaft fühlte sich er-
leichterter und menschlicher, denn wenn auch das Rätsel des
Toten blieb, die Last des Verdachtes war von allen genommen
und mit dem sonderbaren Millionär – einem Mann, den kaum
jemand kannte – mit nach Paris entwichen. Der Teufel war aus
dem Haus geworfen, er hatte sich selbst hinausgeworfen.

Noch blieb aber das Rätsel, und als O'Brien sich neben Dr.

Simon auf einen Gartensitz warf, nahm diese eingefleischte wissenschaftliche Natur es sofort wieder auf. Viel war aber nicht aus O'Brien herauszuholen, dessen Gedanken bei angenehmeren Dingen weilten.

„Ich kann nicht sagen, dass mich das viel interessiert", sagte der Irländer offen heraus, „besonders nachdem jetzt alles so ziemlich aufgeklärt scheint. Offenbar hasste Brayne diesen Fremden aus irgendeinem Grund, lockte ihn in den Garten und tötete ihn mit meinem Säbel. Dann floh er in die Stadt und warf unterwegs den Säbel weg. Übrigens sagt mir Iwan, der tote Mann habe einen Yankee-Dollar in der Tasche gehabt. Somit war es ein Landsmann von Brayne. Und das scheint die Sache zu erhärten. Ich sehe keinerlei Schwierigkeit in dieser Geschichte."

„Es bestehen da fünf ganz gewaltige Schwierigkeiten", fuhr der Doktor ruhig fort, „gleich einer hohen Mauer innerhalb der Mauern. Missverstehen Sie mich nicht! Ich bezweifle nicht, dass Brayne es vollführt hat, wohl aber, wie er es getan hat. Erste Schwierigkeit: Weshalb sollte ein Mann einen anderen mit einem großen, plumpen Säbel töten, wenn er ihn beinahe mit einem Taschenmesser töten könnte, um es dann wieder in die Tasche zu stecken? Zweite Schwierigkeit: Weshalb geschah kein Lärm oder Schrei? Sieht für gewöhnlich ein Mann einen anderen, einen krummen Säbel schwingend, auf sich zukommen, ohne dass er eine Bemerkung dazu macht? Dritte Schwierigkeit: Ein Diener wachte den ganzen Abend an der Eingangstür, und in Valentins Garten kann nicht einmal eine Ratte irgendwo herein. Wie kam der tote Mann in den Garten? Vierte Schwierigkeit: Dieselben Umstände vorausgesetzt, wie kam Brayne aus dem Garten?"

„Und die fünfte?", fragte Neil, die Augen auf den englischen Priester geheftet, der langsam den Pfad heraufkam. „Ist eine Kleinigkeit, meine ich", erwiderte der Doktor, „aber ich glaube, eine merkwürdige. Als ich zuerst sah, wie der Kopf abgehauen war, vermutete ich, der Mörder hätte mehr als einen Streich geführt. Aber bei genauem Zusehen fand ich viele Schnitte, die den Hauptschnitt kreuzten, mit anderen Worten, sie wurden geführt, als das Haupt schon abgetrennt war. Hasste Brayne seinen Gegner so tödlich, dass er dessen Körper im Mondlicht mit dem Säbel bearbeitete?"

„Entsetzlich!", bemerkte O'Brien und schauderte.

Der kleine Priester Brown war, während sie sprachen, herangekommen und hatte mit charakteristischer Schüchternheit gewartet, bis sie geendet hatten. Dann sagte er verlegen:

„Verzeihen Sie, wenn ich unterbreche, aber ich wurde geschickt, Ihnen die Neuigkeit mitzuteilen …"

„Neuigkeit?", Wiederholte Simon und starrte ihn ziemlich nachdenklich durch seine Brille an.

„Ja, es tut mir leid", sagte Pater Brown milde. „Es ist nämlich ein neuer Mord vorgekommen."

Beide Männer sprangen von ihrem Sitz auf, sodass er wackelte.

„Und was noch merkwürdiger ist", fuhr der Priester fort, seinen trüben Blick auf die Rhododendren richtend, „er ist von derselben grässlichen Art; es ist eine weitere Enthauptung. Man fand den zweiten Kopf noch blutend im Fluss, wenige Yards von Braynes Weg nach Paris; man vermutet somit …"

„Um Himmels willen!", schrie O'Brien. „Ist Brayne von einer fixen Idee befallen?"

„Es gibt amerikanische Vendettas", erwiderte der Priester

unbewegt. Dann fügte er hinzu: „Sie sollen in die Bibliothek kommen und sich das anschauen."

Hauptmann O'Brien folgte mit einem ausgesprochenen Gefühl des Unwohlseins den anderen zur Untersuchung. Als Soldat hasste er diese geheimnisvolle Metzelei. Wo sollten diese sonderbaren Amputationen schließlich enden? Erst war ein Kopf abgehauen und dann ein zweiter; in diesem Falle, sagte er sich bitter, traf es nicht zu, dass zwei Köpfe besser sind als einer. Als er das Studierzimmer durchquerte, strauchelte er beinahe angesichts eines auffallenden Zusammentreffens. Auf Valentins Tisch lag das farbige Bild noch eines dritten blutigen Kopfes, und es war der Valentins selbst. Ein zweiter Blick zeigte ihm, dass es sich nur um ein nationalistisches Blatt, genannt „Die Guillotine", handelte, welches jede Woche einen seiner politischen Gegner mit rollenden Augen und verzerrten Zügen genau wie nach einer Enthauptung darstellte; und Valentin galt ihm als ein solcher eingefleischter Gegner von Bedeutung. O'Brien jedoch war Irländer mit etwas Keuschheit selbst in seinen Sünden. Und diese große, intellektuelle Brutalität, welche ausschließlich Frankreich eigen ist, widerte ihn an. Er fühlte Paris in seiner Gesamtheit, angefangen von den Grotesken an den gotischen Kirchen bis zu den rohen Karikaturen in den Zeitungen. Er erinnerte sich an den riesenhaften Spaß der Revolution. Er sah die ganze Stadt als eine einzige hässliche Energie, angefangen von der blutigen Skizze auf Valentins Tisch bis hinauf, wo über einem Berg und Wald von Wasserspeiern der große Teufel auf Notre Dame herabgrinste. Die Bibliothek war lang, niedrig und dunkel. Das Licht, welches eindrang, kam unter niedrigen Fensterläden hervor und hatte noch etwas von dem rötlichen Ton des Morgens an sich.

Valentin und sein Diener Iwan warteten auf sie am oberen Ende eines langen, leicht geneigten Pultes, auf dem die sterblichen, im Zwielicht ungeheuerlich aussehenden Reste lagen. Die große schwarze Gestalt und das gelbe Gesicht des im Garten gefundenen Mannes stellten sich ihnen wesentlich unverändert dar. Der zweite Kopf, der an jenem Morgen aus dem Schilf gefischt worden war, lag triefend und tropfend daneben; Valentins Leute waren noch damit beschäftigt, die Reste dieser zweiten Leiche zu suchen, von denen man annahm, dass sie abgetrieben worden seien. Pater Brown, der O'Briens Empfindsamkeit nicht im Mindesten zu teilen schien, ging zum zweiten Kopfe hinüber und untersuchte ihn mit einer flüchtigen Sorgfalt. Er war wenig mehr als ein Bündel nassen weißen Haares, umsäumt vom Silberglanze des rötlichen, klaren, von der Seite einfallenden Morgenlichts; das Gesicht, das von einer hässlichen, purpurroten, beinahe kriminalen Art zu sein schien, war viel gegen Bäume und Steine gestoßen, als es vom Wasser weitergeschwemmt worden war.

„Guten Morgen, Hauptmann O'Brien", sagte Valentin in gelassener Herzlichkeit. „Sie haben wohl schon von Braynes jüngstem Versuch im Fleischerhandwerk gehört?"

Pater Brown stand noch über den Kopf mit dem weißen Haar gebeugt und sagte, ohne aufzublicken:

„Es ist wohl ganz sicher, dass Brayne auch diesen Kopf abgeschnitten hat."

„Der gesunde Menschenverstand scheint das zu sagen", erwiderte Valentin, die Hände in den Taschen. „Ermordet in derselben Weise wie der andere. Gefunden wenige Yards entfernt von dem anderen. Und abgetrennt mit derselben Waffe, die er, wie wir wissen, mitgenommen hatte."

„Ja, ja, ich weiß", bemerkte Brown unterwürfig, „Und doch, Sie verstehen, zweifle ich, ob Brayne diesen Kopf abgeschnitten haben kann."

„Weshalb nicht?", fragte Dr. Simon mit begreiflichem Staunen.

„Nun, Doktor", erwiderte der Priester, indem er flüchtig aufblickte, „kann jemand sich seinen eigenen Kopf abhauen? Ich weiß es nicht."

O'Brien fühlte eine ganze Welt von Tollheit um seine Ohren zusammenkrachen, aber der Doktor sprang mit ungestümer Geschäftigkeit vorwärts und schob das weiße Haar beiseite.

„O, es ist kein Zweifel, es ist Brayne", sagte der Priester ruhig. „Er hatte genau diesen Schnitt im linken Ohr."

Der Detektiv, der den Priester festen und funkelnden Auges betrachtet hatte, öffnete den zusammengepressten Mund und stieß scharf hervor:

„Sie scheinen ja eine ganze Menge über ihn zu wissen, Pater Brown?"

„Gewiss", antwortete der kleine Mann einfach. „Ich hatte seit einigen Wochen mit ihm zu tun. Er trug sich mit dem Gedanken, sich unserer Kirche anzuschließen."

Die Glut des Fanatikers sprang in Valentins Auge, und mit geballten Fäusten trat er auf den Priester zu.

„Und vielleicht", schrie er mit sengendem Hohne, „vielleicht auch mit dem Gedanken, all sein Geld Ihrer Kirche zu vermachen!"

„Vielleicht auch damit", gab Brown einfältig zur Antwort, „es ist möglich."

„In diesem Fall", schrie Valentin mit fürchterlichem Lächeln, „könnten Sie in der Tat eine Menge über ihn wissen. Über sein Leben und seinen …"

Hauptmann O'Brien legte eine Hand auf Valentins Arm. „Lassen Sie dieses verleumderische Geschwätz, Valentin", sagte er, „oder es könnte nochmals von einem Säbel die Rede sein."

Doch Valentin hatte unter dem festen, demütigen Blick des Priesters seine Selbstbeherrschung wiedergefunden.

„Nun", warf er kurz hin, „die privaten Meinungen anderer Leute können warten. Sie, meine Herren, sind noch durch Ihr Versprechen zu bleiben gebunden; Sie müssen ihm selbst Geltung verschaffen – einer gegenüber dem anderen. Hier, Iwan wird Ihnen Weiteres mitteilen, was für Sie von Wichtigkeit ist. Ich muss mich an die Arbeit machen und an die Behörde berichten, wir können dies nicht länger geheimhalten ... Ich werde in meinem Studierzimmer beim Schreiben sein, falls noch irgendetwas Neues dazukommen sollte."

„Gibt es noch etwas, Iwan?", fragte Dr. Simon, als der Chef der Polizei den Raum verlassen hatte.

„Nur eines noch, glaube ich, Sir", sagte Iwan, und sein altes, graues Gesicht legte sich in Falten, „aber das ist wichtig in seiner Art. Es betrifft den alten Hanswurst dort, den Sie im Gras gefunden haben", und er deutete ohne eine Spur von Ehrfurcht auf den großen schwarzen Körper mit dem gelben Kopfe. „Wir haben jedenfalls herausgefunden, wer es ist."

„Wirklich?", rief der erstaunte Doktor.

„Er hieß Arnold Becker", erklärte der Unterdetektiv, „obwohl er sich unter vielen anderen Namen verbarg. Er war so etwas wie ein Landstreicher, und man weiß, dass er in Amerika gewesen ist; dadurch kam er mit Brayne in Berührung. Wir selbst hatten nicht viel mit ihm zu tun, denn er arbeitete meist in Deutschland. Natürlich waren wir in Verbindung mit der deutschen Polizei. Aber ganz merkwürdigerweise gab es einen Zwillingsbruder von ihm namens Louis Becker, der uns viel zu schaffen machte, wir fanden es tatsächlich erst gestern noch für notwendig, ihn zu guillotinieren. Nun, es ist ein wunderliches Zusammentreffen, meine Herren, aber als ich diesen Burschen lang im Grase liegen sah, empfand ich den größten Schlag meines Lebens, hätte ich nicht mit meinen eigenen Augen Louis Becker guillotiniert gesehen, geschworen hätte ich, es sei Louis Becker, der dort im Grase lag. Dann natürlich fiel mir sein Zwillingsbruder in Deutschland ein, und als ich diesen Faden verfolgte …"

Der explizierende Iwan hielt inne, und zwar aus dem einfachen Grunde, weil niemand ihm zuhörte. Der Hauptmann und der Doktor starrten beide auf Pater Brown, der aufgesprungen war und sich die Schläfen drückte, wie dies jemand mit einem plötzlichen und heftigen Schmerz tut.

„Halt, halt, halt!", schrie er „Eine Minute nur, denn ich sehe zur Hälfte. Wird Gott mir die Kraft geben? Wird mein Verstand sich ganz aufraffen und alles sehen? Himmel, hilf! Ich war doch sonst ziemlich gut im Denken. Ich konnte früher den Inhalt jeder Seite des Aquinaten wiedergeben. Wird mein Kopf springen – oder werde ich sehen? Ich sehe halb – nur halb."

Er vergrub den Kopf in die Hände und stand wie unter der Marter des Denkens oder des Betens erstarrt, während die anderen drei nur immer auf dieses letzte Wunderzeichen ihrer abenteuerlichen zwölf Stunden starrten.

Als Pater Browns Hände fielen, enthüllten sie ein ganz frisches und ernstes Gesicht wie von einem Kind. Er tat einen tiefen Seufzer und begann sodann:

„Sagen und erledigen wir dies so kurz als möglich. Hören Sie mich an. Es wird dies die rascheste Art sein, Sie alle von der Wahrheit zu überzeugen." Er wandte sich an den Doktor. „Dr. Simon, Sie sind ein kluger Kopf und ich hörte Sie heute Morgen die fünf schwersten Fragen über diese Geschichte stellen. Gut. Wenn Sie sie nochmals stellen wollten, ich will sie beantworten."

Simon fiel der Zwicker in Zweifel und Neugier von der Nase, doch er antwortete sofort.

Nun, die erste Frage ist wohl, weshalb sollte überhaupt ein Mann einen anderen mit einem plumpen Säbel töten, wenn er es mit einem Dolche hätte tun können?"

„Mit einem Dolche kann man nicht enthaupten", erwiderte Brown ruhig, „und für diesen Mord war das Enthaupten absolut notwendig."

„Weshalb?", schrie O'Brien interessiert.

„Und die nächste Frage?", fuhr Pater Brown fort.

„Ja, weshalb stieß der Mann keinen Schrei oder irgendeinen Laut aus?", fragte der Doktor. „Säbel sind in Gärten gewiss etwas Ungewöhnliches."

„Zweige!", erwiderte der Priester nachdenklich und wandte sich gegen das Fenster, das auf den Schauplatz des Todes hinausblickte. „Niemand beachtete diesen Punkt, die Zweige. Weshalb sollten sie auf jenem Rasen liegen (schauen Sie einmal), so weit von jedem Baum? Sie wurden nicht abgehauen, sie wurden abgerissen. Der Mörder beschäftigte sein Opfer durch einige Tricks mit dem Säbel, indem er ihm zeigte, wie er einen Zweig mitten in der Luft entzweischneiden könne oder sonstwie. Dann, während sein Feind sich bückte, den Erfolg zu sehen, ein stummer Streich und das Haupt fiel."

„Nun", sagte der Doktor langsam, „das klingt ganz glaubwürdig. Aber meine beiden nächsten Fragen werden jedermann verblüffen."

Der Priester stand immer noch nachdenklich, den Blick zum Fenster hinausgerichtet, und wartete.

„Sie wissen, dass der ganze Garten wie ein luftdichter Raum verschlossen war," fuhr der Doktor fort. „Gut, wie kam der Fremde dann in den Garten?"

Ohne sich umzudrehen, antwortete der kleine Priester: „Es war niemals ein fremder Mann im Garten."

Schweigen trat ein und ein plötzlicher Ausbruch beinahe kindlichen Lachens löste die Spannung. Die Ungeheuerlichkeit von Browns Bemerkung veranlasste Iwan zu offenem Hohn.

„Oh", rief er, „also wir zerrten nicht vergangene Nacht den großen, fetten Kerl auf das Sofa dort? Er war wohl gar nicht in den Garten gekommen?"

„In den Garten gekommen?", wiederholte Brown noch immer sinnend. „Nein, nicht ganz."

„Zum Teufel nochmal", rief Simon, „ein Mensch kommt in den Garten oder er kommt nicht hinein!"

„Nicht notwendigerweise", erwiderte der Priester mit mattem Lächeln. „Welches ist die nächste Frage, Doktor?"

„Sie sind wohl krank", meinte Dr. Simon scharf, „aber wenn Sie wollen, werde ich die nächste Frage stellen. Wie kam Brayne aus dem Garten?"

„Er kam nicht aus dem Garten", sagte der Priester, immer noch zum Fenster hinausblickend.

„Kam nicht aus dem Garten?", platzte Simon heraus.

„Nicht ganz", bestätigte Pater Brown.

Simon schüttelte in einem Wutanfalle französischer Logik seine Fäuste. „Ein Mensch kommt aus einem Garten oder er kommt einfach nicht heraus", schrie er.

„Nicht immer", gab Brown zur Antwort.

Dr. Simon sprang ungeduldig auf seine Füße.

„Ich habe keine Zeit für solch sinnloses Geschwätz übrig", bemerkte er ärgerlich. „Wenn Sie nicht einsehen, dass ein Mensch entweder auf der einen Seite einer Mauer oder auf der anderen ist, will ich Sie nicht weiter belästigen, Pater."

„Doktor", bat der Geistliche sehr freundlich, „wir sind immer sehr gut miteinander ausgekommen. Und wenn auch nur um alter Freundschaft willen, warten Sie noch und stellen Sie Ihre fünfte Frage."

Der ungeduldige Simon sank in einen Stuhl und sagte kurz:

„Das Haupt und die Schultern waren in sonderbarer Weise abgeschnitten. Es schien nach eingetretenem Tode geschehen zu sein."

„Ja", sagte der Priester regungslos, „es wurde so gemacht, um Sie genau das eine Falsche vermuten zu lassen, das Sie vermuteten. Es geschah, um Sie als selbstverständlich annehmen zu lassen, dass der Kopf zu dem Körper gehörte."

Das Grenzgebiet des Verstandes, auf dem alles Ungeheuerliche entsteht, war in dem Kelten O'Brien in schreckliche Bewegung geraten. Er fühlte die chaotische Gegenwart all der Ritter und Meerweiber, welche die unnatürliche Einbildungskraft der Menschen hervorgebracht hat. Eine Stimme, älter als seine Vorväter, schien ihm ins Ohr zu raunen: Halte dich fern von dem ungeheuerlichen Garten, wo der Baum wächst mit der doppelten Frucht. Meide den bösen Garten, wo der Mann starb mit den zwei Köpfen! Und doch, während diese symbolischen Gestalten an dem alten Spiegel seiner irischen

Seele vorüberzogen, war sein französierter Verstand ganz aufmerksam und so genau und ungläubig auf den sonderbaren Priester gerichtet wie bei all den anderen.

Pater Brown hatte sich endlich umgewendet und stand im dichten Schatten gegen das Fenster gerichtet, doch selbst in diesem Schatten konnte man sehen, dass er grau wie Asche war. Nichtsdestotrotz sprach er ganz vernünftig, als gäbe es auf der ganzen Welt keine Keltenseele.

„Meine Herren", sagte er, „Sie fanden nicht den fremden Körper Beckers im Garten. Sie fanden überhaupt keinen fremden Körper im Garten. Trotz Dr. Simons Appell an die Vernunft behaupte ich immer noch, dass Becker nur teilweise zugegen war. Sehen Sie her! (Er wies auf den schwarzen Rumpf der geheimnisvollen Leiche.) Sie sahen nie in Ihrem Leben diesen Mann. Sahen Sie vielleicht diesen?"

Er schob rasch den großen gelben Kopf des Unbekannten zur Seite und brachte an dessen Stelle den weißbehaarten Kopf daneben. Und da, vollständig und eins lag unverkennbar Julius K. Brayne.

„Der Mörder", fuhr Brown ruhig weiter, „hieb den Kopf seines Feindes ab und schleuderte das Schwert weit über die Mauer. Aber er war zu gerieben, um nur das Schwert fortzuwerfen. Er warf auch den Kopf über die Mauer. Dann brauchte er nur einen anderen Kopf auf den Körper setzen, und (da er auf seiner Privatuntersuchung bestand) Sie alle hielten das für einen gänzlich neuen Mann."

„Einen anderen Kopf aufsetzen!", meinte O'Brien betroffen. „Welchen anderen Kopf? Köpfe wachsen nicht so ohne Weiteres an den Büschen, nicht?"

„Nein", antwortete Pater Brown trocken, während er auf seine Schuhspitzen niederblickte, „es gibt nur einen Ort, wo sie wachsen. Sie wachsen im Korb der Guillotine, neben dem nicht ganz eine Stunde vor dem Mord der Chef der Polizei, Aristide Valentin, gestanden hatte. O, meine Freunde, hört mich nur noch eine Minute lang an, ehe ihr mich in Stücke zerreißt. Valentin ist ein ehrlicher Mann, wenn Verranntsein in eine bestreitbare Sache Ehrlichkeit ist. Aber sahen Sie nie in seinem kalten grauen Auge, dass er nicht bei vollem Verstand ist? Er würde alles tun, alles, um das, was er den Aberglauben des Kreuzes nennt, zu brechen. Dafür hat er gekämpft und danach gehungert und jetzt hat er dafür gemordet. Braynes ungezählte Millionen waren bisher unter so viele Sekten verstreut worden, dass sie nur wenig das Gleichgewicht der Dinge zu stören vermochten. Valentin jedoch hörte von einem Gerücht, dass Brayne wie so viele unruhige Skeptiker uns zutrieb, und das war etwas anderes. Brayne wollte der verarmten Kirche Frankreichs Ströme von Reichtum zufließen lassen; ja, er wollte sogar für sechs nationalistische Blätter wie die ‚Guillotine‘ die Kosten bestreiten. Die Schlacht war auf einem Punkte schon zum Stehen gebracht und da entbrannte der Fanatiker für das Risiko. Er beschloss, den Millionär zu beseitigen, und er tat es auf eine Weise, wie man sie vom größten aller Detektive erwarten würde. Er nahm unter einem kriminologischen Vorwande den abgetrennten Kopf Beckers an sich und brachte ihn in seiner amtlichen Handtasche mit nach Hause. Er hatte diesen letzten Streit mit Brayne gehabt, den Lord Galloway nicht bis zu Ende hörte; nachdem er darin unterlag, führte er ihn hinaus in den versiegelten Garten, plauderte über Fechtkunst, benutzte Zweige und einen Säbel zur Darstellung und …“

Iwan mit der Narbe sprang auf.

„Sie Narr", brüllte er jenen an. „Sie werden mit zu meinem Herrn kommen und ich nehme Sie beim …"

„Wieso? Ich wollte ja eben dorthin gehen", erwiderte Brown tiefernst. „Ich muss ihn ersuchen, zu beichten usw."

Indem sie den unglücklichen Brown wie eine Geisel oder ein Opfer vor sich hertrieben, brachen sie mitsammen in die überraschende Stille von Valentins Arbeitszimmer.

Der große Detektiv saß an seinem Schreibtisch, anscheinend zu sehr beschäftigt, um auf das lärmende Eindringen zu achten. Sie stockten einen Augenblick, bis etwas an dem Anblick des aufrechten und geschmeidigen Rückens den Doktor plötzlich herantreten ließ. Ein Blick genügte ihm. Neben Valentins Ellenbogen stand eine kleine Schachtel mit Pillen, und Valentin saß tot in seinem Stuhl. Und auf dem leblosen Gesicht des Selbstmörders lag mehr als nur der Stolz eines Kato.

Der Hammer Gottes

Das Dörflein Bohun Beacon saß auf einem so steilen Hügel, dass seine hohe Kirchturmspitze sich nur wie ein kleiner Berggipfel ausnahm. Am Fuß der Kirche stand eine Schmiede, aus der gewöhnlich roter Feuerschein strahlte, und Hämmer und Eisenstücke lagen stets unordentlich hingeworfen umher. Ihr gegenüber, jenseits der Kreuzung roh gepflasterter Straßen lag das „Blaue Wildschwein", das einzige Wirtshaus des Ortes. An dieser Straßenkreuzung und um die Stunde eines bleigrauen und silbernen Tagesanbruches war es, dass sich zwei Brüder trafen und miteinander sprachen, obwohl der eine den Tag begann und der andere ihn beschloss. Der hochwürdige und ehrenwerte Wilfried Bohun war sehr fromm und befand sich auf dem Weg zu irgendeiner strengen Gebetsübung oder Morgenbetrachtung. Der ehrenwerte Oberst Norman Bohun, sein älterer Bruder, war ganz und gar nicht fromm und saß noch im Abendgewand auf der Bank vor dem „Blauen Wildschweine" und trank etwas, was der philosophische Leser als sein letztes Glas am Dienstag oder sein erstes Glas am Mittwoch ansehen mag. Der Oberst selbst legte darauf wenig Gewicht.

Die Bohuns waren eine von den sehr wenigen adeligen, wirklich in das Mittelalter zurückreichenden Familien und ihr Fähnlein hatte wirklich Palästina gesehen. Aber es ist ein großer Irrtum anzunehmen, dass solche Häuser in ritterlicher Überlieferung sich aufrechterhalten. Wenige außer den Armen bewahren Überlieferungen. Aristokraten leben nicht nach Überlieferungen, sondern nach Moden. Die Bohuns waren unter Königin Anna Mohocks (Raufbolde) und unter Viktoria Mashers (Stutzer) gewesen. Aber wie mehr als eines der wirklich alten Häuser waren sie in den letzten zwei Jahrhunderten in reine Trunkenbolde und Gecken ausgeartet, bis sich sogar leise Anzeichen von Geisteskrankheit eingestellt hatten. Sicherlich lag etwas kaum mehr Menschliches in des Obersten wolfshungrigem Jagen nach Vergnügen und sein chronischer Entschluss, nicht vor Tagesanbruch nach Hause zu gehen, zeugte mit schrecklicher Klarheit von dem Anzeichen der Schlaflosigkeit. Er war ein großer, hübscher, ältlicher Mann, jedoch von auffallend gelben Haaren. Er würde direkt blond und löwenhaft ausgesehen haben, doch lagen seine blauen Augen so tief in den Höhlen, dass sie schwarz erschienen. Auch standen sie ein wenig zu nahe beisammen. Ferner trug er einen sehr langen gelben Schnurrbart, zu dessen beiden Seiten je eine von den Nasenflügeln bis zum Kinn reichende Falte oder Runzel sich herabzog, sodass ein höhnisches Grinsen in sein Gesicht geschnitten schien. Über seinem Abendgewand trug er einen merkwürdig hellgelben Rock, der mehr wie ein sehr leichter Schlafrock als wie ein Überzieher aussah, und auf seinem Hinterkopfe steckte ein außergewöhnlich breitrandiger Hut von lebhaft grüner Farbe, sichtlich eine fremdländische, aufs Geratewohl irgendwo aufgelesene Merkwürdigkeit. Bohun war stolz darauf, in solch nicht zusammenstimmendem Äußerem zu erscheinen, stolz darauf, die Gegensätze zum Zusammenstimmen zu zwingen.

Sein Bruder, der Kurat, hatte auch das gelbe Haar und die Eleganz, aber er war bis zum Kinn schwarz eingeknöpft und sein Gesicht glatt rasiert, gepflegt und ein wenig nervös. Er schien für nichts anderes als für seine Religion zu leben, aber es gab Leute, welche behaupteten (und dazu gehörte vor allem der presbyterianische Dorfschmied), es sei mehr Liebe zur Gotik als zu Gott, und sein immerwährendes Herumspuken in der Kirche wie ein Geist sei nur ein anderer und reinerer Ausdruck des beinahe krankhaften Durstes nach Schönheit, der seinen Bruder den Weibern und dem Wein nachjagen ließ. Die Berechtigung dieses Vorwurfs muss jedoch angezweifelt werden, denn des Mannes praktische Frömmigkeit stand außer Frage. In der Tat war der Vorwurf zumeist nichts anderes als ein auf Unwissenheit beruhendes Missverstehen seiner Liebe zur Einsamkeit und zu verborgenem Gebete und gründete sich darauf, dass man ihn oft im Gebet kniend fand, nicht vor dem Altar, sondern an besonderen Orten, in der Krypta oder auf der Galerie und selbst auf dem Kirchturm. In diesem Augenblick war er im Begriff, durch den Hof der Schmiede in die Kirche einzutreten, doch blieb er stehen und runzelte die Stirn ein wenig, als er seines Bruders tief liegende Augen in dieselbe Richtung starren sah. Auf die Annahme, dass das Interesse des Obersten der Kirche gelten könnte, verschwendete er keinen Gedanken. Es konnte somit nur die Behausung des Schmieds infrage kommen und wenngleich dieser Puritaner war und daher nicht zu seiner Gemeinde gehörte, hatte Wilfried so etwas von Skandal im Zusammenhang mit einer schönen und ziemlich bekannten Frau gehört. Er warf einen misstrauischen Blick über den Hof hin, als der Oberst lachend aufstand, um ihn anzureden.

„Guten Morgen, Wilfried", sagte er. „Wie ein guter Guts-
herr wache ich schlaflos über meine Leute. Ich will eben den
Schmied besuchen."

Wilfried blickte zu Boden und erwiderte, der Schmied sei fort,
hinüber nach Greenford.

„Ich weiß", antwortete der Bruder mit stillem Lachen, „eben
deswegen will ich ihm einen Besuch machen."

„Norman", versetzte der Geistliche, während sein Auge auf
einem Stein am Weg ruhte, „fürchtest du dich nie vor Don-
nerschlägen?"

„Was meinst du damit?", fragte der Oberst. „Ist dein Steckenpferd etwa jetzt Meteorologie?"

„Ich meine, ob du nie bedacht hast, dass Gott dich auf der
Straße niederstrecken könnte?"

„Entschuldige", antwortete der Oberst, „aber ich sehe, dein
Steckenpferd sind Kindermärchen."

„Ich weiß, das deine ist die Gotteslästerung", gab der Geistliche in der einen empfindlichen Stelle seiner Natur getroffen
zurück. „Aber wenn du dich schon vor Gott nicht fürchtest,
hast du doch wenigstens allen Grund, die Menschen zu fürchten."

Der Ältere zog die Brauen hoch. „Die Menschen fürchten?",
fragte er.

„Barnes, der Schmied, ist der stärkste und größte Mann auf
vierzig Meilen ringsum", warnte der Geistliche ernst. „Ich
weiß, du bist kein Feigling oder Schwächling, aber er könnte
dich über die Mauer werfen."

Dieser Hieb saß, denn er war nur zu wahr, und die tiefe Linie
um Mund und Nasenflügel trat noch schärfer und tiefer hervor. Einen Augenblick stand Oberst Bohun mit breitem Grin-

sen im Gesicht da. Aber im Nu hatte er seinen alten grausigen, guten Humor wiedergefunden und lachte, wobei unter seinem gelben Schnurrbart wie bei einem Hund zwei Fangzähne hervortraten. „In diesem Falle, mein lieber Wilfried," bemerkte er ganz sorglos, „war es sehr klug von dem letzten der Bohuns, teilweise in Harnisch auszugehen."

Und er nahm den eigentümlich runden, grün überzogenen Hut ab und zeigte, dass er innen mit Stahl gefüttert war. Wilfried erkannte in der Tat einen leichten japanischen oder chinesischen Helm wieder, der einer Trophäe aus dem alten Ahnensaal entnommen war.

„Es war der erste Hut, der mir zur Hand war", erklärte der Bruder leichthin. „Stets den nächsten Hut – und das nächste Weib."

„Der Schmied ist nach Greenford hinüber", versetzte Wilfried ruhig, „es ist unbestimmt, wann er zurückkehrt."

Und damit wandte er sich ab und trat gebeugten Hauptes in die Kirche, wobei er sich wie jemand bekreuzte, der sich von einem unreinen Geiste losgesagt zu haben wünscht. Ihn drängte es, solche Gemeinheit in dem kühlen Dämmerlicht seines hohen gotischen Gotteshauses zu vergessen, aber diesen Morgen sollte es nun einmal so sein, dass sein stiller Rundgang religiöser Übungen immer wieder von kleinen Zwischenfällen aufgehalten wurde. Als er die um diese Stunde stets leere Kirche betrat, erhob sich eilig eine Gestalt und schritt auf das volle Tageslichte des Haupteingangs zu. Als der Kurat sie sah, blieb er überrascht stehen, denn der frühe Beter war niemand anderer als der Dorftrottel, ein Neffe des Schmieds, der sich weder um die Kirche noch um irgendetwas anderes bekümmerte noch zu bekümmern imstande war.

Man pflegte ihn den „verrückten Joe" zu nennen und er schien keinen anderen Namen zu haben. Er war ein starker, einherschlotternder Bursche mit einem gedrückten weißen Gesicht, dunklem, straffem Haar und stets offenem Mund. Als er an dem Geistlichen vorbeikam, ermangelte sein mondkälbernes Aussehen jeder Andeutung dessen, was er getan oder gedacht haben mochte. Noch nie hatte man ihn beten gesehen. Welche Art von Gebet sollte er jetzt verrichtet haben? Sicherlich eine außergewöhnliche.

Wilfried Bohun stand noch lange wie angewachsen auf seinem Platz und blickte dem Idioten nach, wie er in den Sonnenschein hinaustrat und sogar sein liederlicher Bruder ihn mit einer gewissen gönnerhaften Heiterkeit begrüßte. Das Letzte, was er sah, war, wie der Oberst Pfennigstücke in Joes offenen Mund warf und sich den ernsthaften Anschein gab, es zu verbergen.

Das sonnenbestrahlte Bild vollkommener Tölpelhaftigkeit ließ den Aszeten endlich sich seinem Gebet um Reinigung und neue Gedanken zuwenden. Er schritt zu einer Kniebank unter einem farbigen Fenster in der Galerie hinauf, das er liebte, weil es immer sein Gemüt beruhigte, ein blaues Fenster mit einem Lilien tragenden Engel. Dort begann er nachzudenken, weniger über den Idioten mit seinem fahlen Gesicht. Mehr und mehr entfernten sich auch seine Gedanken von seinem schlimmen Bruder, der wie ein abgemagerter Löwe in seinem schrecklichen Heißhunger einherschritt. Tiefer und tiefer versank er in jene kalten und süßen Farben von Silberblüten und saphirenem Himmel.

An diesem Platz wurde er eine halbe Stunde darauf von Gibbs, dem Dorfschuster gefunden, der in Eile nach ihm geschickt worden war. Rasch erhob er sich, denn er wusste, dass eine Kleinigkeit Gibbs unter keinen Umständen hierher geführt hätte. Der Schuster war wie in vielen Dörfern ein Gottesleugner und sein Erscheinen in der Kirche noch um einen Grad außergewöhnlicher als das des Verrückten. Es war ein Morgen voll von theologischen Rätseln.

„Was gibt es?", fragte Wilfried Bohun ziemlich steif, aber die Hand zitternd nach dem Hut ausstreckend.

Der Gottesleugner sprach in einem Ton, der aus seinem Munde ganz auffallend achtungsvoll klang und in diesem Fall sogar eine gewisse urwüchsige Teilnahme verriet.

„Sie müssen mich entschuldigen, Herr", sagte er in heiserem Flüstern, „aber wir meinten, es wäre nicht recht, wenn wir Sie nicht sofort verständigt hätten. Ich fürchte, es ist etwas ziemlich Schreckliches geschehen, Herr. Ich fürchte, Ihr Bruder …"

Wilfried ballte seine zarten Hände. „Was hat er jetzt wieder Teuflisches begangen!", rief er in ungewollter Leidenschaftlichkeit.

„Nun, Herr," fuhr der Schuster hüstelnd fort, „ich fürchte, er hat nichts begangen und wird nichts dergleichen tun. Ich fürchte, es ist mit ihm aus. Sie kommen besser selbst herab, Herr."

Der Geistliche folgte dem Schuster eine kurze Wendeltreppe hinab, die sie nach einem stark über der Straße liegenden Eingang brachte. Bohun erfasste die Tragödie mit einem Blick; wie eine Landkarte breitete sie sich unter ihm aus. Im Hof der Schmiede standen fünf oder sechs Männer beisammen, die meisten in Schwarz, einer in der Uniform eines Polizeiinspektors. Außerdem waren dabei der Doktor, der presbyterianische Pastor und der Priester von der römisch-katholischen Kapelle (wohin die Frau des Schmiedes gehörte). Der Letztere sprach eben ziemlich rasch und halblaut auf sie ein, die, eine wunderschöne Frau mit rötlich goldenem Haar, auf einer Bank schluchzte. Zwischen diesen beiden Gruppen und gerade abseits vom Haupthaufen von Hämmern lag breit und flach auf seinem Gesicht ein Mann in Abendkleidern. Von der Höhe aus hätte Wilfried auf jede Einzelheit seines Gewandes und Äußeren herab bis zu den bohunschen Ringen schwören können, der Schädel aber war ein einziger grässlicher Spritzer wie ein Stern aus Schwarz und Blut.

Ein Blick genügte Wilfried Bohun, dann rannte er die Treppe nach dem Hofe hinab. Der Doktor, sein Hausarzt, begrüßte ihn, aber er schenkte dem kaum Beachtung. Er vermochte nur zu stammeln: „Mein Bruder tot! Was hat das zu bedeuten? Was ist das für ein entsetzliches Geheimnis?"

Unheilschweres Schweigen antwortete ihm, dann meinte der Schuster, der Mitteilsamste von allen: „Entsetzen genug, Herr, aber Geheimnis ist keines dabei."

„Was meinen Sie?", fragte Wilfried aschfahl.

„Es ist klar genug", erwiderte Gibbs. „Es gibt nur einen Mann auf vierzig Meilen in der Runde, der einen Schlag wie diesen führen könnte, und das ist der, der am meisten Grund dazu hatte."

„Wir dürfen nichts übereilen", bemerkte ziemlich nervös der Doktor, ein großer schwarzbärtiger Mann. „Aber als Fachmann kann ich nur bestätigen, was Mr Gibbs über die Natur des Schlages sagt, es ist ein ganz unglaublicher Schlag. Mr Gibbs sagt, nur ein einziger Mann in diesem Bezirke könnte es getan haben. Ich meinerseits würde selbst ausgesprochen

haben, dass niemand anderer dazu imstande gewesen wäre."
Ein Schaudern von Angst überlief die schlanke Gestalt des
Geistlichen. „Ich kann es schwer verstehen", meinte er.

„Mr Bohun", bemerkte der Doktor mit gedämpfter Stimme,
„es ist mir nicht gegeben, die Dinge zu umschreiben. Es ist
noch zu wenig gesagt, wenn ich behaupte, der Schädel wurde
in Scherben geschlagen wie eine Eierschale. Knochenstücke
sind in den Körper und in den Boden getrieben wie Kugeln in
eine Lehmmauer. Es war die Hand eines Riesen."

Er schwieg einen Augenblick, blickte grimmig durch seine
Brille, dann fuhr er fort: „Das Ding hat ein Gutes, nämlich
dass es die meisten Leute auf einen Schlag von allem Ver-
dachte reinigt. Würden Sie oder ich oder irgendjemand nor-
mal Veranlagter aus der Gegend des Verbrechens angeklagt,
wir würden freigesprochen wie man ein Kind von der Anklage freisprechen müsste, es habe die Nelsonsäule gestohlen."

„Das sagte ich eben auch", wiederholte der Schuster hartnäckig, „es gibt nur einen Menschen, der es getan haben kann
und dem es zuzutrauen ist. Wo steckt Simeon Barnes, der
Schmied?"

„Er ist hinüber nach Greenford", stotterte der Kurat.

„Wahrscheinlicher hinüber nach Frankreich", brummte der
Schuster.

„Nein, er ist an keinem von diesen beiden Orten", ließ sich die
unbedeutende und farblose Stimme des kleinen katholischen
Priesters vernehmen, der sich der Gruppe zugesellt hatte.
„Tatsächlich kommt er soeben die Straße herauf."

Der kleine Priester mit seinem Stoppelhaare und dem runden,
wenig geistreichen Gesicht war kein Mann, um die Blicke auf
sich zu ziehen. Aber wäre er auch so herrlich gewesen wie

Apoll, so würde doch in diesem Augenblick niemand zu ihm hingesehen haben. Alle wandten sich um und schauten zum Fußpfad, der sich durch die Ebene heraufwand und den in der Tat mit seinem ihm eigenen schweren Schritt und einem Hammer auf der Schulter Simeon der Schmied entlangwanderte. Er war ein starkknochiger Mann von Riesengestalt mit einem dunklen Kinnbart. Ruhig schritt er im Gespräche mit zwei anderen Männern seines Wegs und obwohl er niemals besonders frohgestimmt war, schien er dennoch ganz unbefangen.

„Mein Gott", rief der atheistische Schuster, „und da ist auch der Hammer, mit dem er es tat."

„Nein", bemerkte der Inspektor, ein verständig aussehender Mann mit rötlich gelbem Schnurrbart, indem er das erste Mal den Mund auftat. „Dort ist der Hammer, mit dem er es tat, drüben an der Kirchenmauer. Wir haben ihn und die Leiche gelassen, genau wie wir sie fanden."

Alles blickte dorthin und der kleine Priester ging hinüber und sah stumm auf das dort liegende Werkzeug nieder. Es war einer der kleinsten und leichtesten von den Hämmern und er würde unter den anderen kaum das Augenmerk auf sich gelenkt haben, doch an seiner Eisenkante klebte Blut und gelbes Haar.

Nach kurzem Schweigen sprach der kleine Priester, ohne aufzublicken, und seine matte Stimme hatte einen neuen Beiklang: „Mr Gibbs hatte kaum recht, wenn er sagte, es liege kein Geheimnis vor. Wir haben zum mindesten das eine Geheimnis, weshalb ein solcher Riese von einem Menschen einen so furchtbaren Schlag mit einem so kleinen Hammer versuchen sollte."

„Oh, das hat gar nichts zu sagen", rief der Schuster eifrig. „Was soll mit Simeon Barnes geschehen?"

„Lasst ihn nur", versetzte der Priester ruhig. „Er kommt von selbst hierher. Ich kenne die beiden, die bei ihm sind. Es sind sehr brave Burschen von Greenford und sie kommen in die presbyterianische Kapelle herüber."

Gerade als er sprach, bog der große Schmied um die Kirchenecke und trat in seinen Hof. Dann blieb er unbeweglich stehen und der Hammer entfiel seiner Hand. Der Inspektor, der undurchdringliche Unbefangenheit bewahrt hatte, trat sofort auf ihn zu.

„Ich will Sie nicht fragen, Mr Barnes, ob Sie etwas darüber wissen, was hier vorgefallen ist. Sie sind nicht verpflichtet, es auszusagen. Ich hoffe, Sie wissen es nicht und sind imstande, das zu beweisen. Aber ich muss nun einmal der Form wegen Sie im Namen des Königs wegen Mordes, begangen an Oberst Norman Bohun, verhaften."

„Sie brauchen gar nichts auszusagen", sagte der Schuster in zudringlicher Erregung. „Es muss alles erst erwiesen werden. Es ist noch nicht einmal erwiesen, dass es Oberst Bohun ist, dessen Kopf so zermalmt ist."

„Das hilft ihm nichts", bemerkte der Doktor abseits zum Priester. „Das hat gar nichts mit Detektivgeschichten zu tun. Ich war beim Oberst Hausarzt und kannte seinen Körper besser als er selbst. Er hatte sehr zarte, aber ganz eigenartige Hände. Der Mittel- und der Ringfinger waren beide von derselben Länge. Oh, es ist der Oberst, so gewiss wie nur etwas." Während er auf die auf dem Boden liegende Leiche niederblickte, folgten ihnen die Stahlaugen des regungslosen Schmiedes und hafteten darauf.

„Ist Oberst Bohun tot?", fragte er ganz ruhig. „Dann ist er in der Hölle."

„Sagen Sie nichts! Oh, sagen Sie gar nichts", rief der atheistische Schuster in verzückter Bewunderung für das englische Gerichtsverfahren. Denn niemand hängt so sehr am Buchstaben des Gesetzes wie der gute Freidenker.

Der Schmied kehrte ihm über die Schulter das selbstbewusste Gesicht eines Fanatikers zu.

„Das könnt ihr, ihr Ungläubigen, wie die Füchse auskneifen, weil ihr das weltliche Gesetz stets auf eurer Seite habt. Aber Gott wacht über die Seinen, das wird euch heute noch offenbar." Dann deutete er auf den Oberst und fragte: „Wann starb dieser Hund in seinen Sünden?"

„Mäßigt Eure Sprache", mahnte der Doktor.

„Mäßigen Sie die Sprache der Bibel und ich mäßige die meinige. Wann starb er?"

„Ich traf ihn um sechs Uhr morgens noch am Leben", stammelte Wilfried Bohun.

„Gott ist gut", sagte der Schmied. „Herr Inspektor, ich habe nicht das Geringste dagegen einzuwenden, dass Sie mich festnehmen. Sie sind es, der etwas dagegen einzuwenden haben dürfte. Mir liegt nichts daran, wenn ich den Gerichtssaal ohne einen Flecken auf meinem Charakter verlasse. Aber Ihnen ist es vielleicht nicht gleichgültig, mit einem Aufsitzer Ihre Karriere zu schädigen."

Zum ersten Mal sprach aus dem Blick des Inspektors eine größere Beachtung für den Schmied, wie alle anderen sie ihm entgegenbrachten. Eine Ausnahme machte nur der kleine seltsame Priester, der noch immer auf den kleinen Hammer niederstarrte.

„Draußen stehen zwei Männer", fuhr der Schmied mit schwerfälliger Klarheit fort, „brave Kaufleute aus Greenford, die ihr alle kennt. Sie können beschwören, dass sie mich von vor Mitternacht bis zum Tagesanbruch und auch später noch im Versammlungssaal unserer die ganze Nacht hindurch tätigen Erweckungsmission sahen. In Greenford selbst können noch zwanzig Personen einen Eid für die ganze Zeit ablegen. Wäre ich ein Heide, Herr Inspektor, dann würde ich Sie Ihren Fehler begehen lassen. Aber als christlicher Mann fühle ich mich verpflichtet, Ihnen die Gelegenheit zu geben, und frage Sie, ob Sie mein Alibi jetzt gleich oder vor Gericht hören wollen."

Der Inspektor schien zum ersten Mal unentschlossen und meinte: „Natürlich wäre es mir lieber, Sie jetzt gleich laufen lassen zu können."

Der Schmied begab sich mit demselben weit ausholenden Schritt vor den Hof hinaus und kehrte zu seinen beiden Greenforder Freunden zurück, die tatsächlich auch mit fast allen Anwesenden gut befreundet waren. Jeder der beiden sprach ein paar Worte, die niemand auch nur im Entferntesten in Zweifel zu ziehen in den Sinn kam. Als sie geendet hatten, stand die Unschuld Simeons so aufrecht da wie die große Kirche hinter ihnen.

Die Gruppe war von einem jener Schweigen betroffen, welche eigentümlicher und unerträglicher sind als jede Rede. Gedankenlos und nur um das Gespräch wieder in Flus zu bringen, bemerkte der Kurat zu dem katholischen Priester: „Sie scheinen sich sehr für diesen Hammer zu interessieren, Pater Brown."

„Ja, das tue ich auch", versetzte dieser. „Weshalb ist es ein so kleiner Hammer?"

Der Doktor wandte sich ihnen zu.

„Wahrhaftig, das ist richtig", rief er aus, „wer sollte sich einen so kleinen Hammer aussuchen, wenn deren ein Dutzend große umherliegen?" Dann flüsterte er dem Kurat ins Ohr: „Nur jene Sorte von Leuten, welche keinen großen Hammer heben können. Es handelt sich nicht um den Stärkeunterschied zwischen Mann und Frau, die Schulterhebekraft kommt hier infrage. Eine kräftige Frau könnte zehn Morde mit einem leichten Hammer ausführen, ohne sich anzustrengen. Mit einem schweren Hammer hätte sie aber nicht einmal einen Käfer zu töten vermocht."

Wilfried Bohun starrte ihn wie hypnotisiert an, während Pater Brown, den Kopf ein wenig zur Seite geneigt, wirklich eingenommen und aufmerksam zuhörte. Dann fuhr der Doktor mit zischendem Nachdrucke fort: „Weshalb nehmen diese Dummköpfe immer nur an, die einzige Person, welche den Geliebten einer Frau hasst, müsse deren Gemahl sein? In neun Fällen unter zehn ist die Person, die den Geliebten einer Frau am meisten hasst, diese selbst, wer weiß, was er sich ihr gegenüber an Unverschämtheit oder Verräterei herausgenommen hat – da, sehen Sie."

Er wies rasch auf die rothaarige Frau auf der Bank. Sie hatte endlich den Kopf erhoben und die Tränen trockneten auf ihrem schönen Gesicht. Aber die Augen blieben mit einem elektrischen Glanz, der etwas Dümmliches an sich hatte, an der Leiche haften.

Wilfried Bohun machte eine schlaffe Handbewegung, wie wenn er alle Wissbegier beiseiteschieben wollte, Pater Brown jedoch, von seinem Ärmel ein wenig Asche wegwischend, sprach ganz geläufig.

„Sie sind alle zusammen richtige Doktoren", sagte er. „Ihr geistiges Wissen ist wirklich anregend, aber Ihr physisches ist ganz und gar unmöglich. Ich gebe zu, dass die Frau den mitschuldigen Ehebrecher viel mehr noch als der Hintergangene umzubringen wünscht. Und ich gebe zu, dass eine Frau stets nach einem kleinen Hammer greifen wird anstatt nach einem großen. Aber die Schwierigkeit liegt in der physischen Unmöglichkeit. Keine Frau hätte je den Schädel des Mannes so zu Brei zu schlagen vermocht!" Dann, nach einer Pause, fügte er nachdenklich hinzu: „Diese Leute haben das Ganze immer noch nicht erfasst. Der Mann trug tatsächlich einen Eisenhelm und der Schlag zersplitterte ihn wie Glasscherben. Sehen Sie doch die Frau an, ihre Arme!"

Wiederum standen sie alle stumm, bis der Doktor ziemlich ärgerlich zugab: „Nun ja, ich mag unrecht haben; Einwendungen lassen sich gegen alles vorbringen, aber am Hauptpunkte halte ich fest. Niemand außer ein Idiot würde nach einem kleinen Hammer greifen, wenn er einen großen zur Hand hätte."

Die mageren und bebenden Hände Wilfried Bohuns fuhren nach dem Kopfe und schienen in das spärliche gelbe Haar greifen zu wollen. Einen Augenblick später fielen sie herab und er rief: „Das war das richtige Wort; Sie haben es ausgesprochen." Und seine Aufregung bemeisternd fuhr er fort: „Ihre Worte waren, niemand als nur ein Idiot würde nach dem kleinen Hammer gegriffen haben."

„Ja", bestätigte der Doktor. „Und?"

„Nun, und niemand anderer als ein Idiot tat es."

Die anderen blickten ihn mit starren großen Augen an und er fuhr in fieberhafter und geradezu weibischer Aufregung fort:

„Ich bin ein Priester", schrie er unsicher, „und ein Priester soll kein Blut vergießen. Ich – ich meine, er soll niemand an den Galgen liefern. Und ich danke Gott, dass ich den Verbrecher jetzt klar erkenne – denn er ist ein Verbrecher, den man nicht an den Galgen bringen kann."

„Sie werden ihn nicht angeben?", fragte der Doktor.

„Er würde nicht gehenkt, selbst wenn ich ihn angebe", antwortete Wilfried mit wildem und eigentümlichem Lächeln. „Als ich diesen Morgen die Kirche betrat, fand ich einen Verrückten dort beten – jenen armen Joe, der sein Leben lang nicht recht bei Trost war. Weiß Gott, was er betete, aber bei solch seltsamen Leuten ist es nicht so unglaublich, anzunehmen, dass es in ihrem Gebet drunter und drüber geht. Es ist ganz wahrscheinlich, dass ein Verrückter zuerst sein Gebet verrichtet, ehe er einen Menschen tötet. Als ich den armen Joe zum letzten Mal sah, war er bei meinem Bruder. Mein Bruder hänselte ihn."

„Beim Zeus", rief der Doktor, „das nenne ich endlich reden! Aber wie erklären Sie …"

Der Geistliche bebte beinahe vor Erregung über seine Entdeckung der Wahrheit. „Sehen Sie nicht? Sehen Sie nicht", schrie er wie im Fieber, „dass dies die einzige Theorie ist, welche auf beide sonderbaren Dinge passt, dass sie beide Rätsel löst! Die beiden Rätsel sind der kleine Hammer und der gewaltige Schlag. Dem Schmied hätte man den gewaltigen Schlag zutrauen können, aber der hätte dazu nicht den kleinen Hammer gewählt. Seine Frau würde den kleinen Hammer gewählt haben, aber sie hätte den gewaltigen Schlag nicht auszuführen vermocht. Aber der Idiot konnte beides getan haben, was den kleinen Hammer betrifft – nun, der Mann war unzurechnungsfähig und hätte ebenso gut nach irgendetwas anderem auch greifen können. Und was den gewaltigen Schlag anbelangt, Doktor, so hat man doch schon oft gehört, dass Tollheit in Augenblicken des Anfalles die Stärke von zehn Männern zu verleihen imstande ist."

Aufatmend gab der Doktor nach. „Teufel noch mal, ich glaube, Sie haben recht."

Pater Brown hatte seine Augen so lange und nachhaltig auf den Sprecher geheftet, dass es klar war, dass seine großen Kalbsaugen denn doch nicht so nichtssagend waren, wie der Rest seines Gesichtes. Als niemand mehr sprach, bemerkte er mit betontem Respekt: „Mr Bohun, die Ihrige ist die einzige, bisher vorgebrachte und wirklich wasserdichte und wesentlich unangreifbare Theorie. Ich glaube daher, dass man Ihnen schuldet, es auszusprechen – nach meiner positiven Kenntnis ist sie nicht die wahre." Und damit schritt der kleine Mann beiseite und starrte wieder auf den Hammer.

„Der Bursche scheint mehr zu wissen, als er sollte", flüsterte der Doktor verdrießlich. „Diese papistischen Priester sind verteufelt verschlagen."

„Nein, nein", beharrte Bohun einigermaßen erschöpft, „es war der Verrückte."

Die Gruppe der beiden Geistlichen und des Doktors stand von der mehr amtlichen Gruppe, welche aus dem Inspektor und dem Verhafteten bestand, etwas abseits. Jetzt aber, da ihre Partei sich aufgelöst hatte, ließ sich von der anderen her eine Stimme vernehmen. Der Priester blickte ruhig auf und dann wieder nieder, während er den Schmied mit lauter Stimme sagen hörte: „Ich hoffe, Inspektor, ich habe Sie überzeugt. Ich bin ein starker Mann, wie Sie sagen, aber von

Greenford bis hierher hätte ich meinen Hammer doch nicht schleudern können. Mein Hammer hat nicht Flügel bekommen, um eine halbe Meile über Hecken und Felder geflogen zu kommen."

Der Inspektor lachte gutmütig. „Nein, ich denke, wir können von Ihnen absehen, obwohl es eines der sonderbarsten Zusammentreffen ist, das mir je unterkam. Ich kann Sie nur bitten, uns jeden Ihnen möglichen Beistand zu leihen, um einen Mann zu finden, der so groß und so stark ist wie Sie selbst. Wahrhaftig, wir könnten Sie vielleicht brauchen, wenn auch nur, um ihn festzuhalten. Sie selbst haben wohl keine Vermutung, was den Mann betrifft?"

„Ich hätte wohl eine Vermutung", gab der bleiche Schmied zur Antwort, „aber es ist kein Mann." Dann, als er sah, wie sich die erschrockenen Blicke zu seiner Frau auf der Bank wandten, legte er seine mächtige Hand auf ihre Schulter und fügte hinzu: „... und auch keine Frau."

„Was meinen Sie damit?", fragte der Inspektor scherzhaft. „Sie glauben doch nicht, dass eine Kuh einen Hammer benutzt? Oder doch?"

„Ich denke, kein Ding von Fleisch und Blut hielt jenen Hammer", sagte der Schmied mit gedämpfter Stimme, „menschlich gesprochen glaube ich, der Mann starb allein."

Wilfried machte plötzlich eine Bewegung vorwärts und sah den Sprecher mit brennenden Augen an.

„Wollen Sie damit sagen, Barnes", ertönte die scharfe Stimme des Schusters dazwischen, „dass der Hammer ganz von selbst aufsprang und den Mann niederstreckte?"

„O, ihr Herren, starrt nur und lacht", rief Simeon, „ihr geistlichen Herren, die ihr uns Sonntags sagt, wie der Herr Senacherib schlug. Ich glaube, dass einer, der unsichtbar in jedem Haus wandelt, die Ehre des meinen verteidigte und den, der sie verunglimpfte, tot vor seine Tür legte. Ich glaube, die Kraft jenes Schlages war die Kraft, die aus dem Erdbeben spricht, und keine geringere."

Mit gänzlich unbeschreiblicher Stimme bemerkte Wilfried: „Ich selbst sagte noch zu Norman, er möge sich vor dem Donnerstreich hüten."

„Dieses Agens liegt außer meiner Rechtsgewalt", meinte der Inspektor mit leichtem Lächeln.

„Aber Sie stehen nicht außerhalb der seinigen", versetzte der Schmied und indem er ihm seinen breiten Rücken zukehrte, ging er in sein Haus.

Der erschütterte Wilfried ließ sich von der leichten und freundlichen Art Pater Browns hinwegführen. „Verlassen wir diesen schrecklichen Ort, Mr Bohun", lud er ihn ein. „Darf ich einmal Ihre Kirche ansehen? Ich höre, es ist eine der ältesten Englands. Sie wissen ja", fügte er mit einer komischen Grimasse hinzu, „wir haben einiges Interesse an alten englischen Kirchen."

Wilfried Bohun lächelte nicht, denn Humor war niemals seine starke Seite. Aber er nickte ziemlich heftig, nur allzu gerne bereit, seine gotischen Herrlichkeiten jemanden zu erklären, der wahrscheinlich mehr Vorliebe dafür empfand als der presbyterianische Schmied oder der glaubenslose Schuster.

„Jedenfalls", sagte er, „wollen wir von dieser Seite aus eintreten." Und er schritt auf den hohen Seiteneingang oberhalb der Stufen zu. Pater Brown machte eben den ersten Schritt auf der Treppe, um ihm zu folgen, als er eine Hand auf seiner Schulter fühlte. Er wandte sich um und bemerkte die düstere dünne Gestalt des Doktors mit seinem vom Verdacht noch finsteren Gesicht.

„Herr", sagte der Arzt barsch, „Sie scheinen einige Geheimnisse dieser dunklen Geschichte zu kennen. Darf ich fragen, ob Sie beabsichtigen, sie für sich zu behalten?"

„Nun, Doktor", antwortete der Priester ganz freundlich lächelnd, „es gibt einen sehr guten Grund, aus dem ein Mann von meinem Beruf Dinge für sich behalten soll, wenn er ihrer nicht sicher ist, und dieser Grund besteht darin, dass es so andauernd seine Pflicht ist, sie für sich zu behalten, wenn er ihrer sicher ist. Wenn Sie aber glauben, ich sei gegen Sie oder gegen irgendjemand unhöflich verschwiegen gewesen, so will ich bis an die äußerste Grenze meiner Gewohnheit gehen. Ich will Ihnen zwei sehr kräftige Winke erteilen."

„Nun?", fragte der Doktor verdrossen.

„Erstens", erklärte der Priester in aller Seelenruhe, „das Ding liegt ganz innerhalb Ihres Tätigkeitsbereiches. Es handelt sich um etwas aus dem physikalischen Wissensgebiete. Der Schmied irrt, nicht vielleicht weil er sagt, der Streich sei göttlichen Ursprunges, sondern weil er ihn durch ein Wunder ausführen lässt. Es war kein Wunder, Doktor, außer insofern, als ein Mensch selbst mit seinem sonderbaren, zum Lösen neigenden und dennoch halb heroischen Herzen ein Wunder ist. Die Kraft, die jenen Schädel zertrümmerte, war eine den Gelehrten wohlbekannte, eine der in den Naturgesetzen am meisten umstrittenen."

Der Doktor, der ihn mit anhaltendem Stirnrunzeln betrachtete, begnügte sich zu fragen. „Und der andere Wink?"

„Der andere ist das. Erinnern Sie sich, wie der Schmied trotz seines Wunderglaubens spöttisch von dem unmöglichen Märchen sprach, dass sein Hammer Flügel bekam und eine halbe Meile über Land flog?"

„Ja, ich entsinne mich dessen", gab der Doktor zu.

„Nun, jenes Märchen kam von all dem, was heute gesagt wurde, der Wahrheit am nächsten." Und damit kehrte er ihm den Rücken und stampfte hinter dem Kurat die Treppe hinauf.

Wilfried Bohun, der bleich und unruhig auf seinen Gefährten gewartet hatte, als wäre diese letzte Verzögerung der Strohhalm für seine Nerven, führte ihn sofort zu seinem Lieblingswinkel in der Kirche, jenem Teil der Galerie, der der gemeißelten Decke am nächsten und im Licht des wunderbaren Fensters mit dem Engel lag. Der kleine lateinische Priester besah und bewunderte alles nach Gebühr und sprach die ganze Zeit über freundlich, doch mit gedämpfter Stimme. Als er im Verlauf seiner Untersuchungen auf den Seitenausgang und die Wendeltreppe traf, über welche Wilfried hinabgeeilt war, um seinen Bruder tot zu finden, lief Pater Brown mit der Behändigkeit eines Affen nicht etwa hinab, sondern hinauf und seine klare Stimme kam von einer der äußeren Plattformen herab.

„Kommen Sie hier herauf, Mr Bohun. Die Luft wird Ihnen guttun."

Bohun folgte ihm und trat auf eine Art steinerner Galerie oder Balkons außerhalb des Gebäudes, von wo man die endlose Ebene, aus der sich dieser kleine Hügel erhob, in Wäldern am Horizont entschwindend und mit Dörfern und Gütern bestreut überblicken konnte. Deutlich und viereckig, jedoch winzig klein lag der Hof der Schmiede unter ihnen, wo noch der Inspektor stand und Notizen machte und noch die Leiche wie eine zerklatschte Fliege am Boden lag.

„Könnte die Weltkarte sein, nicht?", meinte Pater Brown.

„Ja", stimmte Bohun sehr ernst zu und nickte mit dem Kopf. Unmittelbar unter ihnen und um sie her verliefen die Linien des gotischen Baues mit einer dem Selbstmord verwandten Beschleunigung nach außen ins Leere. Es liegt in der Bauweise des Mittelalters, jenes Element titanenhafter Tatkraft, das, von wo immer man es auch betrachtet, stets zu entschwinden scheint. Diese Kirche war aus altem und schweigendem Stein gehauen, bebartet mit alten Schwammbildungen und beklebt mit den Nestern der Vögel. Und doch, wenn man sie von unten besah, sprang sie wie ein Springbrunnen zu den Sternen empor, während sie jetzt von oben besehen wie ein Wasserfall in den lautlosen Abgrund stürzte. Diese beiden Männer standen jetzt allein auf dem Turm der schreckhaftesten Seite der Gotik gegenüber, der ungeheuerlichen, verkehrten Wirkung und Verkehrung der Verhältnisse, der schwindelerregenden Fernsicht ringsum, dem Anblick großer Gegenstände, die sich winzig, und winziger, die sich groß darstellten, dem Durcheinander in der Luft hängenden steinernen Schlingwerks. Bruchstücke aus Stein, gewaltig durch ihre Nähe, hoben sich gegen eine Musterkarte von in ihrer Ferne pygmäenhaften Feldern und Formen ab. Ein aus Stein gehauener Vogel oder irgendein Tier an der Ecke erschien wie ein kriechender oder fliegender Drache, der sich anschickt, die Triften und Dörfer dort unten zu verwüsten. Die ganze Atmosphäre war schwindel- und gefahrvoll, man hatte das Gefühl, als werde man von wirbelnden Schwingen kolossaler Genien in der Luft gehalten, und die ganze alte Kirche, groß und reich wie eine Kathedrale, schien wie ein Wolkenbruch über dem sonnenbeschienenen Land zu lasten.

„Ich finde, es liegt etwas gewissermaßen Gefährliches darin, auf diesen hohen Punkten zu stehen, selbst um zu beten", begann Pater Brown. „Höhen sind dazu da, dass man hinaufblickt und nicht hinab."

„Meinen Sie, man könnte darüberfallen?", fragte Wilfried.

„Ich meine, die Seele könnte einem darüberfallen, wenn schon nicht der Leib", erwiderte der Priester.

„Ich verstehe Sie nicht ganz", bemerkte Bohun undeutlich.

„Sehen Sie z. B. diesen Schmied, ein guter Mann, aber kein Christ – hart, gebieterisch, unnachsichtlich. Nun, seine schottische Religion ist das Erzeugnis von Leuten, welche auf Hügeln und hohen Felsgipfeln beteten und dabei mehr auf die Welt hinabzublicken lernten als zum Himmel hinauf. Niedrigkeit ist die Mutter der Riesen. Große Dinge sieht man vom Tal aus, aber nur kleine vom Gipfel."

„Aber er – er hat es nicht getan", sagte Bohun zitternd.

„Nein", entgegnete der andere in seltsamem Tone, „wir wissen, er war es nicht."

Einen Augenblick ließ er den Blick seiner hellgrauen Augen ruhig über die Ebene hingleiten, um dann fortzufahren: „Ich kannte einen Mann, der mit anderen zusammen vor den Altären zu beten begonnen hatte, dann aber eine Vorliebe für hohe und einsame Orte fasste, um von dort aus, in Ecken oder Nischen vom Kirchturm oder Giebeldach sein Gebet zu verrichten. Und einmal verdrehte sich an einem jener schwindelerregenden Orte, wo die ganze Welt unter ihm wie ein Rad sich zu drehen schien, auch seine Vernunft und er wähnte sich Gott. Und so beging er, obschon er ein guter Mann war, ein großes Verbrechen."

Wilfrieds Gesicht war abgewandt, doch seine knochigen Hände liefen blau und weiß an, während sie das Steingeländer umspannten.

„Er dachte, ihm sei es gegeben, über die Welt zu richten und den Sünder niederzustrecken. Nie wäre ihm ein solcher Gedanke gekommen, wäre er mit anderen Menschen zusammen unten knien geblieben. Er aber sah alle Menschen unter sich, winzig wie Insekten. Einen insbesondere sah er unmittelbar unter sich einherstolzieren, ausgeschämt und durch seinen grünen Hut kenntlich – ein giftiges Insekt."

Krähen krächzten um die Pfeiler, aber nichts weiter war zu hören, bis Pater Brown fortfuhr.

„Auch das versuchte ihn, dass er in seiner Hand eine der furchtbarsten Maschinen der Natur trug, ich meine die Schwerkraft, jene wahnsinnige, sich beschleunigende Kraft, durch die alle irdischen Geschöpfe, sobald losgelassen, dem Herzen der Erde zufliegen. Sehen Sie, da spaziert der Inspektor gerade unter uns in der Schmiede. Wenn ich einen Kieselstein über das Geländer stoßen würde, besäße er die Kraft etwa einer Gewehrkugel, bis er träfe. Nähme ich einen Hammer … selbst einen kleinen Hammer …"

Wilfried Bohun legte ein Bein über das Geländer, doch Pater Brown fasste ihn mit fester Hand am Kragen.

„Nicht durch dieser Pforte", sagte er ganz zuvorkommend, „diese Pforte führt zur Hölle."

Bohun stolperte gegen die Mauer zurück und starrte ihn entsetzten Auges an.

„Wie wissen Sie das alles?", schrie er. „Sind Sie ein Teufel?"

„Ich bin ein Mensch", erwiderte Pater Brown sehr ernst, „und habe daher alle Teufel in meinem Herzen. Hören Sie mich", sagte er nach einer kurzen Pause. „Ich weiß, was Sie getan haben oder wenigstens ich kann mir den größten Teil davon denken. Als Sie Ihren Bruder verließen, waren Sie von einem nicht unberechtigten Zorn erfasst, so zwar, dass Sie nach einem kleinen Hammer griffen, beinahe geneigt, ihn mit seiner Schamlosigkeit auf der Zunge niederzuschlagen. Als Sie sich wieder gefasst hatten, verbargen Sie den Hammer unter Ihrer Jacke und eilten damit zur Kirche. Da beten Sie verwirrt an verschiedenen Orten, unter dem Engelfenster, auf der Plattform darüber und auf einer noch höheren, von der Sie des Obersten orientalischen Hut wie den Rücken eines grünen Käfers umherkrabbeln sahen. Dann schnappte etwas in Ihrer Seele ein und Sie ließen Gottes Donnerkeil fallen."

Wilfried fuhr sich langsam mit der Hand an den Kopf und fragte mit erlöschender Stimme: „Wie wussten Sie, dass sein Hut wie ein grüner Käfer aussah?"

„Oh, das sagte mir nur mein gesunder Menschenverstand. Aber hören Sie weiter. Ich sage, ich weiß alles das, aber niemand anderer wird es erfahren. Der nächste Schritt kommt nun Ihnen zu; ich werde keine weiteren mehr unternehmen, sondern alles unter das Beichtsiegel verschließen. Wenn Sie mich fragen, weshalb, so gibt es viele Gründe dafür und nur einen, der Sie angeht. Ich überlasse alles Ihnen, denn Sie sind noch nicht sehr weit gekommen wie andere Mörder. Sie halfen nicht mit, das Verbrechen dem Schmied aufzubürden, auch nicht seiner Frau, als es leicht war. Sie suchten es dem Schwachsinnigen in die Schuhe zu schieben, denn Sie wussten, er würde dafür nicht büßen müssen. Das war einer der Lichtpunkte, die bei Mördern herauszufinden zu meinem Berufe gehört. Und jetzt kommen Sie hinab ins Dorf und ziehen Sie Ihres Weges, frei wie der Wind, denn ich habe nichts mehr zu sagen."

In tiefstem Schweigen stiegen sie die Wendeltreppe hinab und traten durch die Schmiede in das helle Sonnenlicht hinaus. Wilfried Bohun öffnete sorgfältig die hölzerne Zauntür und sagte, indem er auf den Inspektor zutrat: „Ich wünsche, mich Ihnen zu stellen, ich habe meinen Bruder getötet."

Das Paradies der Diebe

Der große Muscari, der originellste aller toskanischen Dichter, betrat schnellen Schrittes sein Lieblingsrestaurant, das eine herrliche Aussicht auf das Mittelländische Meer bot, mit einem Sonnensegel überdeckt und von kleinen Zitronen- und Orangenbäumen umsäumt war. Kellner in weißen Schürzen legten bereits auf weiß gedeckten Tischen die Insignien eines frühzeitigen und eleganten Lunchs zurecht; und dies schien bei Muscari ein Gefühl der Befriedigung noch zu verstärken, das schon beinahe an Prahlerei grenzte. Muscari hatte eine Adlernase wie Dante, Haare und Krawatte waren schwarz und flatternd; er trug einen schwarzen Mantel und hätte beinahe eine schwarze Maske tragen können, so sehr umgab ihn die Atmosphäre eines venezianischen Melodramas. Er benahm sich, als nähme ein Troubadour immer noch eine so bestimmte soziale Stellung ein wie ein Bischof. Er ging, soweit es sein Jahrhundert zuließ, buchstäblich wie Don Juan mit Rapier und Gitarre durch die Welt.

Denn er reiste niemals ohne sein Etui mit den Degen, mittels deren er viele glänzende Duelle ausgefochten hatte, und niemals ohne sein zweites Etui mit der Mandoline, auf der er Fräulein Ethel Harrogate, der ungemein konventionellen Tochter eines Bankiers aus Yorkshire, auf einer Ferienreise wirklich und wahrhaftig Serenaden dargebracht hatte. Und doch war er weder ein Scharlatan noch ein Kind, sondern ein heißblütiger, logisch denkender Lateiner, der eine Sache liebte und für sie einstand. Seine Gedichte waren so einfach und klar wie anderer Leute Prosa. Er verlangte nach Ruhm oder Wein oder Frauenschönheit mit einer so brennenden Unmittelbarkeit, wie sie für die nebelhaften Ideale oder nebelhaften Kompromisse des Nordens beinahe unverständlich ist; für Kulturen mit verschwommenerem Empfinden roch die Intensität seines Verlangens nach Gefahr, ja nach Verbrechen. Wie das Feuer oder das Meer war er zu einfach und ursprünglich, als dass man ihm vertrauen konnte.

Der Bankier und seine schöne Tochter wohnten in dem Hotel, zu dem Muscaris Restaurant gehörte; darum war es sein Lieblingsrestaurant. Nach einem flüchtig umhergeworfenen Blick erkannte er jedoch sofort, dass die englische Gesellschaft noch nicht heruntergekommen war. Das Restaurant funkelte und glitzerte, war aber noch verhältnismäßig leer. Zwei Priester sprachen miteinander an einem Tisch in einer Ecke, doch Muscari achtete ihrer nicht mehr als eines Paares Krähen. Aber von einem noch weiter entfernten Platz, der durch ein Zwergbäumchen voll goldener Orangen halb verdeckt war, erhob sich eine Gestalt, deren Kleidung in auffallendstem Gegensatz zu der des anderen stand, und näherte sich dem Dichter.

Diese Gestalt trug einen bunt karierten Anzug, eine rosafarbene Krawatte, einen steifen Kragen mit spitzen Ecken und leuchtend gelbe Schuhe. Der Mann brachte es zuwege, auffallend und gewöhnlich zugleich auszusehen. Doch als diese Londoner Erscheinung näher kam, musste Muscari mit Staunen bemerken, dass der Kopf sich vom Körper gar sehr unterschied. Es war ein italienischer Kopf, dunkelfarbig, kraushaarig und ungemein lebhaft, der sich plötzlich aus dem wie Pappendeckel emporstehenden Kragen und der komischen rosafarbenen Krawatte erhob. Es war tatsächlich ein Kopf, den er kannte. Er erkannte ihn, trotz der schrecklichen Aufmachung eines englischen Ferienreisenden; es war das Gesicht eines alten, doch vergessenen Freundes namens Ezza. Dieser Jüngling war auf der Schule ein Wunder gewesen; man hatte ihm, als er fünfzehn war, den Ruhm ganz Europas vorausgesagt; doch als er in der Welt erschien, versagte er erst öffentlich als Dramatiker und Demagoge und dann privat in allen darauffolgenden Jahren als Schauspieler, Reisender, Agent und Journalist. Muscari hatte ihn zuletzt hinter den Rampenlichtern gesehen; Ezza war nur zu gut vertraut mit den Reizmitteln dieses Berufes, und man glaubte, dass ihn irgendein moralisches Unheil befallen habe.

„Ezza!", rief der Dichter, stand auf und schüttelte ihm in angenehmer Überraschung die Hände. „Nun, ich habe dich in vielen Kostümen gesehen, aber ich hätte nie erwartet, dich als Engländer verkleidet zu sehen."

„Dies", antwortete Ezza ernst, „ist nicht das Kostüm eines Engländers, sondern das des Italieners der Zukunft."

„In diesem Falle", bemerkte Muscari, „muss ich gestehen, dass ich den Italiener der Vergangenheit vorziehe."

„Das ist dein alter Fehler, Muscari", sagte kopfschüttelnd der Mann im karierten Anzug. „Und der Fehler Italiens. Im sechzehnten Jahrhundert waren wir Toskaner der aufgehende Morgen: Wir hatten den neuesten Stahl, die neuesten Schnitzereien, die neuesten Chemikalien. Warum sollten wir jetzt nicht die neuesten Fabriken haben, die neuesten Motoren, die neuesten Finanzen – und die neuesten Kleider?"

„Weil es nicht lohnt, sie zu haben", antwortete Muscari. „Du kannst Italien nicht zu einem wirklich fortschrittlichen Land machen; die Leute sind zu klug dazu. Menschen, welche die Abkürzungswege zu einem guten Leben kennen, werden niemals jene neuen, mühevollen Straßen wandern."

„Nun, für mich ist Marconi und nicht d'Annunzio der Stern Italiens", sagte der andere. „Darum bin ich Futurist geworden – und Reiseführer."

„Reiseführer!", rief Muscari lachend aus. „Ist das der letzte Beruf auf deiner Liste? Und wen führst du?"

„Oh, einen Menschen namens Harrogate mit seiner Familie, glaube ich."

„Doch nicht etwa den Bankier, der hier im Hotel wohnt?", fragte der Dichter mit einigem Eifer.

„Ja, das ist mein Mann", antwortete der Reiseführer.

„Ist das ein einträgliches Geschäft?", fragte der Troubadour unschuldig.

„Ich werde auf meine Kosten kommen", rief Ezza mit sehr rätselhaftem Lächeln. „Aber ich bin ein etwas merkwürdiger Reiseführer." Dann, als wollte er das Thema wechseln, sagte er ziemlich unvermittelt: „Er hat eine Tochter – und einen Sohn."

„Die Tochter ist göttlich", bestätigte Muscari, „Vater und Sohn sind, glaub ich, nur menschlich. Aber, seinen harmlosen Charakter zugegeben, fällt es dir nicht auf, dass dieser Bankier ein wunderbares Beispiel für meine Behauptung ist? Harrogate hat Millionen in seinen Safes, und ich habe – ein Loch in meiner Tasche. Aber du wirst nicht sagen wollen – du kannst nicht sagen –, dass er klüger ist als ich oder kühner oder auch nur rühriger. Er ist nicht klug; er hat Augen, die wie blaue

Knöpfe aussehen; er ist nicht rührig, er bewegt sich von einem Stuhl zum anderen wie ein Paralytiker. Er ist ein gewissenhafter, freundlicher alter Dummkopf; aber er hat Geld erworben, einfach weil er Geld sammelt, wie ein Knabe Marken sammelt. Du bist zu geistreich, um Geschäfte zu machen, Ezza. Du würdest nicht vorwärtskommen. Um klug genug zu sein, all das Geld zusammenzukriegen, muss man dumm genug sein, es zu wünschen."

„Dazu bin ich dumm genug", sagte Ezza düster. „Aber ich würde vorschlagen, deine Kritik des Bankiers aufzuschieben, denn da kommt er eben."

Herr Harrogate, der große Finanzmann, trat wirklich ein, doch niemand sah ihn an. Er war ein kräftig gebauter, ältlicher Herr mit verwaschenen blauen Augen und verblichenem sandgrauem Schnurrbart; doch seinen schweren Schritten nach hätte er ein Oberst sein können. Er trug einige ungeöffnete Briefe in der Hand. Sein Sohn, Frank, war ein wirklich hübscher Bursche mit lockigem Haar, sonnverbrannt und sehnig; aber auch ihn sah niemand an. Alle Augen waren, wie gewöhnlich, zumindest für den Augenblick, auf Ethel Harrogate gerichtet, deren goldener griechischer Kopf absichtlich wie die Farbe der Morgendämmerung gegen den Hintergrund der saphirfarbenen See gestellt zu sein schien, gleich dem Haupt einer Göttin. Der Dichter Muscari holte tief Atem, als tränke er etwas mit vollen Zügen, was er auch eigentlich tat. Ezza betrachtete sie mit ebenso gierigen und weit verwirrenderen Blicken.

Fräulein Harrogate war bei dieser Gelegenheit besonders strahlend und zu einer Unterhaltung bereit; auch hatte sich ihre Familie den einfacheren Gebräuchen des Kontinents angepasst, die dem Fremdling Muscari und sogar dem Reiseführer Ezza gestatteten, an ihrem Tisch Platz zu nehmen und sich an ihrem Gespräch zu beteiligen. In Ethel Harrogate fand der Konventionalismus in einer seltenen Vollkommenheit und einem ganz eigenartigen Reiz seine Krönung. Stolz auf ihres Vaters Erfolge und voll Freude an modischen Vergnügungen, eine liebevolle Tochter und durchtriebene kleine Kokette, war sie alles dies zugleich, und zwar mit einer Art goldener Gutmütigkeit, die sogar ihren Stolz liebreizend und ihre weltliche Respektabilität frisch und herzlich erscheinen ließen.

Die Harrogates befanden sich in großer Aufregung wegen einer angeblichen Gefährdung des Bergpfades, den sie in derselben Woche noch zu benutzen hätten. Die Gefahr rührte nicht von Felsen und Lawinen her, sondern von etwas noch Romantischerem. Man hatte Ethel ernstlich versichert, dass Räuber, wahrhaftige Halsabschneider wie in noch heute lebendigen alten Sagen, diesen Bergrücken immer noch heimsuchten und diesen Apenninenpass besetzt hielten.

„Man sagt", rief sie mit der vollständigen Hingabe eines Schulmädels, „dass dieses ganze Land nicht vom König von Italien beherrscht werde, sondern von dem König der Räuber. Wer ist der König der Räuber?"

„Ein großer Mann", erwiderte Muscari, „einer, der wert ist, mit Ihrem Robin Hood in eine Reihe gestellt zu werden, Signorina. Von Montano, dem König der Räuber, hörte man zum ersten Mal vor etwa zehn Jahren in den Bergen, als die Leute sagten, dass die Räuber ausgerottet worden seien. Doch seine wilde Autorität verbreitete sich mit der Schnelligkeit einer heimlichen Revolution. Die Leute fanden seine grimmigen Proklamationen in allen Bergdörfern angenagelt; seine

Schildwachen, Gewehr in der Hand, in jeder Bergschlucht. Sechsmal hat die italienische Regierung versucht, ihn zu vertreiben, und sie wurde in sechs richtigen Schlachten, wie von Napoleon, geschlagen."

„Nun, so etwas", bemerkte der Bankier mit Nachdruck, „würde in England niemals erlaubt werden; vielleicht sollten wir doch eine andere Route wählen. Doch unser Reiseführer dachte, sie wäre vollkommen sicher."

„Sie ist vollkommen sicher", sagte der Reiseführer verächtlich. „Ich habe sie zwanzigmal passiert. Es mag sich dort irgendein alter Zuchthäusler herumgetrieben haben zur Zeit unserer Großmütter, aber der gehört der Geschichte an, wenn nicht dem Reich der Fabel. Die Straßenräuberei ist vollkommen ausgerottet."

„Sie kann niemals vollständig ausgerottet werden", antwortete Muscari, „weil die gewalttätige Revolte eine dem Südländer natürliche Reaktion ist. Unsere Bauern sind wie die Berge, reich an Anmut und grüner Heiterkeit, doch brennt das Feuer in ihnen. Es gibt einen Punkt menschlicher Verzweiflung, auf dem die Armen des Nordens sich dem Trunk ergeben – und unsere Armen nach dem Degen greifen."

„Ein Dichter hat das Privileg, solche Ansichten zu äußern", sagte Ezza grinsend. „Wäre Signor Muscari ein Engländer, so würde er in Wandworth immer noch nach Straßenräubern ausschauen. Glauben Sie mir, es besteht in Italien nicht mehr Gefahr, gefangen genommen zu werden, als in Boston skalpiert zu werden."

„Dann schlagen Sie also vor, es zu wagen?", fragte Herr Harrogate stirnrunzelnd.

„Oh, das klingt ja beinahe gruselig", rief das Mädchen und

richtete ihre strahlenden Augen auf Muscari. „Glauben Sie wirklich, dass der Pass gefährlich sei?"

Muscari warf seine schwarze Mähne zurück. „Ich weiß, dass er gefährlich ist", sagte er. „Ich überschreite ihn morgen."

Der junge Harrogate blieb einen Augenblick lang allein zurück, während er sein Glas Weißwein leerte und eine Zigarette anzündete; die Schöne mit dem Bankier, der Reiseführer und der Dichter hatten sich erhoben und zogen sich zurück. In diesem Augenblick standen die beiden Priester in der Ecke auf, und der größere von den beiden, ein weißhaariger Italiener, verabschiedete sich. Der kleinere Priester wendete sich um und schritt auf den Sohn des Bankiers zu; dieser war erstaunt zu sehen, dass der Mann, obwohl römisch-katholischer Priester, ein Engländer war. Er erinnerte sich dunkel, ihm bei sozialen Versammlungen einiger katholischer Freunde begegnet zu sein. Aber der Mann sprach, ehe Harrogate sein Gedächtnis vollkommen sammeln konnte.

„Herr Frank Harrogate, glaube ich", sagte der Priester. „Ich hatte schon einmal das Vergnügen, aber ich will mich nicht darauf berufen. Das Merkwürdige, was ich Ihnen zu sagen habe, kommt wahrscheinlich besser von einem Fremden. Herr Harrogate, ich sage nur ein Wort und will dann gehen: Geben Sie auf Ihre Schwester acht, ihr droht ein schwerer Kummer."

Sogar für Franks wahrhaft brüderliche Gleichgültigkeit schien die strahlende und ausgelassene Heiterkeit seiner Schwester etwas Klingendes, Funkensprühendes an sich zu haben; er konnte ihr Lachen noch aus dem Hotelgarten herüberhören; und voll Verwirrung starrte er seinen düsteren Ratgeber an.

„Meinen Sie die Räuber?", fragte er und dann, sich eines undeutlichen Angstgefühls erinnernd, das er selbst empfunden hatte, „oder denken Sie vielleicht an Muscari?"

„Man denkt nie an die wahre Ursache eines Kummers", sagte der seltsame Priester. „Man kann nur gütig sein, wenn er sich zeigt."

Und er verließ schnell den Raum, in dem er den anderen beinahe mit offenem Mund zurückließ.

*

Ein oder zwei Tage später kroch ein Wagen, der die Gesellschaft führte, wirklich empor und arbeitete sich in den Furchen der drohenden Bergkette hinauf. Zwischen Ezzas fröhlicher Leugnung aller Gefahren und Muscaris prahlerischer Herausforderung derselben blieb die Familie des Finanzmannes fest in ihrem ursprünglichen Entschluss, und Muscari machte die Gebirgsreise mit ihnen zusammen. Einen überraschenderen Anblick bildete an der Station der Küstenstadt das Erscheinen des kleinen Priesters aus dem Restaurant; er brachte nur vor, dass Geschäftsangelegenheiten ihn auch nach Überschreitung der Berge in das Innere des Landes führten. Doch der junge Harrogate konnte seine Gegenwart nur mit der geheimnisvollen Angst und Warnung des vergangenen Tages in Zusammenhang bringen.

Der Wagen war eine Art bequemer kleiner Waggon, ersonnen von dem modernisierenden Talent des Reiseführers, dessen wissenschaftlicher Tätigkeitsdrang und behender Geist die Expedition leitete. Die Theorie einer von Räubern drohenden Gefahr war aus den Reden und Gedanken aller verbannt, obwohl man sich der Form halber herbeigelassen hatte, einige leichte Vorsichtsmaßregeln anzuwenden. Der Reiseführer und der junge Bankier trugen geladene Revolver, und Muscari hatte, mit viel knabenhafter Freude, eine Art Hirschfänger unter seinem schwarzen Mantel umgeschnallt.

Er hatte es verstanden, seine Person in sprungbereiter Nähe der lieblichen Engländerin zu halten; an ihrer anderen Seite saß der Priester, der Brown hieß und glücklicherweise ein stiller Mensch war; der Reiseführer, der Vater und der Sohn saßen auf dem Rücksitz. Muscari befand sich in gehobener Stimmung, denn er glaubte ernstlich an die Gefahr, und dem Gespräch nach, das er mit Ethel führte, hätte sie leicht auf den Gedanken kommen können, er leide an Manie. Aber in diesem waghalsigen und überwältigenden Aufstieg zwischen felsigen Gipfeln, an deren Hängen sich Wälder von Obstbäumen hinzogen, lag etwas, das den Geist des Mädchens mit dem des Dichters in den Purpur übernatürlicher Himmelsregionen von kreisenden Sonnen emporhob. Die weiße Straße kletterte wie eine weiße Katze hinauf; sie überbrückte düstere Abgründe wie ein gespanntes Seil; sie lag über weite Landstrecken geworfen wie ein Lasso.

Und wie hoch sie auch kamen, überall blühte das verlassene Land wie eine Rose. Die Felder waren von Wind und Sonne gebräunt und Hunderte von Blumen leuchteten in den prächtigen Farben wie Eisvögel, Papageien und Kolibris. Es gibt keine lieblicheren Wiesen und Wälder als die englischen; keine erhabeneren Hänge und Abgründe als Snowdon und Glencoe. Doch Ethel Harrogate hatte nie zuvor die südlichen Gärten zu Füßen der zerklüfteten Bergspitzen des Nordens, die Schluchten Glencoes mit den Früchten Kents beladen gesehen. Es war hier nichts von der Öde und Verlassenheit, die man in Britannien mit dem Gedanken hoher und wilder Szenerie verbindet. Es war eher wie ein vom Erdbeben zertrümmertes Mosaikschloss; oder wie ein holländischer Tulpengarten, mit Dynamit bis zu den Sternen gesprengt.

„Es ist wie Kew Gardens auf Beachy Head", sagte Ethel.

„Es ist unser Geheimnis", antwortete Muscari, „das Geheimnis des Vulkans; das ist auch das Geheimnis der Revolution – dass etwas gewalttätig und doch fruchtbar sein kann."

„Sie sind selbst ein bisschen gewalttätig", und sie lächelte ihm zu.

„Und doch ein wenig unfruchtbar", gab er zu, „wenn ich heute Nacht sterbe, so sterbe ich unverheiratet und als Narr."

„Es ist nicht meine Schuld, dass Sie mitgekommen sind", sagte sie nach einem peinlichen Schweigen.

„Es ist niemals Eure Schuld", antwortete Muscari, „es war nicht Eure Schuld, dass Troja fiel."

Während er sprach, fuhren sie unter überhängenden Felswänden vorbei, die sich beinahe wie Flügel über eine besonders gefahrvolle Wegbiegung breiteten. Stutzig gemacht von dem großen Schatten auf der schmalen, simsartig vorspringenden Straße, scheuten die Pferde ängstlich zurück. Der Kutscher sprang ab, um sie bei den Zügeln zu fassen, doch er verlor die Gewalt über sie. Eines der Pferde bäumte sich in seiner vollen Größe auf – zu der titanischen und erschreckenden Größe eines Pferdes, wenn es zu einem Zweifüßler wird. Es war eben genug, um das Gleichgewicht zu stören; der ganze Wagen kippte Hals über Kopf um wie ein Boot und fiel krachend durch das Buschwerk am Rande der Felswand. Muscari schlang seinen Arm um Ethel, die sich an ihn klammerte und laut aufschrie. Um solcher Augenblicke willen lebte er!

In diesem Augenblick, als die ungeheuerlichen Bergwände sich um den Kopf des Dichters wie Windmühlenflügel drehten, geschah etwas, das zumindest noch erstaunlicher war. Der ältliche und lethargische Bankier sprang aufrecht im Wagen in die Höhe und in den Abgrund, ehe das umgekippte Vehikel ihn dahin bringen konnte. Im ersten Augenblick sah es wie wilder Selbstmord aus; aber im zweiten erwies es sich als so klug wie eine sichere Kapitalanlage. Der Mann aus Yorkshire verfügte augenscheinlich über mehr Schlauheit und schnelle Entschlussfähigkeit, als Muscari ihm zugetraut hätte. Denn er landete auf einem Fleckchen, das absichtlich mit weichem Gras und Klee ausgepolstert worden zu sein schien, um ihn zu empfangen. Es geschah tatsächlich so, dass die ganze Gesellschaft ebenso glücklich, wenn auch äußerlich nicht ganz so würdevoll, dort abgesetzt wurde. Unmittelbar unterhalb dieser plötzlichen Straßenbiegung befand sich eine gras- und blumenbewachsene Mulde, einer versunkenen Wiese gleich, eine Art grüner Samttasche in dem langen grünen Schleppgewand der Hügel. Da hinein wurden sie alle mit geringem Schaden ausgeleert oder umgekippt, nur ihr kleines Gepäck und sogar der Inhalt ihrer Taschen lagen rings im Gras verstreut. Der zerbrochene Wagen hing noch oben im dichten Gebüsch, während die Pferde mühsam den Abhang herunterglitten. Der kleine Priester war der erste, der sich wieder aufsetzte und sich mit einem närrisch erstaunten Gesicht den Kopf kratzte; Frank Harrogate hörte, wie er zu sich selbst sagte: „Jetzt möchte ich wissen, wieso wir ausgerechnet hierher gefallen sind!"

Er sah sich rings unter den verstreuten Dingen um und entdeckte seinen ungewöhnlich plumpen Schirm. Dahinter lag der breitkrempige Hut Muscaris und daneben ein versiegelter Geschäftsbrief, den er nach einem flüchtig darauf geworfenen Blick dem älteren Harrogate überreichte. Auf der andern Seite lag Fräulein Ethels Sonnenhut, halb vom Gras verdeckt, und unmittelbar daneben ein merkwürdiges kleines Glasfläschchen, kaum zwei Zoll lang. Der Priester hob es auf, öffnete den Stöpsel mit einer schnellen, unauffälligen Bewegung und schnüffelte daran; sein ausdrucksloses Gesicht wurde aschfahl.

„Gott steh uns bei!", murmelte er, „es kann doch wohl nicht ihr gehören?" Er ließ das Fläschchen in seine Westentasche gleiten. „Ich glaube, dazu berechtigt zu sein", sagte er zu sich, „bis ich ein wenig mehr erfahren habe."

Er guckte verstohlen mit schmerzvollen Blicken nach dem Mädchen, das in diesem Augenblick von Muscari aus den Blumen gehoben wurde, und zwar mit den Worten: „Wir sind in den Himmel gefallen; es ist ein Zeichen. Sterbliche klettern aufwärts und fallen abwärts; nur Göttern und Göttinnen ist es vergönnt, aufwärts zu fallen."

Und wirklich erhob sie sich aus diesem Meer von Farben so schön und glücklich – eine Vision, die des Priesters Verdacht aus seinem Kopf vertreiben und vertilgen zu wollen schien. „Schließlich gehört das Gift vielleicht doch nicht ihr", dachte er, „vielleicht ist es nur einer von Muscaris melodramatischen Tricks."

Muscari stellte die Dame leicht auf die Beine, machte eine närrisch-theatralische Verbeugung vor ihr und hackte dann sofort mit dem gezogenen Hirschfänger aus aller Kraft auf die verwickelten Geschirre der Pferde los, bis sie auf die Beine kriechen konnten und zitternd auf der Wiese standen.

Nachdem Muscari dies getan hatte, geschah etwas sehr Merkwürdiges. Ein sehr stiller Mann, sehr ärmlich gekleidet und ungemein sonnverbrannt, trat aus dem Gebüsch und fasste die Pferde an den Zügeln. Er trug ein seltsam geformtes, sehr breites, gebogenes Messer am Gürtel. Sonst war nichts Merkwürdiges an ihm, nur eben dieses plötzliche und stille Auftreten. Der Dichter fragte ihn, wer er sei, und er antwortete nicht.

Als sich Muscari rings unter den verwirrten und erstaunten Leuten in der Mulde umsah, bemerkte er, dass ein zweiter gebräunter und zerlumpter Mann, mit einem Karabiner unterm Arm, die Ellbogen aufs Gras gestützt, vom unteren Rande der Wiese aus zu ihnen heraufsah. Dann blickte Muscari zur Straße hinauf, von der sie heruntergefallen waren, und sah die Mündungen von vier weiteren Karabinern und vier weitere braune Gesichter mit weit offenen, aber vollkommen unbeweglichen Augen auf sich herabblicken.

„Die Räuber!", schrie Muscari mit einem gewissen ungeheuerlichen Frohlocken. „Das war eine Falle. Ezza, wenn du die Freundlichkeit haben wolltest, zuerst den Kutscher zu erschießen, so können wir noch durchkommen. Sie sind ihrer nur sechs."

„Der Kutscher", sagte Ezza, der grimmig, die Hände in den Taschen, dastand, „ist zufällig ein Diener des Herrn Harrogate."

„Dann erschieß ihn umso mehr", rief der Dichter ungeduldig, „er ist bestochen worden, seinen Herrn umzuwerfen. Dann wollen wir die Dame in die Mitte nehmen und die Schlachtreihe dort oben durchbrechen – in einem schnellen Ansturm." Und durch das dichte, blumenübersäte Gras watend näherte er sich furchtlos den vier Karabinern; doch als er bemerkte, dass ihm niemand folgte, mit Ausnahme des jungen Harrogate, drehte er sich um und schwenkte den Hirschfänger, um die anderen herbeizuwinken. Er sah den Reiseführer, immer noch etwas abseits inmitten des Wiesenrundes, die Hände in den Taschen, dastehen, indes sein schmales, ironisches italienisches Gesicht im Abendlicht immer länger und länger zu werden schien.

„Du glaubtest, Muscari, ich sei der Missratene unter den Schulkameraden", sagte er, „und dich hieltest du für den Erfolgreichen. Aber ich habe doch den größeren Erfolg erzielt und werde in der Geschichte den wichtigeren Platz einnehmen. Ich habe Epen geschaffen, während du sie geschrieben hast."

„Komm vorwärts!", donnerte Muscari von oben. „Willst du dort stehen bleiben und Unsinn schwätzen, wenn du eine Dame zu retten hast und drei starke Männer dir helfen wollen? Wie, glaubst du, wird man dich da nennen?"

„Man nennt mich Montano", rief der seltsame Reiseführer mit ebenso lauter und volltönender Stimme. „Ich bin der König der Räuber, und ich heiße euch alle in meiner Sommerresidenz willkommen."

Und während er sprach, traten noch fünf weitere stille Männer mit bereitgehaltenen Waffen aus dem Gebüsch hervor und blickten ihn an, als erwarteten sie seine Befehle. Einer von ihnen hielt ein großes Papier in der Hand.

„Dieses hübsche kleine Nest, in dem wir hier alle ein Picknick feiern", fuhr der räuberische Reiseführer mit demselben spöttischen, doch düsteren Lächeln fort, „ist zusammen mit einigen unterirdischen Höhlen unter dem Namen ‚Paradies der

Diebe' bekannt. Es ist meine stärkste Befestigung auf diesen Hügeln; denn wie Sie bemerkt haben dürften, ist der Horst sowohl von der oben führenden Straße wie auch von dem darunterliegenden Tal aus unsichtbar. Er ist noch etwas Besseres als uneinnehmbar; er ist unauffindbar. Hier lebe ich zumeist, und hier werde ich sicherlich sterben, falls mich die Gendarmen hier jemals aufspüren sollten. Ich gehöre nicht zu jener Art von Verbrechern, die ihre ‚Verteidigung in der Reserve halten', sondern zu der besseren Art, die ihre letzte Kugel in Reserve halten."

Alle starrten ihn wie vom Donner gerührt schweigend an, mit Ausnahme Pater Browns, der einen tiefen Seufzer der Erleichterung ausstieß und die kleine Phiole in seiner Tasche befingerte. „Gott sei Dank!", murmelte er, „das ist weitaus wahrscheinlicher. Das Gift gehört natürlich diesem Räuberhauptmann. Er trägt es wie Cato bei sich, damit er niemals gefangen genommen werden kann."

Der Räuberkönig fuhr jedoch fort, seine Ansprache mit derselben gefährlichen Höflichkeit vorzubringen. „Es bleibt mir nur noch übrig", sagte er, „meinen Gästen die gesellschaftlichen Bedingungen mitzuteilen, unter denen ich das Vergnügen habe, sie zu bewirten. Ich brauche wohl nicht erst die althergebrachte Tradition des Lösegeldes zu erklären, das einzuheben meine Pflicht ist; auch trifft dies nur einen Teil der Gesellschaft. Den hochwürdigen Pater Brown und den berühmten Signor Muscari werde ich im kommenden Morgengrauen freigeben und bis zu meinen äußeren Wachtposten eskortieren lassen. Poeten und Priester haben, wenn Sie meine einfache Rede freundlichst entschuldigen wollen, niemals Geld. Und darum – da es unmöglich ist, etwas aus ihnen herauszuholen – wollen wir die Gelegenheit ergreifen, unsere Bewunderung für klassische Literatur und unsere Verehrung für die heilige Kirche zu beweisen."

Er hielt mit einem unangenehmen Lächeln inne; Pater Brown blinzelte wiederholt nach ihm hin und schien plötzlich mit großer Aufmerksamkeit zuzuhören. Der Räuberhauptmann nahm das große Papier von dem wartenden Räuber und, es flüchtig mit einem Blick streifend, fuhr er fort:

„Meine übrigen Absichten sind klar auseinandergesetzt in diesem öffentlichen Dokument hier, das ich sofort herumreichen lassen werde und das nachher an einem Baum bei jedem Dorf und an jeder Wegkreuzung in den Bergen angeschlagen werden soll. Ich will euch mit Fachausdrücken nicht langweilen, das werdet ihr dann ohnehin allein herausfinden. Das Wesentliche meiner Proklamation ist Folgendes: Ich kündige zuerst an, dass ich den englischen Millionär, den Finanzkoloss Herrn Samuel Harrogate, gefangen habe. Ich kündige weiter an, dass ich bei ihm zweitausend Pfund in Noten und Wertpapieren gefunden habe, die er mir übergeben hat. Da es nun wahrhaftig unmoralisch wäre, etwas Derartiges dem gläubigen Publikum anzukündigen, wenn es nicht auch tatsächlich stattgehabt hat, so schlage ich vor, dass es ohne jede weitere Verzögerung stattfindet. Ich schlage vor, dass Herr Harrogate senior mir die zweitausend Pfund, die er in der Tasche trägt, übergibt."

Der Bankier sah ihn stirnrunzelnd an, mit rotem Gesicht und mürrischem Ausdruck, aber anscheinend eingeschüchtert. Jener Sprung aus dem stürzenden Wagen schien den Rest seiner männlichen Kraft aufgebraucht zu haben. Er war mit einer Armesündermiene zurückgeblieben, als sein Sohn und Mus-

cari den kühnen Versuch machen wollten, aus der Räuber-
falle auszubrechen.

Und jetzt fuhr seine rote zitternde Hand widerwillig in die
Brusttasche, und er überreichte dem Räuber ein Bündel Papiere und Briefumschläge.

„Ausgezeichnet!", rief der Bandit frohlockend. „So weit geht
alles ganz gemütlich. Ich fahre also in der Aufzählung der
Punkte meiner Proklamation fort, die bald in ganz Italien bekannt gegeben werden soll. Das Dritte ist die Frage des Lösegeldes. Ich verlange von den Freunden der Familie Harrogate
ein Lösegeld von dreitausend Pfund, welche Forderung – davon bin ich überzeugt – für diese Familie beinahe beleidigend
ist durch die bescheidene Einschätzung ihrer Bedeutung. Wer
würde nicht eine dreimal so große Summe bezahlen, um noch
einen Tag länger in diesem häuslichen Kreise verbringen zu
dürfen? Ich will euch nicht verbergen, dass das Dokument
mit gewissen gesetzmäßig klingenden Phrasen endet, über die
unangenehmen Dinge, die passieren könnten, falls das Geld
nicht bezahlt wird; doch inzwischen, meine Herren und Damen, lassen Sie mich Ihnen versichern, dass es mir hier an
Bequemlichkeit, Wein und Zigarren nicht mangelt und ich
Ihnen einstweilen meinen sportsmännischen Willkommens-
gruß entbiete zu allen Freuden und Genüssen des Paradieses
der Räuber!"

Während der ganzen Zeit, da er sprach, hatten sich die zwei-
felhaft aussehenden Männer mit Karabinern und schmut-
zigen Filzhüten schweigend in so zunehmender Zahl ver-
sammelt, dass sogar Muscari einsehen musste, wie geringe
Hoffnungen ein Ausfall mit dem Schwert haben mochte. Er
blickte um sich; doch das Mädchen war bereits hinübergegan-

gen, um ihren Vater zu trösten und zu beruhigen, denn ihre natürliche Zuneigung zu ihm war ebenso stark oder vielleicht noch stärker als ihr etwas snobistischer Stolz auf seinen Erfolg. Muscari, mit der mangelhaften Logik jedes Liebhabers, bewunderte diese töchterliche Ergebenheit und fühlte sich doch zugleich durch sie unangenehm berührt. Er steckte den Dolch wieder in die Scheide und zog sich zurück, um sich ein wenig schmollend auf eine der Rasenbänke zu werfen. Der Priester setzte sich ein oder zwei Ellen weit davon entfernt nieder, und Muscari wendete ihm in einer augenblicklich aufsteigenden Erregung seine Adlernase zu, während er ihn mit Adlerblicken durchbohrte.

„Nun", sagte der Dichter herb, „halten mich die Leute immer noch für zu romantisch? Ich bin neugierig, ob es in den Bergen noch Räuber gibt oder nicht!"

„Mag schon vorkommen", sagte Pater Brown.

„Was meinen Sie?", fragte der andere scharf.

„Ich meine, dass ich verwirrt bin", erwiderte der Priester. „Ich bin verwirrt durch diesen Ezza oder Montano oder wie immer sonst er heißen mag. Er kommt mir als Räuber noch weit unverständlicher vor denn als Reiseführer."

„Aber wieso?", fragte sein Gefährte beharrlich. „Santa Maria! Ich will doch meinen, der Räuber ist klar genug."

„Ich finde drei seltsame Schwierigkeiten", sagte der Priester mit ruhiger Stimme. „Ich würde gerne Ihre Meinung darüber hören. Vor allem muss ich Ihnen sagen, dass ich in jenem Restaurant am Meeresufer zugleich mit Ihnen gespeist habe. Als vier von Ihnen das Lokal verließen, gingen Sie und Fräulein Harrogate lachend und plaudernd voran; der Bankier und der Reiseführer folgten Ihnen und sprachen wenig und ziem-

lich leise. Aber ich konnte nicht umhin, Ezza die Worte sprechen zu hören: ‚Nun, mag sie ihren kleinen Spaß haben; Sie
wissen, der Schlag kann sie jeden Augenblick treffen.' Herr
Harrogate antwortete nichts; darum müssen die Worte eine
bestimmte Bedeutung gehabt haben. Einem Impuls des Au-
genblicks folgend warnte ich den Bruder und sagte ihm, dass
seine Schwester vielleicht in Gefahr schwebe; ich erwähnte
nichts von der Art der Gefahr, da ich nichts Näheres darüber
wusste. Doch sollte es diese Gefangennahme in den Bergen
bedeuten, so wäre es ein Unsinn. Wozu sollte der räuberische
Reiseführer seinen Auftraggeber warnen, wenn auch nur
durch einen Wink, da sein einziger Zweck doch war, ihn in die
Bergmausefalle zu locken? Es konnte nicht das bedeutet haben. Wenn aber nicht, was sollte dieses andere Unglück sein,
das sowohl dem Reiseführer wie dem Bankier bekannt ist und
das über dem Haupte von Fräulein Harrogate schwebt?"
„Ein Unglück über dem Haupte Fräulein Harrogates?", rief
der Dichter aus und richtete sich mit einiger Wildheit auf.
„Erklären Sie sich näher; fahren Sie fort!"
„Alle meine Rätsel drehen sich jedoch um unseren Räuberhauptmann", nahm der Priester nachdenklich seine Betrachtungen wieder auf. „Hier ist das zweite: Wozu sollte er in
seiner Lösegeldforderung die Tatsache, dass er seinem Opfer zweitausend Pfund auf der Stelle abgenommen hat, so
besonders betonen? Das fördert die Einbringung des Lösegeldes nicht im Geringsten. Ganz im Gegenteil. Harrogates
Freunde müssten weit mehr um sein Schicksal besorgt sein,
wenn sie glaubten, dass die Räuber arm und verzweifelt seien.
Und doch ist die Plünderung an Ort und Stelle ausdrücklich
hervorgehoben und an die Spitze der Forderung gestellt wor-

den. Warum sollte Ezza Montano so viel Wert darauf legen, Europa wissen zu lassen, dass er den Leuten die Taschen ausplünderte, ehe er die Erpressung vornahm?"

„Ich habe keine Ahnung", sagte Muscari und strich sein schwarzes Haar zurück, diesmal ohne affektierte Geste. „Sie glauben vielleicht, mich aufzuklären, aber Sie führen mich nur tiefer ins Dunkel. Was mag wohl der dritte Einwand gegen den Räuberkönig sein?"

„Der dritte Einwand", sagte Pater Brown, noch immer in Nachdenken versunken, „ist diese Bank, auf der wir sitzen. Warum nennt unser räuberischer Reiseführer dies seine Hauptfestung und das Paradies der Räuber? Es ist sicherlich ein sanfter Fleck Erde, um darauf niederzufallen, und ein lieblicher Fleck Erde, um ihn anzusehen. Es ist auch ganz richtig, dass er, wie Ezza sagt, vom Tal und von der Höhe aus unsichtbar ist und darum ein Versteck bildet. Aber es ist keine Festung. Ich glaube, es wäre die schlechteste Festung der ganzen Welt. Denn sie wird tatsächlich von oben durch die allgemeine Hochstraße über die Berge beherrscht – gerade von dem Orte aus, den die Polizei voraussichtlich passieren würde. Ja, fünf schäbige kleine Gewehre haben uns vor einer halben Stunde hilflos hier festgehalten. Eine viertel Kompanie irgendwelcher Soldaten hätte uns über den Abhang feuern können. Was soll also dieser seltsame Schlupfwinkel von Gras und Blumen bedeuten? Es ist keine verschanzte Stellung. Es ist etwas anderes; es hat irgendeine andere seltsame Bedeutung; irgendeinen Vorzug, den ich nicht verstehe. Es gleicht eher einem zufälligen Theater oder einem natürlichen Rasenplatz; es ist wie die Szenerie einer romantischen Komödie; es ist wie ..."

Als die Worte des kleinen Priesters sich in die Länge zogen und sich endlich ganz in unverständliche und träumerische Erwägungen verloren, hörte Muscari, dessen animalische Sinne wach und scharf waren, ein neues Geräusch, das aus den Bergen drang. Sogar für ihn war der Ton nur ganz schwach und leise vernehmbar; doch er hätte schwören können, dass die Abendbrise etwas wie das Getrappel von Pferdehufen und ferne Rufe mit sich getragen habe.

Im selben Augenblick und noch lange, ehe die Vibration die weniger empfindsamen Ohren der Engländer erreicht hatte, lief Montano, der Räuber, zu der Höhe hinauf und spähte, in dem niedergebrochenen Buschwerk gegen einen Baum gestützt, die Straße hinunter. Er war eine merkwürdige Gestalt, wie er so dort lehnte; denn er hatte sich in seiner Eigenschaft als Banditenkönig einen fantastischen Schlapphut beigelegt und einen an Gürtel und Gehenke schleppenden Degen, doch der leuchtend karierte prosaische Anzug des Reiseführers schimmerte in hellen Flecken rings durch das Gebüsch.

Im nächsten Augenblick wendete er sein olivfarbenes, grinsendes Gesicht um und machte eine Bewegung mit der Hand. Die Räuber verstreuten sich auf das Zeichen hin, nicht in Verwirrung, sondern, wie es schien, in einer Art kriegerischer Ordnung. Statt wie bisher die Straße selbst besetzt zu halten, verteilten sie sich längs derselben hinter den Bäumen und Gebüschen, als erwarteten sie im Hinterhalt einen Feind. Der ferne Lärm wurde lauter und fing an, die Bergstraße erbeben zu machen; man konnte deutlich eine Stimme hören, die Befehle erteilte. Die Räuber duckten sich und kauerten sich zusammen, fluchten und flüsterten, und die Abendluft war erfüllt von tausend kleinen metallischen Klängen, vom Laden der Pistolen, vom Herausziehen der Messer und vom Anschlagen der Säbel gegen Steine und Wurzeln. Dann schien sich der Lärm von beiden Seiten oben auf der Straße zu vereinen; Zweige wurden geknickt, Pferde wieherten, und Männer schrien.

„Hilfstruppen!", rief Muscari, sprang auf die Beine und schwenkte seinen Hut. „Gendarmen kommen über sie! Jetzt lasst uns für die Freiheit kämpfen! Rebellen gegen Räuber! Kommt, wir wollen nicht alles der Polizei überlassen; das ist so schrecklich modern. Wir wollen diesen Schurken in den Rücken fallen. Die Gendarmen sind uns zu Hilfe gekommen; hört, Freunde, wir wollen den Gendarmen zu Hilfe kommen!" Er warf seinen Hut hoch über die Bäume, zog nochmals sein kurzes Schwert und begann den Abhang hinaufzustürmen, der Straße zu. Frank Harrogate sprang auf und lief, den Revolver in der Hand, hinüber, um ihm zu helfen, hielt jedoch erstaunt inne, als er sich von der rauen Stimme seines Vaters, der in großer Aufregung zu sein schien, höchst energisch und bestimmt zurückgerufen hörte.

„Ich will es nicht", sagte der Bankier mit keuchender Stimme, „ich will nicht, dass du dich einmischst."

„Aber Vater", sagte Frank herzlich, „ein Italiener geht voran. Du wirst doch nicht wollen, dass ein Engländer zurückbleibt?"

„Es ist zwecklos", sagte der ältere Mann heftig zitternd, „es ist zwecklos. Wir müssen uns in unser Los fügen."

Pater Brown sah den Bankier an; dann legte er seine Hand instinktiv an die Brust, als griffe er nach seinem Herzen, doch in Wirklichkeit tastete er nach dem Fläschchen mit dem Gift; dann glitt ein Leuchten über sein Gesicht, die Erleuchtung der Offenbarung des Todes.

Muscari hatte inzwischen, ohne auf Unterstützung zu warten, die Höhe der Straße erklommen und den Räuberkönig heftig auf die Schulter geschlagen, sodass dieser schwankte und herumfuhr. Auch Montano hatte sein Schwert aus der Scheide gezogen, und Muscari, ohne ein Wort zu verlieren, führte einen Stoß gegen Montanos Kopf, den dieser parieren und auffangen musste. Aber noch während die beiden kurzen Schwerter gekreuzt waren und gegeneinander schlugen, ließ der König der Räuber absichtlich seine Klinge sinken und lachte.

„Wozu, alter Freund?", sagte er in munterem italienischem Dialekt. „Diese verdammte Komödie wird bald vorüber sein."

„Was meinst du mit deinen Ausflüchten?", keuchte der Feuer speiende Dichter. „Ist dein Mut nur Schein, ebenso wie deine Ehrlichkeit?"

„Alles an mir ist nur Schein", erwiderte der Exreiseführer jetzt in vollkommen heiterer Laune. „Ich bin ein Schauspieler; und wenn ich jemals einen Privatcharakter besessen habe, so kann ich mich seiner längst nicht mehr entsinnen. Ich bin ebenso wenig ein echter Räuber, wie ich ein echter Reiseführer bin. Ich bin nur ein Bündel von Masken, und damit kannst du dich nicht schlagen." Und er lachte in knabenhafter Ausgelassenheit und verfiel wieder in seine gewohnte breitbeinige Stellung, den Rücken dem Scharmützel auf der Straße zugewandt.

Die Dunkelheit fiel unter den hohen Bergwänden ein, und es war nicht leicht, viel von dem Fortgang des Kampfes zu erkennen, ausgenommen, dass große Männer die Köpfe ihrer Pferde durch eine dichte Menge von Räubern durchzuzwängen trachteten, die eigentlich mehr geneigt schienen, die Eindringlinge zu belästigen und zu bedrängen, als sie zu töten. Das Ganze glich eher einer Menschenansammlung in einer Stadt, bei welcher die Polizei gehindert werden soll durchzukommen, als irgendeinem Bild, das sich der Dichter vom letzten Standhalten verurteilter und geächteter Mörder und Räuber vorgestellt hätte. Eben als er voll Verwunderung die Augen rollte, fühlte er sich am Ellbogen berührt und sah den merkwürdigen kleinen Priester, wie einen kleinen Noah mit einem großen Hut, dort stehen und ihn um die Freundlichkeit bitten, ein paar Worte mit ihm wechseln zu dürfen.

„Signor Muscari", sagte der Priester, „in dieser seltsamen Situation werden Sie es mir nicht übelnehmen, wenn ich ein wenig persönlich werde. Ich kann Ihnen vielleicht, ohne Ihnen nahetreten zu wollen, sagen, in welcher Weise Sie mehr helfen könnten, als wenn Sie den Gendarmen beistehen, die auf jeden Fall hier durchbrechen müssen. Sie werden mir die unverschämte Intimität verzeihen; aber liegt Ihnen etwas an diesem Mädchen? Ich meine, liegt Ihnen so viel an ihr, dass Sie sie heiraten und ihr ein guter Gatte sein wollen?"

„Ja", sagte der Dichter ganz schlicht.

„Liegt ihr etwas an Ihnen?"

„Ich glaube, ja", lautete die ebenso ernste Antwort.

„Dann gehen Sie hin, und halten Sie um ihre Hand an", sagte der Priester; „bieten Sie ihr alles an, was Sie anbieten können; Himmel und Erde, wenn Sie sie besitzen. Die Zeit ist knapp."

„Warum?", fragte der erstaunte Mann der Feder.

„Weil", sagte Pater Brown, „ihr Schicksal die Straße dort heraufkommt."

„Nichts kommt die Straße herauf", erwiderte Muscari, „nur die Hilfstruppen."

„Nun, so gehen Sie hinüber und helfen Sie ihr, den Hilfstruppen zu entrinnen."

Beinahe noch während er sprach, wurde das Gebüsch über den ganzen Kamm hin von dem Ansturm der fliehenden Räuber niedergetreten. Sie tauchten in Buschwerk und dichtem Gras unter wie verfolgte, geschlagene Leute; und die großen, federgeschmückten Hüte der berittenen Gendarmen glitten bald oben längs der niedergetretenen Hecke vorbei. Ein anderer Befehl wurde erteilt; man hörte das Geräusch des Absitzens von den Pferden, und ein großer Offizier mit federgeschmücktem Hut, einem grauen Spitzbart und einem Blatt Papier in der Hand erschien in der Öffnung, welche das Tor zum Paradies der Diebe bildete. Die augenblicklich eingetretene Stille wurde in auffallender Weise von dem Bankier unterbrochen, der mit heiserer und erstickter Stimme ausrief: „Ausgeraubt, geplündert! Man hat mich beraubt!"

„Ja, das geschah doch schon vor Stunden", rief sein Sohn erstaunt, „dass man dir die zweitausend Pfund geraubt hat."

„Nicht die zweitausend Pfund", sagte der Finanzmann, plötzlich erschreckend gefasst, „sondern nur ein kleines Fläschchen."

Der Polizeioffizier mit dem grauen Spitzbart schritt über den grünen Rasen der Mulde hin. Als er an dem König der Räuber vorbeikam, schlug er ihm auf die Schulter mit einer Bewegung, die zwischen einer Liebkosung und einem Schlag die Mitte hielt, und versetzte ihm einen Stoß, der ihn weit forttaumeln ließ. „Sie werden auch Unbequemlichkeiten haben", sagte er, „wenn Sie solche Streiche spielen."

Wieder erschien es dem Künstlerauge Muscaris nicht ganz so wie die Gefangennahme eines großen Verbrechers, dem jeder Ausweg abgeschnitten ist. Der Offizier schritt weiter und machte vor den nebeneinanderstehenden Mitgliedern der Familie Harrogate halt: „Samuel Harrogate, ich verhafte Sie im Namen des Gesetzes wegen Veruntreuung der Gelder der Hull- und Huddersfield-Bank."

Der große Bankier nickte mit der merkwürdigen Miene eines Geschäftsmannes, der sein Einverständnis bezeugt, schien noch einen Augenblick zu überlegen, und ehe es jemand verhindern konnte, gelangte er durch eine halbe Drehung und einige Schritte an den Rand des Abhangs der außenliegenden Bergwand. Dann, die Arme in die Höhe werfend, sprang er genauso, wie er aus dem Wagen gesprungen war. Aber diesmal fiel er nicht auf eine kleine Wiese, die gerade unterhalb lag; er fiel tausend Fuß tief, um mit zerschmetterten Gliedern im Abgrund liegen zu bleiben.

Der Zorn, dem der italienische Polizeioffizier, zu Pater Brown gewendet, wortreichen Ausdruck gab, war nicht wenig mit Bewunderung vermengt. „Das sieht ihm wieder ähnlich, uns zum Schluss noch zu entwischen", sagte er. „Er war ein großer Räuber, wenn Sie wollen. Dieser letzte Streich, den er uns spielte, ist, glaube ich, absolut einzig dastehend in der Geschichte. Er floh mit den Geldern der Gesellschaft nach Italien und ließ sich tatsächlich von Scheinräubern fangen, die er selbst bezahlte, um auf diese Weise beides, sein eigenes Verschwinden und das des Geldes, zu erklären. Jene Lösegeldforderung ist tatsächlich von der Polizei ernst genommen worden. Aber er hat seit Jahren ganz ebenso gute Ideen gehabt und ausgeführt. Es wird für seine Familie ein wirklicher Verlust sein."

Muscari führte die unglückliche Tochter fort, die sich fest an ihn klammerte, wie sie es nachher noch viele Jahre hindurch tat. Aber sogar in dieser tragischen Situation konnte Muscari nicht umhin, dem unangreifbaren Ezza Montano ein Lächeln und eine Handbewegung halb ironischer Freundschaft zu schenken. „Und wohin gehst du jetzt?", fragte er über die Schulter hin.

„Birmingham", antwortete der Schauspieler, an einer Zigarette paffend. „Hab ich dir nicht gesagt, dass ich Futurist bin? Ich glaube wirklich an diese Dinge, wenn ich überhaupt an etwas glaube. Veränderungen, Bewegung und neue Dinge jeden Tag. Ich gehe nach Manchester, Liverpool, Leeds, Hull, Huddersfield, Glasgow, Chicago – kurz, zu aufgeklärten, energischen, zivilisierten Leuten!"

„Kurz", sagte Muscari, „in das wahre Paradies der Diebe."

Der Mann in der Passage

Zwei Männer erschienen gleichzeitig an den beiden gegenüberliegenden Enden eines Verbindungsganges, der an dem einen Flügel des Apollo-Theaters in Adelphi entlanglief. Es war gegen Abend, aber die Straßen lagen noch im Sonnenlicht, das in die blassen Farben der Dämmerung hinüberspielte. Der Gang war verhältnismäßig lang und dunkel, sodass jeder der beiden Männer den anderen nur als Silhouette am gegenüberliegenden Ende sehen konnte. Nichtsdestoweniger erkannte doch jeder den anderen, sogar in diesen tintenfarbenen Umrissen, denn beide waren Männer von auffallender Erscheinung, und sie hassten einander.

Die überdeckte Passage führte auf einer Seite in eine der steilen Straßen von Adelphi und auf der anderen zu einer Terrasse, von der aus man den im Abendrot schimmernden Fluss überblickte. Die eine Seitenwand der Passage bildete eine kahle Mauer, die zu einem alten Theaterrestaurant gehörte, einem missglückten Unternehmen, das nun geschlossen war. An der anderen Seitenwand befanden sich zwei Türen, eine an jedem Ende. Keine von beiden war das, was man gewöhnlich den Bühnenausgang nennt; sie waren eine Art privater Bühnenausgang, der nur von ganz vereinzelten Darstellern benutzt wurde, und in diesem Fall von den Stars der heutigen Shakespeare-Aufführung. So bedeutende Persönlichkeiten lieben es oft, derartige private Aus- und Eingänge zu haben, um Freunden zu begegnen oder sie vermeiden zu können.

Die beiden fraglichen Männer waren sicherlich zwei solche Freunde, Männer, die offenbar die Türen kannten und damit rechneten, dass man sie ihnen öffnen würde, denn beide näherten sich der Türe an dem oberen Ende mit gleicher Gelassenheit und Zuversicht. Freilich nicht mit gleicher Eile; doch der Mann, der schneller ging, war der, welcher vom ferneren Ende kam, sodass sie beide beinahe im selben Augenblick vor der geheimen Bühnentür ankamen. Sie grüßten einander höflich und warteten, bis einer von ihnen, der schnellere Geher, der weniger Geduld zu haben schien, an die Tür klopfte.

Darin und in allem Übrigen waren sie voneinander so verschieden, dass man nicht sagen konnte, einer wäre dem anderen überlegen gewesen. Im privaten Leben waren sie beide hübsch, tüchtig und beliebt zu nennen. Als Leute der Öffentlichkeit bekleideten sie beide hervorragende Stellen. Doch alles an ihnen, vom Ruhm bis zum hübschen Äußeren, war von durchaus verschiedener und miteinander nicht zu vergleichender Art. Sir Wilson Seymour gehörte zu jenen Menschen, deren Bedeutung jedem gesellschaftlich Orientierten bekannt ist. Je näher man mit den innersten Kreisen jeder Partei oder Berufsclique bekannt wurde, umso öfter begegnete man Sir Wilson Seymour. Er war der einzige intelligente Mann auf zwanzig unintelligente Komiteemitglieder – auf jedem Gebiet, angefangen von der Reform der Royal Academy bis zum Projekt des Bimetallismus für Großbritannien. Insbesondere auf dem Gebiet der Kunst war er allmächtig. Er war so einzigartig, dass niemand ganz entscheiden konnte, ob er ein großer Aristokrat war, der die Kunst unter seine Hauptinteressen aufgenommen hatte, oder ein großer Künstler, den die Aristokraten aufgenommen hatten. Aber man konnte nicht fünf Minuten mit ihm zusammen sein, ohne wahrzunehmen, dass man eigentlich sein ganzes Leben lang von ihm geleitet worden war.

Seine Erscheinung war „distinguiert" im eigentlichen Sinn des Wortes, konventionell und zugleich einzigartig. Die letzte Mode hätte nichts auszusetzen gefunden an seinem Zylinderhut, der aber doch anders war als aller anderen Leute Hüte – ein bisschen höher vielleicht, was des Mannes natürliche Größe noch etwas unterstrich. Seine hohe, schlanke Gestalt war ein wenig vorgebeugt, doch sah sie nicht im Mindesten schwächlich aus. Sein Haar war silbergrau, doch sah er nicht alt aus; er trug das Haar etwas länger als üblich, hatte aber dabei nichts Weibliches an sich; das Haar war gelockt, aber auf eine natürliche Weise. Sein sorgfältig geschnittener Spitzbart ließ ihn männlicher erscheinen und ein wenig militärisch, so wie bei jenen alten Admiralen von Velasquez, mit deren dunklen Porträts sein Haus geschmückt war. Seine grauen Handschuhe waren eine Schattierung bläulicher, sein Stock mit dem Silberknopf eine Spur länger als Dutzende solcher Handschuhe und Stöcke, mit denen man in Theatern und Restaurants herumschlenkert und in die Hände schlägt.

Der andere Mann war nicht so groß, doch wäre er niemand als klein aufgefallen, sondern nur als kräftig und hübsch. Auch sein Haar war gelockt, doch blond und kurz geschnitten, es umrahmte einen mächtig geformten Schädel – jene Art von Schädel, mit denen man eine Türe einschlägt, wie Chaucer von Miller sagte. Sein militärischer Schnurrbart und die Haltung seiner Schultern ließen den Soldaten erkennen, doch hatte er ein Paar jener besonders aufrichtigen und durchdringenden Augen, die man am häufigsten bei Matrosen findet. Sein Gesicht war ein wenig eckig, sein Kinn war eckig, seine Schultern waren eckig, sogar sein Rock war eckig. Tatsächlich hatte Max Beerbohm ihn in der damals modernen Richtung wilder Karikatur als die verkörperte Lehre des vierten Buches Euklid dargestellt.

Denn auch er war ein Mann der Öffentlichkeit, wenn auch seine Erfolge ganz anderer Art waren. Man musste nicht in der besten Gesellschaft verkehren, wenn man von Kapitän Cutler hören wollte oder von der Belagerung von Hongkong und dem großen Marsch durch China. Man konnte nicht umhin, von ihm zu hören, wo immer man sich befand; sein Porträt war auf jeder zweiten Ansichtskarte zu sehen; die Karten und Berichte seiner Schlachten in jeder zweiten Illustrierten; Lieder, die ihn besangen, waren in jedem zweiten Varieté oder von allen Drehorgeln zu hören. Sein Ruhm, wenn auch wahrscheinlich vorübergehender, war zehnmal größer, verbreiteter und ursprünglicher als der des anderen Mannes. In Tausenden von englischen Familienhäusern wurde er für eine überragende Größe Englands gehalten, wie Nelson. Doch hatte er unverhältnismäßig geringeren Einfluss in England als Sir Wilson Seymour.

Ein ältlicher Diener öffnete den beiden die Tür; es war ein Kammerdiener, dessen niedergeschlagene Miene und Haltung und dessen schäbiger schwarzer Rock mit der abgetragenen Hose in seltsamem Widerspruch standen zu der glitzernden Inneneinrichtung der Garderobe unserer berühmten Schauspielerin. Spiegel standen und hingen in allen erdenklichen Brechungswinkeln herum, sodass sie einem ungeheuren, hundertfach facettierten Diamanten glichen – wenn man sich im Innern eines Diamanten befinden könnte. Alle übrigen Formen des Luxus, einige Blumen, einige bunte Kissen, einige Bestandteile von Bühnenkostümen wurden von all den Spiegeln bis zum Wahnsinn arabischer Nächte vervielfältigt und tanzten umher und verschoben sich gegeneinander, je nachdem der umherschleichende Bedienstete einen der Spiegel herauszog oder gegen die Wand zurückschob.

Beide sprachen den schmierigen Diener mit Namen an, nannten ihn Parkinson und fragten nach der Dame als Fräulein Aurora Rome. Parkinson sagte, sie sei im Nebenzimmer, und er wolle hineingehen, um die Herren zu melden. Ein Schatten überflog das Gesicht der beiden Besucher; denn das Nebenzimmer war das Privatzimmer des großen Schauspielers, mit dem Fräulein Aurora zusammenspielte, und sie gehörte zu jener Art von Frauen, die Bewunderung nicht entfacht, ohne auch zugleich Eifersucht zu entfachen. Eine halbe Minute später jedoch wurde die Verbindungstür geöffnet, und sie „trat auf“, wie immer – sogar im Privatleben – so, dass die Stille selbst, die sie umgab, ein Beifallsgetöse zu sein schien und ein wohlverdientes. Sie war in ein etwas seltsames Gewand von pfauengrünem und pfauenblauem Satin gekleidet, der wie grünes und blaues Metall schimmerte – das Entzücken von Kindern oder Ästheten –, und das schwere tiefbraune Haar umrahmte eines jener Märchengesichter, die allen Männern gefährlich sind, insbesondere jedoch Knaben und Männern mit ergrauendem Haar. Sie spielte zusammen mit ihrem Partner, dem berühmten amerikanischen Schauspieler Isidore Bruno, eine besondere poetische und fantastische Wiedergabe des Sommernachtstraums, in welcher das künstlerische Schwergewicht auf Oberon und Titania gelegt war oder, mit anderen Worten, auf Bruno und sie selbst. Inmitten traumhafter und erlesener Dekorationen, in mythischen Tänzen bewegt, rief dieses grüne Kostüm – schillernden Käferflügeln gleich – all den märchenhaften Eindruck einer Elfenkönigin wach. Doch stand ein Mann ihr persönlich in beinahe noch hellem Tageslicht gegenüber, so sah er nur auf das Antlitz dieser Frau.

Sie begrüßte beide Männer mit jenem strahlenden und verwirrenden Lächeln, mit dem sie so viele Männer in genau derselben gefahrvollen Distanz von sich hielt. Sie nahm von Cutler ein paar Blumen an, die ebenso tropisch und kostspielig waren wie seine Siege, und irgendein anderes Geschenk von Sir Wilson Seymour, das dieser Herr ihr etwas später und in etwas nonchalanterer Weise überreichte. Denn es widerstrebte seiner ganzen Art und Erziehung, heftige Gefühle zur Schau zu tragen, und zugleich seiner konventionellen Art von Konventionslosigkeit, so auffallende und allgemein sichtbare Dinge zu schenken wie Blumen. Er habe zufällig eine Kleinigkeit aufgegabelt, sagte er von etwas, das in der Tat eine Sehenswürdigkeit war; es war ein antiker griechischer Dolch aus dem mykenischen Zeitalter, wie er wohl zur Zeit von Theseus und Hippolyta hätte getragen werden können. Wie alle Waffen der Heldenzeit aus Bronze gemacht, war der Dolch doch seltsamerweise noch immer scharf genug, um jemanden damit erstechen zu können. Es sei tatsächlich die blattartige Form gewesen, die ihn angezogen habe; das Ding sei so vollkommen wie eine griechische Vase. Wenn es von irgendwelchem Interesse für Fräulein Rome wäre oder sie es irgendwie in ihrem Stück verwenden könne, so hoffe er, würde sie ...

Die Tür ins Nebenzimmer wurde aufgerissen, und es erschien die große Gestalt eines Mannes, der zu dem erläuternden Seymour sogar in noch größerem Gegensatz stand als Kapitän Cutler. Beinahe sechseinhalb Fuß hoch und mit mehr als theatralischen Muskeln und Sehnen, glich Isidore Bruno, in einem prächtigen Leopardenfell und dem goldbraunen Schmuck Oberons, einem barbarischen Gott. Er stützte sich auf eine Art Jagdspeer, der auf der Bühne wie ein leichter Silberstab wirkte, in dem kleinen und verhältnismäßig engen Raum jedoch so schlicht wie eine spitze Eisenstange aussah – und ebenso gefährlich. Des Mannes lebhafte schwarze Augen rollten in vulkanischer Wut, sein bronzefarbenes Gesicht, so hübsch es auch war, zeigte in diesem Augenblick nur eine Kombination von hohen Backenknochen und zusammenge-kniffenen Zähnen, die gewisse amerikanische Mutmaßungen über seine Abstammung aus den Plantagen des Südens wach-rief.

„Aurora", fing er an mit seiner tiefen, vor Leidenschaft be-benden Stimme, die so oft die Zuhörer ergriffen hatte, „willst du ..."

Er hielt unschlüssig inne, da eine sechste Gestalt plötzlich in der Türöffnung aufgetaucht war – eine Gestalt, die in die-sem Milieu so wenig am Platz war, dass sie beinahe lächerlich wirkte. Es war ein auffallend kleiner Mann in der schwarzen Kleidung eines römisch-katholischen Weltgeistlichen, der, ins-besondere in Gegenwart Brunos und Auroras, aussah wie ein hölzerner Noah aus einer geschnitzten Arche. Er schien sich jedoch keines Gegensatzes bewusst zu sein, sondern sagte mit schlichter Höflichkeit: „Ich glaube, Fräulein Rome hat nach mir geschickt."

Ein scharfer Beobachter hätte bemerken können, dass die Temperatur der allgemeinen Erregung bei dieser harmlosen Unterbrechung eher stieg. Die Sonderstellung dieses professionellen Junggesellen schien es den anderen klarzumachen, dass sie um die Frau herumstanden wie ein Ring verliebter Rivalen; ebenso wird beim Eintritt eines Fremden in einem beschneiten Mantel in ein Zimmer den darin Anwesenden erst richtig klar, dass es darin so heiß wie in einem Backofen ist. Die Gegenwart dieses einen Mannes, der sie nicht liebte, verschärfte das Empfinden Fräulein Romes, dass alle anderen in Liebe für sie entbrannt waren und jeder auf eine gewissermaßen gefährliche Art: der Schauspieler mit allen Begierden eines Wilden und eines verwöhnten Kindes; der Soldat mit all dem primitiven Egoismus eines mehr willensstarken als geistigen Mannes; Sir Wilson mit jener täglich stärker werdenden Konzentration, mit der alte Hedonisten sich einer Liebhaberei hingeben; und endlich – mit der stumpfen Fasziniertheit eines Hundes – sogar der unterwürfige Parkinson, der sie vor ihren Triumphen gekannt hatte und nach Betreten der Garderobe jede ihrer Bewegungen mit seinen Augen verfolgte.

Ein schlauer Beobachter hätte jedoch noch etwas Sonderbareres bemerken können. Und der Mann, der einem schwarzen hölzernen Noah glich, dabei aber nicht ganz ohne Schlauheit war, bemerkte es mit besonderem, wenn auch verhaltenem Vergnügen. Es war offensichtlich, dass die große Aurora, obwohl keineswegs gleichgültig gegen die Bewunderung des anderen Geschlechtes, in diesem Augenblick alle diese Männer, die sie bewunderten, loswerden und allein sein wollte mit dem einen Mann, der es nicht tat – der sie zumindest in diesem Sinne nicht bewunderte; denn der kleine Priester bewunderte

– sogar mit viel Freude – die Entschlossenheit und weibliche Diplomatie, mit der sie sich an diese Aufgabe machte. Der kleine Priester beobachtete wie einen napoleonischen Feldzug die schnelle Präzision ihrer Politik, mit der sie alle verjagte, ohne einen Einzigen zu verbannen. Bruno, der große Schauspieler, war so kindisch, dass man ihn leicht hinausschicken konnte; er verließ wie ein schmollendes Kind das Zimmer und schlug die Tür hinter sich zu. Cutler, der britische Offizier, war Ideen unzugänglich, aber korrekt in seiner Handlungsweise. Er würde alle Winke ignorieren, aber eher sterben, als den bestimmten Auftrag einer Dame ignorieren. Was Freund Seymour anbelangte, so musste der anders behandelt werden; er wurde als Letzter gelassen. Die einzige Art, ihn zu entfernen, war, vertrauensvoll an ihn als alten Freund zu appellieren, ihn in das Geheimnis der Räumung einzuweihen. Der Priester bewunderte Fräulein Rome aufrichtig, wie sie alle diese drei Zwecke in eine wohlerwogene Handlung umzusetzen verstand.

Sie ging zu Kapitän Cutler hinüber und sagte in ihrer gewinnendsten Art: „Ich werde all diese Blumen werthalten, weil es wahrscheinlich Ihre Lieblingsblumen sein dürften. Aber sie sind nicht vollzählig, wissen Sie, wenn meine Lieblingsblumen nicht dabei sind. Gehen Sie doch bitte hinüber in jenes Geschäft an der Ecke dort und holen Sie mir einige Maiglöckchen, dann wird alles ganz wunderschön sein."

Der erste Zweck ihrer Diplomatenkunst, der Abgang des wütenden Bruno, wurde damit gleichzeitig erfüllt. Er hatte seinen Speer bereits mit königlicher Gebärde wie ein Zepter dem erbarmungswürdigen Parkinson überreicht und war eben daran, sich auf einen gepolsterten Sitz wie auf einen Thron-

sessel niederzulassen. Doch bei diesem unverhohlenen Appell
an den Rivalen funkelte in seinen opalisierenden Augäpfeln
all die leidenschaftliche Unverschämtheit des Sklaven auf; er
ballte einen Augenblick lang seine braunen Fäuste, stieß dann
die Türe auf und verschwand in seine eigenen Gemächer.
Doch inzwischen hatte Fräulein Romes Versuch, die britische
Armee zu mobilisieren, nicht so gut geklappt, wie man hätte annehmen dürfen. Cutler hatte sich allerdings schnell und
steif erhoben und war unbedeckten Hauptes zur Türe geschritten, wie auf einen Befehl hin. Doch in der gegen einen
Spiegel lehnenden schlanken Gestalt Seymours lag vielleicht
etwas zu aufreizend Elegantes, das den Kapitän veranlasste,
kurz bevor er den Ausgang erreichte, stehen zu bleiben und
den Kopf dahin und dorthin zu drehen wie eine irregemachte
Bulldogge.

„Ich muss diesem dummen Menschen den Weg zeigen", flüsterte Aurora, zu Seymour gewandt, und lief in den Vorraum
hinaus, um den sich entfernenden Gast zur Eile zu treiben.
Seymour in seiner eleganten und sorglosen Pose schien
zu lauschen und sich erleichtert zu fühlen, als er die Dame
dem Kapitän einige letzte Weisungen nachrufen hörte, dann
schien sie sich kurz umzuwenden und lachend an das andere
Ende der Passage zu laufen, das Ende, welches an der Terrasse oberhalb der Themse lag. Doch eine oder zwei Sekunden
später verfinsterte sich Seymours Gesicht wieder. Ein Mann
in seiner Position hat so viele Rivalen, und er erinnerte sich,
dass an dem anderen Ende der Passage ein korrespondieren-
der Eingang zu Brunos Privatzimmer führte. Er verlor nichts
von seiner Würde, wechselte mit Pater Brown einige höfliche
Worte über das Wiederaufleben byzantinischer Architektur in

der Westminsterkathedrale und schlenderte dann ganz ungezwungen selbst hinaus auf die Passage. Pater Brown und Parkinson waren nun allein geblieben, und keiner von den beiden hatte etwas für unnötige Konversation übrig. Der Kammerdiener ging im Zimmer herum, zog Spiegel heraus und stieß sie wieder zurück, und seine schmierigen, dunklen Kleider sahen noch schäbiger aus, da er immer noch den prunkvollen Zauberstab König Oberons hielt. Jedes Mal, wenn er den Rahmen eines neuen Spiegels hervorzog, erschien eine neue schwarze Gestalt Pater Browns; das unsinnige Spiegelzimmer war voller Pater Browns; sie hingen verkehrt in der Luft wie Engel, schlugen Purzelbäume wie Akrobaten und wendeten jedermann den Rücken wie ungewöhnlich ungezogene Leute. Pater Brown schien diese ganze Schar von Zeugen nicht zu bemerken, sondern beobachtete Parkinson mit müßigen, aufmerksamen Blicken, bis dieser sich mitsamt seinem lächerlichen Speer ins Nebenzimmer, Brunos Garderobe, entfernte. Dann gab sich der Priester abstrakten Betrachtungen, die ihn stets zu unterhalten pflegten, hin – er berechnete die Winkel der Spiegel, die Winkel jeder Brechung, die Winkel, unter welchen jeder Spiegel an der Wand befestigt sein musste ... als er einen lauten, doch erstickten Schrei hörte.

Er sprang auf und stand wie gelähmt da, um zu lauschen. Im selben Augenblick stürzte Sir Seymour, bleich wie Elfenbein, ins Zimmer herein. „Wer ist dieser Mann in der Passage?“, schrie er. „Wo ist der Dolch, den ich gebracht habe?“

Ehe Pater Brown sich in seinen schweren Stiefeln umdrehen konnte, wühlte Seymour im Zimmer herum und suchte die Waffe. Doch ehe er diese oder irgendeine andere Waffe hätte finden können, hörte man auf dem Pflaster draußen eilende

Schritte, und in derselben Türöffnung erschien das eckige Gesicht Cutlers. Er hielt groteskerweise immer noch einen Strauß Maiglöckchen in der Hand. „Was ist das?", schrie er. „Wer ist der Kerl unten in der Passage? Irgendeiner Ihrer Tricks?"

„Meine Tricks?", zischte sein bleicher Rivale und machte einen Schritt auf ihn zu.

In dem Augenblick, da all dies vor sich ging, trat Pater Brown hinaus in den oberen Teil der Passage, blickte den Gang hinunter und eilte schnell auf das zu, was er sah.

Daraufhin ließen die anderen beiden Männer ihren Streit fallen und stürzten ihm nach, während Cutler rief: „Wer sind Sie?"

„Mein Name ist Brown", sagte der Priester traurig, als er sich über etwas niedergebeugt und sich dann wieder aufgerichtet hatte. „Fräulein Rome hatte nach mir geschickt, und ich kam, so schnell ich konnte. Ich bin zu spät gekommen."

Die drei Männer sahen zu Boden; das sterbende Licht des späten Nachmittags lief wie ein Goldstreifen über die Passage, in deren Mitte Aurora Rome strahlend in ihrem goldgrünen Gewand lag, das tote Antlitz nach oben gerichtet. Ihr Kleid war wie nach einem Kampf aufgerissen und ließ die rechte Schulter entblößt, doch die Wunde, aus der das Blut strömte, war auf der anderen Seite. Der Bronzedolch lag flach und glitzernd etwa eine Elle weit entfernt.

Es herrschte eine geraume Zeit hindurch tiefes Schweigen, sodass man aus der Ferne das Lachen eines Blumenmädchens vernahm und jemanden wütend nach einem Taxi pfeifen hörte. Dann packte der Kapitän mit einer so plötzlichen Bewegung, dass es Leidenschaft oder Theater sein konnte, Sir Wilson Seymour beim Hals.

Seymour, unerschrocken und unbeweglich, sah ihn durchdringend an. „Sie brauchen mich nicht umzubringen", sagte er, in vollkommen gelassenem Ton, „das werde ich schon auf eigene Rechnung tun."

Der Kapitän zögerte und ließ die Hand fallen; doch der andere fügte mit der gleichen eiskalten Aufrichtigkeit hinzu: „Wenn ich einsehen werde, dass ich die Kraft nicht habe, es mit jenem Dolch zu tun, so kann ich es in einem Monat durch Trinken erreichen."

„Trinken ist nicht gut genug für mich", erwiderte Cutler, „doch ehe ich sterbe, will ich dafür Blut haben. Nicht das Ihre – doch ich glaube zu wissen, wessen Blut."

Und bevor die anderen seine Absicht erraten konnten, ergriff er den Dolch, sprang auf die nächste Türe am unteren Ende der Passage zu, stieß sie trotz Schloss und Riegel auf und stand Bruno in dessen Garderobe gegenüber. In diesem Augenblick trottete der alte Parkinson in seiner schwankenden Art aus der Türe heraus und erblickte die Leiche, die in der Passage lag. Zitternd näherte er sich ihr, blickte matt mit bebendem Gesicht nach ihr hin, ging dann zitternd in die Garderobe zurück und setzte sich plötzlich auf einen der reich verzierten und gepolsterten Stühle. Pater Brown lief augenblicklich zu ihm hinüber, ohne auf Cutler und den riesigen Schauspieler zu achten, obwohl das Zimmer bereits von ihren Schlägen widerhallte und sie anfingen, miteinander um den Dolch zu raufen. Seymour, der einigen gesunden Verstand bewahrt hatte, pfiff einen Polizisten herbei, der am anderen Ende der Passage stand.

Als die Polizei kam, musste sie die beiden Männer auseinanderreißen, die einander mit affenähnlichem Griff umklammert hielten; und nach einigen formellen Fragen wurde Isidore Bruno auf die Beschuldigung des Mordes hin, die sein wütender Gegner vorbrachte, verhaftet. Der Gedanke, dass der große Nationalheld des Tages einen Übeltäter mit eigenen Händen gefangen genommen hatte, fiel zweifellos bei der Polizei schwer ins Gewicht, die eines gewissen journalistischen Elementes nicht ermangelt. Man behandelte Cutler mit feierlicher Hochschätzung und machte ihn darauf aufmerksam, dass er eine kleine Wunde an der Hand habe. Eben als Cutler zwischen umgeworfenen Stühlen und Tischen auf Bruno eingedrungen war, hatte dieser ihm den Dolch entwunden und ihn gerade unterhalb des Handgelenkes getroffen. Die Verletzung war wirklich nur unbedeutend, doch ehe der halbwilde Gefangene aus dem Zimmer gebracht werden konnte, starrte er mit befriedigtem Lächeln auf das fließende Blut.

„Schaut beinahe wie ein Kannibale aus. Nicht?", sagte der Polizeibeamte vertrauensvoll zu Cutler.

Cutler gab keine Antwort, sondern sagte einen Augenblick später etwas schroff: „Wir müssen nach der ... Toten sehen ...", und seine Stimme wurde unhörbar.

„Nach den beiden Toten", fiel die Stimme des Priesters von der anderen Seite des Zimmers ein. „Dieser arme Kerl war tot, bevor ich zu ihm herüberkommen konnte." Und er stand da und sah auf den alten Parkinson hinab, der zusammengekauert wie ein schwarzes Bündel auf dem prächtigen Stuhl saß. Auch er hatte, nicht ohne Beredsamkeit, der verstorbenen Frau seinen Tribut gezahlt.

Die Stille wurde zuerst von Cutler unterbrochen, der von einer rauen Art Zärtlichkeit erfasst schien. „Ich wollt', ich wäre er", sagte er heiser. „Ich erinnere mich, wie er – mehr als irgendeiner – ihr mit den Blicken zu folgen schien, wenn sie umherging. Sie war seine Luft, und jetzt ist er verschmachtet. Er ist einfach tot."

„Wir sind alle tot", sagte Seymour mit seltsamer Stimme und blickte die Straße hinab.

Sie verabschiedeten sich an der Straßenecke von Pater Brown mit einigen belanglosen Entschuldigungen bezüglich etwaiger Formlosigkeiten, die sie sich vielleicht zuschulden hatten kommen lassen. Die Miene beider Männer war traurig, doch auch versteckt.

Das Gehirn des kleinen Priesters war immer wie ein Kaninchengehege wilder Gedanken, die einander zu schnell jagten, als dass er sie hätte festhalten können. Wie der weiße Schwanz eines Kaninchens fuhr ihm blitzartig der Gedanke durch den Kopf, dass er zwar des Kummers dieser beiden Männer gewiss sei, nicht aber ihrer Unschuld.

„Wir gehen nun wohl am besten alle", sagte Seymour schwermütig, „wir haben alles getan, was in unserer Macht stand, um zu helfen."

„Werden Sie meine Motive richtig verstehen", fragte Pater Brown ruhig, „wenn ich sage, dass Sie alles getan haben, was in Ihrer Macht stand, um zu schaden?"

Beide fuhren wie schuldbewusst zurück, und Cutler fragte scharf: „Um wem zu schaden?"

„Um sich selbst zu schaden", antwortete der Priester. „Ich möchte Ihren Kummer nicht noch vermehren, wenn es nicht allgemeine Menschenpflicht wäre, Sie zu warnen. Sie haben beinahe alles getan, was in Ihrer Macht stand, um sich an den Galgen zu bringen, wenn dieser Schauspieler freigesprochen werden sollte. Man wird mich sicherlich vorladen und verhören; ich werde gezwungen sein auszusagen, dass, nachdem man den Schrei gehört hatte, Sie beide im Zustand höchster Aufregung ins Zimmer stürzten und einen Streit anfingen wegen jenes Dolches. Soweit ich unter Eid aussagen kann, könnte jeder von Ihnen es getan haben. Damit haben Sie sich geschadet; und dann hat Kapitän Cutler noch obendrein an jenem Dolch Schaden nehmen müssen!"

„Schaden nehmen!", rief der Kapitän verächtlich aus. „Ein dummer kleiner Kratzer."

„Der Blut fließen machte", erwiderte der Priester kopfnickend. „Wir wissen, dass jetzt auf der Klinge Blutspuren zu finden sind. Und darum werden wir niemals erfahren, ob vorher Blut daran war."

Es entstand eine Stille; dann sagte Seymour mit einem Nachdruck, der seiner gewöhnlichen Art zu reden ganz fremd war: „Aber ich habe einen Mann in der Passage gesehen."

„Das weiß ich", antwortete der Kleriker mit einem wie aus Holz geschnittenen Gesicht, „auch Kapitän Cutler hat einen Mann dort gesehen. Das ist es, was so unwahrscheinlich scheint."

Bevor sich einer darüber so weit klar werden konnte, um auch nur zu antworten, hatte sich Pater Brown höflich entschuldigt und war mit seinem Stumpf von einem Regenschirm stapfend die Straße hinaufgegangen.

Bei modernen Zeitungen ist heute die wichtigste und am sorgfältigsten geführte Rubrik die Gerichtsrubrik. Wenn es wahr ist, dass im zwanzigsten Jahrhundert für Morde mehr Raum bleibt als für Politik, so hat das den einleuchtenden Grund, dass ein Mord eben eine ernstere Sache ist. Aber sogar dies würde die überwältigende Aufmachung kaum erklären können, in welcher der „Fall Bruno" oder „Das Geheimnis der Passage" in der Londoner Presse wie in allen Provinzblättern überall mit ausführlichen Details besprochen wurde. Die Aufregung war so groß, dass die Presse tatsächlich wochenlang die Wahrheit brachte; und die Berichte über die Verhöre und Kreuzverhöre sind, wenn auch endlos, ja sogar unerträglich, doch zumindest verlässlich. Der wahre Grund war natürlich das Interesse an den beteiligten Personen. Das Opfer war eine allgemein bekannte Schauspielerin; der Angeklagte war ein allgemein bekannter Schauspieler; und der Angeklagte war, wie die Dinge nun einmal standen, auf frischer Tat festgenommen worden von dem allgemein bekannten Offizier der patriotischen Saison. Durch diese ungewöhnlichen Umstände wurden die Zeitungen dermaßen in Aufregung versetzt, dass sie sich zu Aufrichtigkeit und Genauigkeit bestimmen ließen; daher kann der Rest dieser eigenartigen Geschichte tatsächlich aus den Berichten des Prozesses „Bruno" wiedergegeben werden.

Der Vorsitzende in diesem Prozess war der Richter Monkhouse, einer von jenen, die man im Allgemeinen als „witzige Richter" verhöhnt, die aber meist ernster sind als die ernsten Richter; denn ihre heitere Ungezwungenheit entspringt einem lebendigen Unwillen gegen alle professionelle Feierlichkeit, während der ernste Richter eigentlich von Frivolität erfüllt ist, weil er von Eitelkeit erfüllt ist. Da alle Hauptbeteiligten gesellschaftlich bekannte Persönlichkeiten waren, hatte man die Gerichtsfunktionäre sorgfältig gewählt; der Staatsanwalt war Sir Walter Cowdray, ein schwerfälliger, doch gewichtiger Beamter von jener Art, die es versteht, englisch und vertrauenerweckend zu wirken und gleichsam nur mit Widerstreben rhetorisch zu sein. Der Angeklagte wurde von Herrn Patrick Butler verteidigt. Dieser Mann wurde von Leuten, die den irischen Charakter missverstanden, und von jenen, die noch nicht von ihm verhört worden waren, fälschlich für einen bloßen „Flaneur" gehalten. Die medizinischen Untersuchungen ergaben keine Widersprüche, da der Arzt, den Sir Seymour an Ort und Stelle gerufen hatte, mit dem hervorragenden medizinischen Fachmann, der später die Leiche untersucht hatte, vollkommen übereinstimmte. Aurora Rome war mit irgendeinem scharfen Instrument erstochen worden, von der Art eines Messers oder Dolches; jedenfalls war es ein Instrument mit kurzer Spitze; die Wunde befand sich gerade oberhalb des Herzens, und der Tod war augenblicklich eingetreten. Als der erste Arzt sie sah, konnte sie kaum zwanzig Minuten tot gewesen sein. Daher mochten, als Pater Brown sie gefunden hatte, kaum drei Minuten nach Eintritt des Todes vergangen sein.

Dann folgte der Bericht irgendeines amtlichen Detektivs, der sich hauptsächlich mit dem Beweis oder dem Mangel eines Beweises für irgendein Anzeichen eines Kampfes beschäftigte; der einzige Hinweis darauf war, dass das Kleid an der Schulter aufgerissen war, und dies schien nicht besonders mit der Stelle des endgültigen Stoßes übereinzustimmen. Nachdem diese Details vorgebracht worden waren, obwohl sie unaufgeklärt blieben, wurde der erste Kronzeuge aufgerufen.

Sir Wilson Seymour machte seine Aussage so wie alles andere, was er überhaupt machte, das heißt nicht nur gut, sondern in geradezu vollendeter Weise. Obgleich selbst weit mehr ein Mann der Öffentlichkeit als der Richter, verstand er genau, die feine Nuance zu finden, durch die er dem königlichen Richter gegenüber in den Hintergrund trat; und obgleich er ein Ansehen genoss wie etwa der Premierminister oder der Erzbischof von Canterbury, so konnte man doch nichts anderes sagen, als dass seine Stellungnahme zu dieser Sache die irgendeines Privatmannes von gutem Namen sei. Er war in seinen Aussagen ebenso erfrischend klar und deutlich, wie er es in allen Komiteesitzungen war. Er hatte Fräulein Rome im Theater besucht; er war dort Kapitän Cutler begegnet; eine Zeit lang hatte sich ihnen auch der Angeklagte zugesellt, war dann jedoch in seine eigene Garderobe zurückgekehrt; dann war auch noch ein katholischer Priester hinzugekommen, der nach der Dame gefragt und sich mit dem Namen Brown vorgestellt hatte. Später war Fräulein Rome ein wenig aus dem Theatergebäude hinausgetreten, bis zum Eingang der Passage, um Kapitän Cutler einen Blumenladen zu zeigen, in dem er ihr einige Blumen kaufen sollte; der Zeuge war im Zimmer geblieben und hatte einige Worte mit dem Priester gewechselt. Er hatte dann deutlich gehört, wie die Verstorbene, nachdem sie den Kapitän fortgeschickt hatte, sich lachend umgedreht hatte und die Passage hinuntergelaufen war nach dem anderen Ende zu, an dem sich die Garderobe des Angeklagten befand. In bloßer Neugierde ob dieser schnellen Bewegung seiner Freundin war er selbst auf die Passage hinausgetreten und hatte in der Richtung der Türe des Angeklagten hinuntergesehen. Ob er etwas in der Passage gesehen habe? Ja, er habe etwas in der Passage gesehen.

Sir Walter Cowdray machte eine eindrucksvolle Pause, während welcher er zu Boden blickte und noch blässer als gewöhnlich erschien. Dann fragte der Vertreter des Rechts mit leiser Stimme, die Anteil nehmend klang und zugleich doch etwas Schleichendes an sich hatte: „Haben Sie es deutlich gesehen?"

So erregt Sir Wilson Seymour auch war, blieben seine Gedanken doch vollkommen klar. „Ganz genau, was die Konturen anbelangt, doch ganz undeutlich, das heißt überhaupt nicht, was die Details innerhalb der Konturen anbelangt. Die Passage ist so lang, dass jeder, der sich in der Mitte befindet, ganz schwarz erscheint gegen das Licht am anderen Ende." Der Zeuge senkte abermals seine Blicke und fügte hinzu: „Ich hatte diese Tatsache schon vorher bemerkt, als Kapitän Cutler zum ersten Mal eintrat." Es entstand wieder ein Schweigen, und der Richter beugte sich vor, um etwas zu notieren.

„Nun", fragte Sir Walter geduldig, „wonach sahen die Konturen aus? Glichen sie zum Beispiel der Gestalt der ermordeten Frau?"

„Nicht im Geringsten", antwortete Seymour ruhig.

„Wonach denn schienen sie Ihnen auszusehen?"

„Es schien mir, als wäre es ein großer Mann gewesen", erwiderte der Zeuge.

Jedermann im Saal bemühte sich, die Blicke auf seine Feder oder seinen Schirmgriff zu richten oder auf seine Schuhe oder sein Buch oder auf was immer er nur zufällig schauen konnte. Man schien gewaltsam die Blicke vom Angeklagten abzuwenden, aber man war sich seiner Gestalt auf der Anklagebank bewusst und war sich ihrer als riesig groß bewusst. So groß Bruno dem Auge auch erscheinen mochte, schien er jetzt immer größer und größer anzuschwellen, als alle Blicke von ihm abgewendet wurden.

Cowdray lehnte sich mit feierlichem Gesicht in seinen Stuhl zurück und glättete sein schwarzes seidenes Gewand und seinen weißen seidenen Backenbart. Sir Wilson war, nachdem er zum Schluss noch einige Einzelheiten angegeben hatte, welche auch viele andere Leute bezeugen konnten, gerade im Begriff, die Zeugenbank zu verlassen, als der Verteidiger aufsprang und ihn zurückhielt.

„Ich möchte Sie nur noch einen Augenblick aufhalten", sagte Herr Butler, ein bäuerlich aussehender Mann mit roten Augenbrauen, der einen etwas verschlafenen Eindruck machte. „Wollen Sie bitte dem hohen Gerichtshof sagen, woher Sie wussten, dass es ein Mann war?"

Ein schwaches, vornehmes Lächeln glitt über Seymours Züge. „Ich fürchte, ich urteilte nach dem gewöhnlichen Merkmal der Hosen", sagte er. „Als ich das helle Tageslicht zwischen den langen Beinen sah, war ich schließlich davon überzeugt, dass es ein Mann war."

Butlers schläfrige Augen öffneten sich mit der Plötzlichkeit einer stillen Explosion. „Schließlich!", wiederholte er langsam. „So haben Sie also anfangs geglaubt, es wäre eine Frau?"

Seymour sah zum ersten Mal etwas bekümmert drein. „Es ist zwar kaum ein Tatsachenbeweis", sagte er, „aber wenn es der hohe Gerichtshof wünscht, so werde ich natürlich über meinen Eindruck berichten. Es lag etwas in der Erscheinung, das zwar nicht ganz einer Frau glich und doch wieder nicht männlich wirkte; die Linien waren irgendwie anders. Und die Gestalt hatte etwas, das wie langes Haar aussah."

„Danke", sagte Herr Butler und setzte sich plötzlich nieder, als hätte er das bekommen, was er wollte.

Kapitän Cutler war ein weit weniger glaubwürdiger und gefasster Zeuge als Sir Wilson, doch sein Bericht über die einleitenden Ereignisse war im Wesentlichen derselbe. Er beschrieb, wie Bruno in seine Garderobe zurückkehrte, wie er selbst fortgeschickt wurde, um einen Strauß Maiglöckchen zu kaufen, wie er zu dem oberen Ende der Passage zurückkam, was er in der Passage gesehen hatte, wie er Seymour verdächtigt und dann mit Bruno gekämpft hatte. Doch konnte er nur wenig künstlerische Ausschmückungen hinzufügen bezüglich der schwarzen Gestalt, die er und Seymour gesehen hatten. Nach ihren Umrissen befragt, äußerte er – mit einem etwas zu offensichtlichen Grinsen gegen Seymour hin –, er sei kein Kunstkritiker. Darüber befragt, ob es eine Frau oder ein Mann war, sagte er – mit einem etwas zu offensichtlichen Knurren gegen den Angeklagten hin –, dass die Gestalt eher wie ein Tier ausgesehen hätte. Doch der Mann schien von aufrichtigem Zorn und Kummer so sehr bedrückt, dass Cowdray ihn schnell der Verpflichtung enthob, Tatsachen zu bestätigen, die schon ziemlich klar waren.

Auch der Verteidiger fasste sich kurz in seinem Kreuzverhör, obwohl er seiner Gewohnheit nach, sogar wenn er sich kurzfasste, ziemlich lange zu brauchen schien. „Sie haben einen eigentümlichen Ausdruck gebraucht", sagte er, während er Cutler schläfrig betrachtete. „Was meinen Sie damit, dass die Gestalt eher wie ein Tier als wie ein Mann oder eine Frau aussah?"

Cutler schien ernstlich aufgeregt. „Vielleicht hätte ich das nicht sagen sollen", erwiderte er, „doch wenn das Vieh riesige, buckelige Schultern hat wie ein Schimpanse und Borsten, die ihm vom Kopf abstehen, wie einem Schwein ..."

Herr Butler fiel ihm mit seltsamer Ungeduld in die Rede. „Lassen Sie das, ob das Haar Schweinsborsten glich oder nicht", sagte er. „Glich es Frauenhaar?"

„Frauenhaar?", schrie der Offizier. „Du lieber Gott, nein!"

„Der vorige Zeuge hat es behauptet", erklärte der Verteidiger mit unbedenklicher Schnelligkeit. „Und hatte die Gestalt derlei geschwungene und halb weibliche Linien, wie dies in so beredsamer Weise angedeutet wurde? Nein? Keine weiblichen Linien? Die Gestalt war, wenn ich Sie richtig verstehe, eher schwerfällig und eckig?"

„Er mag sich vielleicht vorgebeugt haben", sagte Cutler mit heiserer und etwas schwacher Stimme.

„Oder auch nicht", sagte Herr Butler und setzte sich plötzlich zum zweiten Mal nieder.

Der dritte Zeuge, der von Sir Walter Cowdray aufgerufen wurde, war der kleine katholische Geistliche, so klein im Vergleich zu den anderen, dass sein Kopf kaum über den Rand der Balustrade emporzureichen schien und es den Eindruck erweckte, als würde ein Kind verhört. Doch unglücklicherweise hatte es sich Sir Walter anscheinend irgendwie in den Kopf gesetzt, dass Pater Brown auf Seiten des Angeklagten stände, weil der Angeklagte ein böser Mensch und ein Ausländer war. Darum fuhr er Pater Brown scharf an, sooft dieser stolze Geistliche versuchen wollte, etwas zu erklären, und er hieß ihn mit „Ja" oder „Nein" antworten und einfache Tatsachen berichten ohne jesuitische Auslegungen. Als Pater Brown in aller Schlichtheit zu sagen anfing, wer seiner Meinung nach der Mann in der Passage war, erklärte ihm der Vorsitzende, dass er seine Theorien nicht brauche.

„Eine schwarze Gestalt wurde in der Passage gesehen. Und Sie sagen, dass Sie diese schwarze Gestalt gesehen haben. Nun, wie war sie?"

Pater Brown blinzelte wie unter einem Tadel, aber er hatte seit Langem den wörtlichen Sinn des Gehorsams kennengelernt. „Die Gestalt", sagte er, „war kurz und dick und hatte zwei vorstehende, aufgebogene Hörner an jeder Seite des Kopfes, und ..."

„Oh! Wahrscheinlich der Teufel mit seinen Hörnern", rief Cowdray aus und lehnte sich in triumphierender Heiterkeit zurück. „Es war wohl der Teufel, der gekommen war, die Protestanten zu fressen."

„Nein", sagte der Priester, „ich weiß, wer es war."

Die Leute im Saal waren zu dem unvernünftigen, doch entschiedenen Gefühl der Erwartung von etwas Monströsem aufgestachelt worden. Sie hatten die Gestalt auf der Anklagebank vergessen und dachten nur an die Gestalt in der Passage. Und die Gestalt in der Passage, die von den drei tüchtigen und ehrenwerten Männern nach dem eigenen Augenschein beschrieben wurde, war wie ein dahinschleichender Nachtmahr; der eine nannte sie eine Frau, der andere ein Tier und der dritte einen Teufel ...

Der Richter sah Pater Brown mit halb geschlossenen Augen und durchdringenden Blicken an. „Sie sind ein sehr merkwürdiger Zeuge", sagte er, „aber Sie haben etwas an sich, das mich glauben macht, Sie wollen die Wahrheit sagen. Nun, wer war der Mann, den Sie in der Passage gesehen haben?"

„Ich war es selbst", sagte Pater Brown.

Butler sprang in der herrschenden ungewöhnlichen Stille auf die Beine und sagte ganz ruhig: „Der hohe Gerichtshof wird mir ein kurzes Kreuzverhör gestatten", und dann, ohne innezuhalten, warf er Brown die anscheinend zusammenhanglose Frage hin: „Sie haben von diesem Dolch gehört; Sie wissen, dass die Sachverständigen sagen, das Verbrechen sei mit einer kurzen Klinge verübt worden?"

„Ja, eine kurze Klinge", stimmte Brown zu und nickte feierlich wie eine Eule, „aber mit einem sehr langen Griff."

Bevor noch die Zuhörerschaft sich ganz von der Vorstellung befreien konnte, dass der Priester sich selbst gesehen hatte, wie er mit einer kurzen Klinge mit langem Griff, was die Sache irgendwie noch schrecklicher erscheinen ließ, einen Mord beging, beeilte er sich selbst, eine Erklärung zu geben.

„Ich meine, nicht nur Dolche haben kurze Klingen. Auch Speere haben kurze Klingen. Und auch Speere treffen mit der Spitze, geradeso wie Dolche, selbst wenn es sich um jene Spielereispeere handelt, die man im Theater verwendet. So wie der Speer, mit dem der alte Parkinson seine Frau tötete, eben als sie nach mir geschickt hatte, um ihre Familienangelegenheiten zu ordnen – und ich bin gerade zu spät gekommen, Gott verzeih mir! Aber er ist in Reue gestorben – er starb eigentlich aus Reue. Er konnte es nicht ertragen, was er getan hatte."

Der allgemeine Eindruck der Leute war, dass der kleine Priester, der drauflosschwatzte, tatsächlich auf der Zeugenbank verrückt geworden war. Doch der Richter sah ihn immer noch mit weit offenen und gespannten Augen an; und der Verteidiger fuhr unbeirrt mit seinen Fragen fort.

„Wenn Parkinson es mit jenem Theaterspeer getan hat", fragte Butler, „muss er ihn aus einer Entfernung von etwa vier Ellen geschleudert haben. Wie können Sie die Anzeichen eines Kampfes erklären wie das von der Schulter gerissene Gewand?" Er war dazu übergegangen, diesen Mann, der hier bloß als Zeuge stand, wie einen Experten zu behandeln; aber niemand bemerkte dies im Augenblick.

„Das Gewand der armen Dame", sagte der Zeuge, „war zer-

rissen, weil es sich in einem aus der Vertäfelung herausschieb-
baren Rahmen verfangen hatte, der gerade hinter ihr heraus-
gestoßen worden war. Sie bemühte sich loszukommen, und
während sie damit beschäftigt war, kam Parkinson aus dem
Zimmer des Angeklagten und schleuderte den Speer."

„Ein verschiebbarer Rahmen?", wiederholte der Rechtsge-
lehrte mit seltsamer Stimme.

„Von der anderen Seite war es ein Spiegel", erklärte Pater
Brown. „Als ich in der Garderobe saß, bemerkte ich, dass einige dieser Spiegel vermutlich in die Passage hinausgeschoben
werden können."

Wieder trat ein langes, unnatürliches Schweigen ein, und diesmal war es der Richter, der endlich sprach. „Sie meinen also
wirklich, dass Sie selbst der Mann waren, den Sie sahen, als
Sie die Passage hinunterblickten – im Spiegel?"

„Jawohl, das wollte ich sagen", erwiderte Brown, „aber man
fragte mich nach den Umrissen der Gestalt; und unsere Hüte
haben Ecken, die wie Hörner aussehen, und darum ..."

Der Richter beugte sich vor, und seine alten Augen leuchteten noch mehr, und er sagte in ungemein deutlichem Tone:
„Wollen Sie also wirklich sagen, dass dieses wilde, undefinier-
bäre Etwas mit Linien und Frauenhaar und Männerhosen,
das Sir Wilson Seymour gesehen hatte, Sir Wilson Seymour
selber war?"

„Jawohl", erwiderte Pater Brown.

„Und Sie wollen sagen, dass Kapitän Cutler, als er den Schim-
pansen mit den buckligen Schultern und Schweinsborsten
sah, einfach nur sich selbst sah?"

„Jawohl."

Der Richter lehnte sich mit einem Behagen zurück, in dem

sich Zynismus oder Bewunderung ausdrückte. „Und können Sie uns sagen", fragte er, „wieso gerade Sie Ihr eigenes Bild im Spiegel erkannt haben, wenn so erlauchte Männer dazu nicht imstande sind?"

Pater Brown blinzelte, noch peinlicher berührt als zuvor; dann stammelte er: „Wirklich, ich weiß es nicht ... wenn es nicht darum ist, weil ich weniger oft hineinschaue."

Der Kopf Cäsars

Irgendwo in Brompton oder Kensington draußen gibt es eine unendlich lange Straße von hohen, stattlichen, doch größtenteils leeren Häusern, die wie eine Reihe von Grabmälern aussieht. Sogar die Stufen, die zu den dunklen Eingangstüren hinaufführen, gleichen den Stufen an den Seiten der Pyramiden; und man zögert, an eine dieser Türen zu klopfen, aus Angst, sie würde von einer Mumie geöffnet. Doch einen noch deprimierenderen Anblick bietet die teleskopische Länge und abwechslungslose Kontinuität dieser grauen Fassaden. Der Pilger, der diese Straße hinabwandert, fängt an zu glauben, er würde nie mehr zu einer Unterbrechung oder einer Ecke gelangen. Doch eine Ausnahme gibt es – eine sehr kleine, doch begrüßt sie der Pilger beinahe mit einem Freudenschrei. Zwischen zweien dieser hohen Gebäude befindet sich eine Art Käfig, eine bloße Spalte, wie eine Türritze im Vergleich zur Straße, doch eben groß genug, um in diesem Winkel ein winziges Bierhaus oder Wirtshaus unterzubringen, das die Reichen gerade noch ihren Stallburschen gestatten. Sogar das schmutzige Aussehen der Schenke hat etwas Fröhliches an sich, und gerade in ihrer Unscheinbarkeit liegt etwas Freies, Zauberhaftes. Zu Füßen jener grauen Steinriesen sieht die Schenke wie ein hell erleuchtetes Zwergenhäuschen aus.

Irgendein hier Vorübergehender hätte an einem gewissen Herbstabend – der selbst schon etwas Märchenhaftes an sich hatte – bemerken können, wie eine Hand den roten kleinen Vorhang hinter dem Fenster beiseiteschob – der zusammen mit den weißen Buchstaben einer Aufschrift das Innere des Raumes gegen die Straße zu halb verbarg – und ein Gesicht hervorguckte, nicht unähnlich dem eines unschuldigen Kobolds. Tatsächlich aber war es das Gesicht eines Mannes mit dem harmlos menschlichen Namen Brown, ehemals Priester von Cobhole in Essex und jetzt in London tätig. Sein Freund Flambeau, ein halb offizieller Detektiv, saß ihm gegenüber und war damit beschäftigt, die letzten Notizen über einen Fall aufzuzeichnen, den er in der Umgebung aufgeklärt hatte. Die beiden saßen an einem kleinen Tischchen, ganz nahe dem Fenster, als der Priester den Vorhang beiseiteschob und hinausschaute. Er wartete, bis ein Fremder auf der Straße draußen am Fenster vorbeigegangen war, um den Vorhang dann wieder an seine frühere Stelle zurückfallen zu lassen. Hierauf rollten seine runden Äuglein zu der weißen Aufschrift des Fensters oberhalb seines Kopfes hinauf und schweiften dann zum Nebentisch hinüber, an dem ein Matrose bei Bier und Käse saß und ein rothaariges junges Mädchen vor einem Glas Milch. Dann, als er sah, dass sein Freund das Notizbuch einsteckte, sagte er sanft:

„Wenn Sie zehn Minuten Zeit hätten, möchte ich Sie bitten, jenem Mann da mit der falschen Nase nachzugehen.“

Flambeau sah voll Verwunderung auf; aber auch das Mädchen mit dem roten Haar sah auf, und zwar mit einem Gesichtsausdruck, der ein gewöhnliches Erstaunen weit übertraf. Sie war einfach, ja beinahe nachlässig gekleidet; sie trug einen braunen Leinenkittel; doch war sie eine Dame und auf den zweiten Blick hin sogar eine unnötig hochmütige Dame.

„Ein Mann mit einer falschen Nase?", fragte Flambeau. „Wer ist das?"

„Ich habe keine Ahnung", antwortete Pater Brown. „Ich möchte eben, dass Sie es herausfinden; ich bitte Sie darum. Er ist dort hinuntergegangen", und dabei deutete der Priester mit einer seiner undefinierbaren Bewegungen mit dem Daumen über seine Schulter hin, „und er kann noch keine drei Laternenpfähle weit gekommen sein. Ich möchte nur die Richtung wissen."

Flambeau starrte seinen Freund eine Weile lang mit halb erstauntem und halb belustigtem Ausdruck an, dann stand er vom Tische auf, zwängte seine riesige Gestalt durch die kleine Türe der Zwergenherberge und verschwand im Dämmerlicht.

Pater Brown zog ein kleines Büchlein aus der Tasche und fing aufmerksam zu lesen an; nicht durch die leiseste Bewegung verriet er, dass er bemerkt hatte, wie die rothaarige Dame ihren Tisch verlassen und sich ihm gegenüber niedergesetzt hatte. Endlich beugte sie sich vor und sagte mit leiser, doch klarer Stimme: „Warum sagen Sie das? Woher wissen Sie, dass sie falsch ist?"

Brown hob seine etwas schweren Augenlider, die in nicht geringer Verlegenheit zitterten. Dann streiften seine zweifelnden Blicke wieder die weiße Aufschrift auf dem Fenster des Wirtshauses. Die Blicke des jungen Mädchens folgten ihm und ruhten dort in völligem Unverständnis.

„Nein", sagte Pater Brown in Beantwortung ihrer Gedanken. „Es heißt nicht ‚SELA' wie in den Psalmen. Ich habe es vorhin in der Zerstreutheit selbst erst so gelesen; es ist Englisch und heißt einfach ‚ALES‘, Bier."

„Nun und?", fragte die verwunderte Dame. „Was hat das für eine Bedeutung, was es heißt?"

Seine herumirrenden Blicke trafen auf die Manschetten ihrer Ärmel, die mit einer schmalen Spitzenkante ihre Handgelenke umschlossen, eben genug, um das Gewand von dem Arbeitskittel einer Frau aus dem Volke zu unterscheiden und es eher zu dem Arbeitskittel einer Malerin zu stempeln. Der Priester schien darin reichliche Nahrung für seine Gedanken zu finden, doch seine Antwort kam sehr langsam und zögernd: „Ja, sehen Sie, Madame", sagte er, „von draußen sieht das Lokal – nun, es ist ja sicherlich ein ganz anständiges Lokal – aber Damen wie Sie halten es – halten es gewöhnlich nicht dafür. Sie gehen niemals freiwillig in solche Lokale, ausgenommen ..."

„Nun?", fragte sie.

„Ausgenommen einige wenige Unglückliche, die nicht hineingehen, um dort Milch zu trinken."

„Sie sind ein sehr merkwürdiger Mensch", sagte die junge Dame. „Was bezwecken Sie eigentlich mit all dem?"

„Nichts, worüber Sie sich Sorgen machen sollten", erwiderte er sehr freundlich. „Ich möchte mich nur mit einigem Wissen wappnen, um Ihnen helfen zu können, wenn Sie mich jemals aus freiem Willen bitten sollten, Ihnen behilflich zu sein."

„Aber warum sollte ich der Hilfe bedürfen?"

Er fuhr in seinem träumerischen Monologe fort. „Sie konnten nicht gut hereingekommen sein, um ‚protégées‘ zu besuchen, bescheidene Freunde aus einer niedrigeren Gesellschaftsklasse oder dergleichen, sonst wären Sie ins Wohnzimmer hineingegangen ... und Sie konnten nicht hereingekommen sein, weil

Sie sich unwohl fühlten, sonst hätten Sie mit der Wirtin gesprochen, die offenbar eine sehr anständige Frau ist ... außerdem sehen Sie auch nicht im gewöhnlichen Sinne unwohl aus, Sie sehen nur unglücklich aus ... Diese Straße ist die einzige ursprünglich lange Straße, die keine Nebengassen hat, und die Häuser zu beiden Seiten sind verschlossen ... Ich konnte nur vermuten, dass Sie jemanden kommen gesehen haben, dem Sie nicht begegnen wollten, und darum in diesem Wirtshaus den einzigen Zufluchtsort inmitten dieser Steinwüste erkannten ... Ich glaube nicht, dass ich mir mehr herausnahm, als einem Fremden zukommt, wenn ich den einzigen Menschen, der kurz darauf vorbeikam, näher ansah ... Und da ich den Eindruck hatte, dass er einem üblen Typus angehöre ... während Sie einem guten Typus angehören ... so hielt ich mich bereit, Ihnen zu helfen, falls er Sie belästigen sollte; das ist alles. Was meinen Freund anbelangt, so wird er bald zurückkommen; und sicherlich kann er nichts herausfinden dadurch, dass er eine Straße wie diese hier hinunterstapft ... Ich habe das auch gar nicht vermutet."

„Warum haben Sie ihn dann fortgeschickt?", rief sie und beugte sich in noch brennenderer Neugier vor. Sie hatte eines von jenen stolzen, ungestümen Gesichtern, die häufig bei Rothaarigen zu finden sind, und eine römische Nase, wie Marie Antoinette.

Zum ersten Mal sah ihr Pater Brown ruhig und entschlossen in die Augen und sagte: „Weil ich hoffte, Sie würden mit mir sprechen."

Nun wieder blickte sie ihn eine Weile lang mit erhitztem Gesicht an, in dem ein rötlicher Schimmer von Zorn lag; dann, trotz aller Bemühungen, verrieten Augen und Mundwinkel ihren Sinn für Humor, und sie antwortete beinahe spöttisch: „Nun, wenn Sie auf meine Unterhaltung so erpicht sind, werden Sie vielleicht auch meine Frage beantworten." Nach einer Pause fügte sie noch hinzu: „Ich hatte die Ehre, Sie zu fragen, warum Sie die Nase jenes Mannes für falsch halten."

„Das Wachs wird bei solchem Wetter immer ein wenig fleckig", antwortete Pater Brown ganz schlicht.

„Aber es ist doch eine so krumme Nase", wendete das rothaarige Mädchen ein.

Der Priester lächelte nun seinerseits. „Ich sage ja nicht, dass es eine Nase ist, die man nur so zum Vergnügen trägt", gab er zu. „Dieser Mann trägt sie, glaube ich, weil seine wirkliche Nase um so vieles hübscher ist."

„Aber warum?", fragte sie beharrlich weiter.

„Wie geht doch das Ammenverschen?", bemerkte Brown zerstreut. „,Es war ein krummer Mann, der ging einen krummen Weg ...' Ich glaube, dieser Mann hat eine sehr krumme Straße eingeschlagen – indem er seiner Nase nachging."

„Wieso? Was hat er getan?", fragte sie ein wenig unsicher.

„Ich möchte Ihr Vertrauen gewiss nicht um Haaresbreite erzwingen", sagte Pater Brown sehr ruhig. „Aber ich glaube, Sie könnten mir hierüber viel mehr erzählen als ich Ihnen."

Das Mädchen erhob sich und stand eine Weile vollkommen still, doch mit geballten Fäusten da; es machte den Eindruck, als wollte sie sich schnell entfernen. Dann öffneten sich ihre zusammengepressten Hände langsam, und sie setzte sich wieder nieder. „Sie sind ein noch größeres Geheimnis als all die übrigen", sagte sie verzweifelt, „aber ich habe das Gefühl, als stecke in Ihrem Geheimnis ein Herz."

„Was wir alle am meisten fürchten", sagte der Priester mit leiser Stimme, „ist ein Nebel ohne Zentrum. Das ist es, was den Atheismus zum Nachtmahr macht."

„Ich werde Ihnen alles erzählen", sagte das rothaarige Mädchen trotzig, „bis auf das eine, warum ich es Ihnen sage; das weiß ich nämlich selbst nicht."

Sie zupfte an dem fleckigen Tischtuch herum und fuhr dann fort: „Sie sehen aus, als könnten Sie unterscheiden, was kein Snobismus ist und was einer ist. Und wenn ich sage, ich stamme aus einer guten alten Familie, so werden Sie wohl verstehen, dass dies ein wesentlicher Teil meiner Geschichte ist. In der Tat liegt für mich die größte Gefahr in der hohen und harten Meinung, die mein Bruder in Bezug auf ‚noblesse oblige' und derlei Dinge hat. Nun, mein Name ist Christabel Carstairs, und mein Vater war der Oberst Carstairs, von dem Sie sicherlich schon gehört haben, der die berühmte Sammlung römischer Münzen, die Carstairs-Sammlung, zusammengebracht hat. Ich könnte Ihnen meinen Vater nie beschreiben; das Beste, was ich sagen könnte und was der Sache am nächsten käme, wäre, dass er selbst einer römischen Münze glich. Er war ebenso schön, ebenso echt, ebenso wertvoll, ebenso metallrein und ebenso veraltet. Er war auf seine Sammlung stolzer als auf seinen Waffenrock – nichts könnte mehr sagen als das. Sein ungewöhnlicher Charakter zeigte sich so recht in seinem Testament. Er hatte zwei Söhne und eine Tochter. Er hatte mit dem einen Sohn, meinem Bruder Giles, einen Streit gehabt und ihn mit einer kleinen Rente nach Australien geschickt. Dann machte er ein Testament und hinterließ die Carstairs-Sammlung mit einer tatsächlich noch geringeren Rente meinem Bruder Arthur. Er meinte es als Belohnung, als die höchste Ehre, die er zu vergeben hatte, in Anerkennung von Arthurs Ehrlichkeit und Rechtschaffenheit und der Auszeichnungen, die er auf der Universität in Cambridge in Mathematik und Nationalökonomie errungen hatte. Mir hinterließ er eigentlich sein ganzes, ziemlich großes Vermögen; und ich bin überzeugt, dass er das als Zeichen von Verachtung meinte.

Darüber hätte sich Arthur wohl beklagen können, werden Sie vielleicht sagen, aber Arthur ist ganz wie mein Vater. Obwohl er in früher Jugend einige Meinungsverschiedenheiten mit ihm hatte – kaum war er im Besitze der Sammlung, so wurde er sofort wie ein heidnischer Priester, der sich einem Tempel weiht. Er vermischte diese römischen Halbpfennigstücke mit der Ehre der Carstairs-Familie in genau derselben steifen, abgöttischen Art und Weise, wie es vorher sein Vater getan hatte. Er handelte so, als müsste römisches Geld von allen römischen Tugenden bewacht werden. Er gönnte sich kein Vergnügen; er gab nichts für sich aus; er lebte nur mehr für die Sammlung. Oft nahm er sich nicht einmal mehr die Mühe, zu seinen einfachen Mahlzeiten Toilette zu machen, sondern kramte unter den verschnürten braunen Papierpäckchen, die niemand anderer berühren durfte, in einem alten braunen Schlafrock mit Schnur und Quaste herum, sodass er mit dem blassen, schmalen, fein geschnittenen Gesicht wie ein alter, asketischer Mönch aussah. Von Zeit zu Zeit jedoch pflegte er wie ein ausgesprochen modebewusst gekleideter Herr zu erscheinen; aber das geschah immer nur, wenn er zu den Londoner Auktionen oder Antiquitätenhändlern ging, um der Carstairs-Sammlung irgendwelche interessanten Neuerwerbungen hinzuzufügen.

Nun, wenn Sie jemals junge Menschen gekannt haben, werden Sie hoffentlich nicht entsetzt sein zu hören, dass ich von all dem in einen etwas gedrückten Gemütszustand geriet; in einen Zustand, in dem man zu sagen beginnt, das alles wäre ganz recht und schön mit den alten Römern, aber in vernünftigen Grenzen. Ich bin nicht wie mein Bruder Arthur; ich kann nicht umhin, mich bei Unterhaltungen zu unterhalten. Ich habe eine Menge Romantik und all den Unsinn mitbekommen, vermutlich von der anderen Seite der Familie her, von der ich auch meine roten Haare habe. Der arme Giles war geradeso, und ich glaube, die Atmosphäre der Münzensammlung mag als Entschuldigung für ihn gelten, obwohl er wirkliches Unrecht beging und beinahe eingesperrt wurde. Aber er hatte sich nicht schlechter benommen als ich, wie Sie gleich hören sollen.

Jetzt komme ich nämlich zu dem dummen Teil der Geschichte. Ich glaube, ein so kluger Mann wie Sie kann erraten, was für eine Art von Ereignis eintreten musste, um das monotone Leben eines unbändigen Mädchens von siebzehn Jahren in einer solchen Lage zu unterbrechen. Aber ich bin von so vielen schrecklichen Dingen erschüttert, dass ich meine eigenen Gefühle kaum mehr verstehe; und ich weiß nicht, ob ich es heute als Flirt verachte oder als das Leid eines gebrochenen Herzens ertrage. Wir wohnten damals in einem kleinen Badeort am Meer in Süd-Wales, und ein pensionierter Kapitän, der einige Häuser weit entfernt wohnte, hatte einen Sohn, der um fünf Jahre älter war als ich; er war mit meinem Bruder Giles befreundet gewesen, bevor dieser nach den Kolonien ging. Sein Name tut nichts zur Sache, aber ich will Ihnen sagen, dass er Philip Hawker hieß, einfach darum, weil ich Ihnen alles sage. Wir pflegten zusammen auf den Garnelenfang zu gehen und sagten und glaubten, dass wir ineinander verliebt wären; zumindest sagte er es bestimmt, und ich glaubte es bestimmt. Wenn ich Ihnen nun noch erzähle, dass er bronzefarbenes, lockiges Haar und ein falkenähnliches, von der Meeresluft gleichfalls bronzefarbenes Gesicht hatte, so geschieht dies, wie ich Ihnen versichern kann, nicht um seinetwillen, sondern um der Geschichte willen, denn es war die Ursache eines sehr seltsamen Zusammentreffens.

Eines Sommernachmittags, an dem ich Philip versprochen hatte, mit ihm zum Strand hinunter auf den Garnelenfang zu gehen, wartete ich ein wenig ungeduldig im Wohnzimmer vorne und sah Arthur zu, der mit einigen neu erworbenen Münzenpäckchen herumhantierte und sie langsam, je eines oder zwei auf einmal, in sein dunkles Studierzimmer oder Museum forttrug, das an der Hinterseite des Hauses lag. Sobald ich schließlich die schwere Türe hinter ihm zufallen hörte, ergriff ich schnell mein Fischernetz und wollte eben hinausschlüpfen, als ich sah, dass mein Bruder eine Münze zurückgelassen hatte, die glitzernd auf einer langen Bank vor dem Fenster lag. Es war eine Bronzemünze; und die Farbe zusammen mit der scharf geschnittenen Linie der römischen Nase und irgendetwas in der Haltung des langen, sehnigen Nackens machten den Kopf Cäsars, der auf der Münze abgebildet war, zu einem wahren Porträt Philip Hawkers. Da erinnerte ich mich plötzlich, dass Giles Philip einmal von einer Münze erzählt hatte, die ihm so ähnlich sähe, und dass Philip sie hatte haben wollen. Vielleicht können Sie sich die närrischen Gedanken vorstellen, die mir zu Kopfe stiegen; ich hatte das Gefühl, als wäre ich im Besitze eines Zaubermittels. Es schien mir, als wäre es eine Art ewiger Bund zwischen Philip und mir, wenn ich nur mit dieser Münze davonlaufen und sie ihm geben könnte; ich empfand tausend solcher Dinge zugleich. Dann wieder gähnte unter mir wie ein ungeheuerlicher Abgrund die entsetzliche Vorstellung dessen, was ich tun wollte. Vor allem der unerträgliche Gedanke, vor dem ich wie vor der Berührung heißen Eisens zurückschreckte, was Arthur davon denken würde: eine Carstairs eine Diebin! Und eine Diebin an dem Schatze der Carstairs! Ich glaubte, mein Bruder könnte mich dafür wie eine Hexe verbrennen lassen. Aber dann wieder verschärfte eben der Gedanke an diese fanatische Grausamkeit meinen alten Hass gegen seine schmierige, alte Antiquitäten-Wichtigtuerei sowie meine Sehnsucht nach Jugend und Freiheit, die mich vom Meere her zu rufen schienen. Draußen war heller Sonnenschein und Wind, und der gelbe Kopf irgendeines Stechginsterzweiges schlug an das Glas des Fensters. Ich dachte an jenes lebendige, wachsende Gold, das mir von allem Heideland der Welt aus zurief – und dann an jenes tote, matte Gold meines Bruders, an die Bronze, das Kupfer, die in dem Maße, wie das Leben vorbeiging, nur immer staubiger und staubiger wurden. Die Natur und die Carstairs-Sammlung waren einander schließlich in die Haare geraten.

Die Natur ist älter als die Carstairs-Sammlung. Als ich die Straße zum Meer hinunterlief, die Münze in der fest geballten Faust, lastete das ganze Römische Reich auf meinen Schultern mitsamt dem ganzen Stammbaum der Carstairs. Nicht nur der alte silberne Löwe brüllte in meinen Ohren, sondern alle Adler Cäsars schienen flügelschlagend und kreischend hinter mir her zu sein.

Und doch schlug mein Herz immer höher und höher; wie ein

Papierdrache schwang sich mein Mut empor, bis ich über die weichen, trockenen Sandhügel kam und zu dem flachen, nassen Küstensand hinunter, wo Philip schon bis über die Knöchel im seichten, glitzernden Wasser, einige hundert Ellen weit draußen im Meer stand. Der Himmel war rot im Schein der untergehenden Sonne, und die weite Fläche seichten Wassers, das eine halbe Meile weit kaum fußtief war, glich einem See rubinroter Flammen. Erst als ich meine Schuhe und Strümpfe heruntergerissen hatte und zu ihm hinausgewatet war – er stand ziemlich weit vom trockenen Land entfernt –, wendete ich mich um und sah zurück. Wir waren ganz allein, umgeben von Meerwasser und nassem Sand, und ich gab ihm den Kopf Cäsars.

In demselben Augenblick durchzuckte mich die Angstvorstellung, dass mich ein Mann weit draußen auf den Sandhügeln angestrengt anstarrte. Im nächsten Augenblick musste ich wohl wieder das Gefühl gehabt haben, es sei nur die Spannung meiner unvernünftigen Nerven gewesen, denn der Mann war nur ein dunkles Fleckchen in weiter Ferne, und ich konnte eben nur erkennen, dass er, den Kopf leicht zur Seite geneigt, ganz still stand und in die Ferne blickte. Es gab keinen erdenklichen logischen Anhaltspunkt, um zu meinen, dass er nach mir hinschaute; er mochte ein Schiff oder den Sonnenuntergang betrachten oder irgendwelche anderen Leute, die da und dort am Ufer umherschlenderten. Nichtsdestoweniger, woher auch immer die schreckhafte Ahnung mir gekommen sein mochte, sie erwies sich als prophetisch; denn als ich zu ihm hinaufstarrte, fing er plötzlich an, weit auszuschreiten, und kam schnurstracks über die weite, nasse Sandfläche auf uns zu. Als er näher und näher kam, bemerkte ich, dass er dunkelhaarig und bärtig war und eine schwarze Brille trug. Er war ärmlich, doch anständig gekleidet von dem alten schwarzen Zylinderhut an, den er auf dem Kopfe trug, bis zu den starken schwarzen Stiefeln an seinen Füßen. Ungeachtet dieser Stiefel jedoch schritt er geradeswegs ins Wasser, ohne einen Augenblick zu zögern, und kam mit der Unbeirrbarkeit einer abgeschossenen Kugel auf mich zu.

Ich kann Ihnen die Empfindung von Widernatürlichkeit und Wunder nicht schildern, die mich überkam, als er so gelassen die Schranken zwischen Land und Wasser durchbrach. Es war, als wäre er geradeswegs über eine Klippe geschritten und spazierte nun ruhig mitten durch die Luft weiter. Es war, als wäre ein Haus in den Himmel hinaufgeflogen oder der Kopf eines Menschen herabgefallen. Er ließ doch einfach nur seine Schuhe nass werden, aber es hatte den Anschein, als wäre er ein Dämon, der ein Gesetz der Natur missachtete. Hätte er nur einen Augenblick am Rande des Wassers gezögert, so wäre das Ganze völlig bedeutungslos geworden. Doch so, wie es geschah, schien er so sehr einzig und allein auf mich zu schauen, dass er nicht auf den Ozean achtete. Philip stand einige Ellen weiter mit dem Rücken zu mir und beugte sich über sein Netz. Der Fremde kam näher, bis er nur noch zwei Ellen weit von mir entfernt war und das Wasser ihm bis in halbe Kniehöhe reichte. Dann sagte er mit klarer, doch etwas gezierter Betonung: ‚Würde es Sie belästigen, eine Münze mit etwas anderer Aufschrift anderweitig zu vergeben?‘

Es war mit einer einzigen Ausnahme eigentlich nichts Abnormes an ihm. Die farbigen Gläser waren nicht wirklich undurchsichtig, sondern aus ganz gewöhnlichem blauem Brillenglas, auch die Augen dahinter waren nicht unbeständig, sondern ruhig auf mich gerichtet. Sein dunkler Bart war nicht besonders lang oder wild; der Mann sah nur so haarig aus, weil der Bart sehr hoch oben im Gesicht angewachsen war, knapp unter den Backenknochen. Die Gesichtsfarbe war weder bleich noch fahl, sondern gerade im Gegenteil eher frisch und jugendlich; doch das eben gab ihm ein weiß und rosenrotes Wachspuppenaussehen, was das Schauerliche an ihm, ich weiß nicht warum, noch vermehrte. Das einzig Seltsame, das man tatsächlich an ihm feststellen konnte, war die Nase, die – im Übrigen gut geformt – an der Spitze ein wenig zur Seite gedreht war, als wäre sie im weichen Zustand mit einem Hämmerchen ein wenig zur Seite geklopft worden. Man konnte es kaum eine Verunstaltung nennen, und doch kann ich Ihnen nicht schildern, wie er dadurch für mich zu einem wahren Nachtmahr wurde. Als er so in dem vom Sonnenuntergang rot gefärbten Wasser vor mir stand, erweckte er in mir die Vorstellung eines höllischen Seeungeheuers, das eben brüllend aus einem Meer von Blut aufgestiegen war. Ich weiß nicht, warum die Form einer Nase meine Fantasie so stark erregte. Ich glaube, es schien, als könnte er die Nase wie einen Finger bewegen und als hätte er sie eben in diesem Augenblick bewegt.

,Irgendeine kleine Unterstützung', fuhr er mit dem gleichen, merkwürdig affektierten Akzent fort, ,die mich der Notwendigkeit enthebt, Ihrer Familie direkte Mitteilungen zu machen.'

Da wurde es mir plötzlich klar, dass man einen Erpressungsversuch an mir machte, gegründet auf die Entwendung der Bronzemünze; alle meine abergläubischen Befürchtungen und Zweifel wurden da mit einem Mal von der überwältigend praktischen Frage verschlungen: Wie konnte er es herausgebracht haben? Ich hatte das Ding, einem plötzlichen Impuls folgend, gestohlen; ich war bestimmt allein gewesen, denn ich vergewisserte mich immer erst der Tatsache, dass ich unbeobachtet war, bevor ich hinausschlüpfte, um Philip zu treffen. Es war mir, allem Anschein nach, auf der Straße niemand gefolgt, und selbst wenn dies geschehen wäre, hätte man mich nicht durchstrahlen können, um die Münze in meiner geschlossenen Faust zu sehen. Der Mann auf den Sandhügeln oben hatte unmöglich erkennen können, was ich Philip gab.

‚Philip', rief ich hilflos, ‚bitte frage diesen Menschen, was er will.'

Als Philip, nachdem er sein Netz geflickt hatte, endlich den Kopf hob, sah er ziemlich rot aus, als schämte er sich; doch es mochte vielleicht auch die Anstrengung des Bückens oder das rote Abendlicht sein; es mochte vielleicht wieder nur eine meiner krankhaften Einbildungen gewesen sein, die mich zu bedrängen schienen. Er sagte nur grob zu dem Mann: ‚Gehen Sie da fort.' Dann winkte er mir, ihm zu folgen, und wir machten uns auf, um ans Land zu waten; ohne dem Mann irgendwelche Beachtung zu schenken, folgte Philip einem steinernen Wellenbrecher, der vom Fuß des Sandhügels aus emporlief, und schlug so die Richtung unseres Heimwegs ein. Vielleicht glaubte er auch, dass es unserem bösen Geist nicht so leichtfallen würde wie uns, über diese groben Steine zu gehen, die von Seegras und Algen grün und schlüpfrig waren; denn wir waren jung und daran gewöhnt. Aber mein Verfolger schritt ebenso zierlich dahin, wie er seine Rede zu setzen verstand, und er folgte mir nach, seine Worte und seine Steine richtig wählend. Ich hörte, wie er mir mit seiner zarten, verhassten

Stimme über meine Schulter hin zuredete, bis endlich, sobald wir die Höhe der Sandhügel erreicht hatten, Philips Geduld ganz gegen seine sonstige Gewohnheit riss. Er drehte sich plötzlich um und sagte: ‚Gehen Sie zurück! Ich kann jetzt nicht mit Ihnen reden.‘ Und als der Mann zögerte und den Mund auftat, schlug ihn Philip ins Gesicht, dass er vom höchsten Sandhügel bis ganz unten hinunterkollerte. Ich sah, wie er unten hervorkroch, ganz mit Sand bedeckt.

Dieser Schlag erleichterte mich einigermaßen, obwohl er meine Gefahr vergrößern konnte. Doch Philip schien auf seine Heldentat nicht besonders stolz zu sein. Obwohl er ebenso zärtlich war wie immer, schien er doch niedergeschlagen, und bevor ich ihn um eine völlige Aufklärung bitten konnte, verabschiedete er sich vor seiner Türe von mir mit zwei Bemerkungen, die mir als sonderbar auffielen. Er sagte, dass ich – wenn man die Sache richtig erwöge – die Münze eigentlich in die Sammlung zurückgeben müsse, dass er sie aber ‚für den Augenblick‘ selbst behalten wolle. Dann fügte er ganz plötzlich und wie nebenbei hinzu: ‚Du weißt doch, dass Giles aus Australien zurück ist?‘“

Die Türe der Schenke wurde geöffnet, und der riesenhafte Schatten des Detektivs Flambeau fiel auf den Tisch. Pater Brown stellte ihn der Dame in der ihm eigenen schlichten, überzeugenden Art vor und hob die Geschicklichkeit und das Mitgefühl des anderen für solche Fälle hervor. Beinahe ohne sich dessen genau bewusst zu sein, wiederholte das Mädchen nun seine Geschichte vor den beiden Zuhörern. Doch Flambeau reichte, als er sich verbeugt und niedergesetzt hatte, dem Priester einen kleinen Zettel hin. Brown nahm ihn ein wenig erstaunt in Empfang und las die darauf verzeichneten Worte: „Wagen nach Haus Wagga Wagga, 379 Mafeking Avenue, Putney." Das Mädchen fuhr in seiner Erzählung fort.

„Während ich die steile Straße zu unserem Hause hinaufging, drehte sich mir alles im Kopfe. Meine Gedanken waren immer noch nicht klar, als ich an die Türschwelle kam, vor der ich eine Milchkanne stehen fand und – den Mann mit der krummen Nase. Die Milchkanne erzählte mir, dass niemand von der Dienerschaft zu Hause sei und mich infolgedessen auch niemand ins Haus einlassen könnte, ausgenommen mein Bruder Arthur, dessen Hilfe mein Ruin wäre. In heller Verzweiflung warf ich dem schrecklichen Wesen zwei Schillinge in die Hand und sagte ihm, er möge in ein paar Tagen wieder vorsprechen, bis ich mir alles ein wenig überlegt hätte. Er ging brummend davon, aber gutwilliger, als ich erwartet hatte – und ich beobachtete mit schrecklich rachsüchtigem Vergnügen, wie sich der sternartige Sandfleck auf seinem Rücken die Straße hinab entfernte. Etwa sechs Häuser weiter bog er um eine Ecke.

Dann ließ ich mir die Türe öffnen, goss mir eine Tasse Tee auf und versuchte, die Sache in Ruhe zu überlegen. Ich saß im Wohnzimmer am Fenster und sah in den Garten hinaus, der noch im letzten Schein der Abendsonne glühte. Doch ich war zu zerstreut und verträumt, um mit einiger Aufmerksamkeit auf die Wiesen und Blumentöpfe und Blumenbeete zu sehen. Darum traf mich der Schock umso unvermittelter, weil ich es erst so spät bemerkte.

Der Mann oder das Ungeheuer, das ich fortgeschickt hatte, stand ganz regungslos mitten im Garten. Oh, wir haben alle eine Menge gelesen über bleichgesichtige Gespenster im Dunkel; aber das war entsetzlicher als alles andere dieser

Art, eben weil er noch im warmen Sonnenlicht stand, wenn er auch selbst einen langen Schatten warf, und weil sein Gesicht nicht bleich war, sondern diese wachsfarbene Röte einer Friseurpuppe trug. Er stand ganz regungslos still, das Gesicht mir zugewandt; und ich kann Ihnen gar nicht sagen, wie entsetzlich er aussah inmitten der Tulpen und all der prunkhaft strahlenden Blumen, die aus Glashäusern zu stammen schienen. Es sah aus, als hätten wir eine Wachsfigur statt einer Statue in der Mitte unseres Gartens aufgestellt.

Doch beinahe im selben Augenblick, als er sah, dass ich mich am Fenster regte, drehte er sich um und lief durch das offen stehende hintere Gartentor hinaus, durch das er zweifellos eingetreten war. Diese plötzliche Schüchternheit seinerseits war so unvereinbar mit der Unentwegtheit, mit der er ins Meerwasser geschritten war, dass ich ein unbestimmtes Gefühl der Beruhigung empfand. Ich dachte, er habe vielleicht größere Angst, Arthur zu begegnen, als ich wüsste. Jedenfalls ließ ich mich endlich in Ruhe nieder, um friedlich meine Abendmahlzeit einzunehmen – denn es war gegen alle Regel, Arthur zu stören, wenn er damit beschäftigt war, das Museum immer und immer wieder umzuräumen –, und meine etwas erleichterten Gedanken flohen zu Philip und verloren sich schließlich in der Ferne. Ich starrte gedankenlos, doch eher vergnügt auf ein anderes Fenster, das zwar durch keinen Vorhang verhängt, doch diesmal schwarz wie eine Schiefertafel war, denn die Nacht war endlich eingefallen. Es schien mir, dass etwas wie eine Schnecke an der Außenseite des Fensters klebte. Doch als ich aufmerksamer hinsah, war es mehr so, als presste jemand den Daumen gegen die Scheibe. Angst und Mut stiegen zugleich in mir auf; ich stürzte zum Fenster und fuhr mit einem unterdrückten Schrei zurück, den wohl jeder mit Ausnahme meines Bruders Arthur hätte hören müssen.

Es war ebenso wenig ein Daumen wie eine Schnecke. Es war die Spitze einer verbogenen Nase, die an die Scheibe gepresst wurde; die Nase war weiß vom Druck, und das dahinterliegende, hereinstarrende Gesicht mit den Augen war zuerst unsichtbar, dann aber grau, wie das eines Gespenstes. Ich schlug irgendwie die Fensterläden zu, stürzte in mein Zimmer hinauf und sperrte mich ein. Aber selbst im bloßen Vorbeieilen gewahrte ich ein zweites Fenster, und ich hätte schwören können, dass darauf irgendetwas wie eine Schnecke war.

Es mochte vielleicht das Klügste sein, trotz allem zu Arthur zu gehen. Wenn dieses Geschöpf wie eine Katze so dicht ums Haus schlich, konnte es schließlich noch schlimmere Absichten haben, als nur zu erpressen. Mein Bruder mochte mich hinauswerfen und für immer verfluchen, aber er war ein Gentleman und würde mich auf der Stelle verteidigen. Nachdem ich zehn Minuten lang überlegt hatte, ging ich hinunter, klopfte an die Türe und trat ein: um den letzten und schrecklichsten Anblick zu erleben.

Der Stuhl meines Bruders war leer, und er selbst war offenbar fort. Doch der Mann mit der verbogenen Nase saß da und wartete auf seine Rückkehr, den Hut immer noch unverschämterweise auf dem Kopf und tatsächlich in einem der Bücher meines Bruders unter der Lampe meines Bruders lesend. Der Ausdruck seines Gesichts war gelassen und beschäftigt, doch seine Nasenspitze erweckte immer noch den Anschein, als sei sie der beweglichste Teil seines Gesichtes, als hätte sie sich eben von rechts nach links gedreht wie der Rüssel eines Elefanten. Ich hatte den Mann entsetzlich genug gefunden, als er mich verfolgte und mir nachspähte, doch dieses Nichtgewahrwerden meiner Anwesenheit war noch erschreckender. Ich glaube, ich habe laut und lang aufgeschrien; aber das tut nichts zur Sache. Was ich dann tat, das zählt: Ich gab ihm alles Geld, was ich hatte, einschließlich einer Menge Papiere, die ich – obzwar sie mir gehörten – anzugreifen eigentlich nicht berechtigt war. Der Mann ging endlich fort, mit ekelhaft taktvollen Entschuldigungen in langen Sätzen und Wendungen; und ich setzte mich nieder mit dem Gefühl, in jeder Beziehung ruiniert zu sein. Und doch wurde ich noch in derselben Nacht durch einen bloßen Zufall gerettet. Arthur war plötzlich, wie er dies öfters tat, in Geschäften nach London gereist und kehrte spät, doch strahlend zurück. Er hatte sich einen Schatz, der sogar für die Familiensammlung einen neuen Glanz bedeutete, so gut wie gesichert. Er war so glücklich, dass ich schon Mut fassen wollte, um die Entwendung des weniger wertvollen Stückes zu gestehen. Doch er ließ mit seiner überwältigenden Besessenheit kein anderes Thema aufkommen. Da der Plan der Neuerwerbung immer noch misslingen konnte, bestand er darauf, ich sollte sofort die Koffer packen und mit ihm nach Fulham übersiedeln, wo er bereits Zimmer gemietet hatte, um in der Nähe des Antiquitätenladens zu sein. So entfloh ich ohne mein Zutun, beinahe mitten in der Nacht, meinem Feinde – doch gleichzeitig auch Philip ... Mein Bruder ging oft in das South Kensington Museum, und ich belegte, um irgendeine Art Nebenbeschäftigung zu finden, einige Vorlesungen an der Kunstakademie. Ich kam jetzt eben von dort zurück, und da sah ich dieses lebendige Scheusal der Trostlosigkeit die lange Straße herunterkommen.

Ich habe nur noch eines zu sagen: Ich verdiene keine Hilfe, und ich beklage mich nicht, wenn mich verdiente Strafe ereilt; es ist nur gerecht und musste so kommen. Aber immer noch zerbreche ich mir den Kopf, wie es so hat kommen können. Hat mich die Strafe durch ein Wunder ereilt? Oder wie konnte irgendjemand, ausgenommen Philip oder ich, wissen, dass ich ihm mitten im Meer eine winzige Münze gegeben habe?"

„Das ist ein ungewöhnliches Problem", gab Flambeau zu.

„Nicht so ungewöhnlich wie die Lösung", bemerkte Pater Brown ein wenig düster. „Werden Sie zu Hause sein, Fräulein Carstairs, wenn wir Sie in etwa ein und einer halben Stunde in Ihrer Wohnung in Fulham aufsuchen?"

Das Mädchen sah ihn an, erhob sich dann und begann die Handschuhe anzuziehen. „Ja", sagte sie, „ich werde dort sein", und sehr eilig verließ sie das Lokal.

Der Detektiv und der Priester besprachen immer noch den Fall, als sie sich am selben Abend dem Hause in Fulham näherten; es war sogar für einen nur vorübergehenden Aufenthalt ein auffallend armseliger Wohnort für die Familie Carstairs.

„Natürlich würde man bei oberflächlicher Betrachtung zuerst an jenen Bruder aus Australien denken, der schon früher einmal in Schwierigkeiten war", sagte Flambeau, „weil er so unerwartet heimgekommen ist und gerade der Mann wäre, der gemeine Helfershelfer haben könnte. Aber ich kann keine Möglichkeit sehen, wie immer ich die Sache auch betrachte, wie er da hereinkommt, wenn nicht ..."

„Nun?", fragte sein Begleiter geduldig.

Flambeau senkte die Stimme. „Wenn nicht auch dieser Freund des Mädchens mit drinsteckt, und zwar wäre der noch der größere Schurke. Der Mensch aus Australien wusste, dass Hawker die Münze haben wollte. Aber ich kann nicht begreifen, wie er hätte erfahren können, dass Hawker sie auch tatsächlich bekommen habe, wenn nicht Hawker ihm oder seinem Komplicen über den Strand ein Zeichen gegeben hätte."

„Das ist wahr", gab der Priester anerkennend zu.

„Haben Sie eines noch bemerkt?", fuhr Flambeau eifrig fort.

„Dieser Hawker hört, dass seine Freundin belästigt und beleidigt wird, aber er schlägt erst zu, als er zu den weichen Sandhügeln gekommen ist, wo er in einem Scheinkampf Sieger bleiben kann. Hätte er inmitten der Felsen im Meer zugeschlagen, so hätte er seinen Verbündeten leicht verletzen können."

„Auch das ist richtig", sagte Pater Brown und nickte zustimmend.

„Und dann, wenn man vom Anfang der Sache ausgeht: Es kommen nur ein paar Menschen in Betracht, aber doch zumindest drei. Wenn es sich um Selbstmord handelt, genügt ein Mensch: Bei einem Mord handelt es sich um zwei, aber für Erpressungen braucht man mindestens drei Personen."

„Warum?", fragte der Priester sanft.

„Ja, das ist doch klar", rief der Freund, „es muss einer da sein, der bloßgestellt wird, einer, der die Bloßstellung androht, und einer zumindest, der über die Bloßstellung entsetzt ist."

Nach einer langen Pause der Überlegung sagte der Priester: „Sie machen einen logischen Fehler. Der Idee nach brauchen Sie drei Personen. Zur Ausführung genügen zwei."

„Was meinen Sie?", fragte der andere.

„Warum sollte der Erpresser dem Opfer nicht mit sich selbst drohen?", fragte Brown leise. „Nehmen Sie an, dass eine Frau eine wütende Abstinenzlerin wäre und ihren Mann so weit in Angst versetzte, dass er seine Wirtshausbesuche vor ihr verheimlicht; und sie würde ihm dann mit verstellter Schrift Erpressungsbriefe schreiben, in denen sie ihm drohen würde, es seiner Frau zu sagen! Warum sollte das nicht gehen? Nehmen Sie an, ein Vater verbietet seinem Sohn zu spielen und geht ihm dann gut verkleidet nach und droht dem Jungen mit seiner eigenen väterlichen Rechtschaffenheit! Nehmen Sie an … aber wir sind am Ziel, mein Lieber."

„Du lieber Gott!", rief Flambeau. „Sie wollen doch nicht etwa sagen …"

Ein lebhafter junger Mann kam die Stufen des Hauses heruntergelaufen und wandte ihnen im goldenen Lichtschein der Laterne den unverkennbaren Kopf zu, welcher der römischen Münze glich. „Fräulein Carstairs wollte das Haus nicht betreten, bevor Sie kämen", sagte Hawker ohne weitere Förmlichkeiten.

„Nun", bemerkte Brown vertraulich, „finden Sie nicht auch, dass es das Beste ist, was sie tun konnte, einfach draußen zu warten – solange Sie auf sie achtgeben? Sehen Sie, ich vermute, dass Sie schon alles erraten haben."

„Ja", sagte der junge Mann leise, „ich habe es schon am Strand vermutet, und jetzt weiß ich es bestimmt; darum habe ich ihn absichtlich weich fallen lassen."

Flambeau nahm einen Schlüssel aus der Hand des Mädchens und die Münze von Hawker, öffnete die Tür und betrat mit seinem Freund das Haus; sie gingen über den Korridor ins Wohnzimmer. Es war nur ein Mensch darinnen: der Mann, den Pater Brown an dem kleinen Wirtshaus hatte vorbeigehen sehen. Er stand, als gälte es, sich zur Wehr zu setzen, gegen die Mauer gelehnt; er hatte den schwarzen Mantel gegen einen braunen Schlafrock vertauscht, sonst war er unverändert. „Wir sind gekommen", sagte Pater Brown höflich, „um die Münze ihrem Eigentümer zurückzustellen." Und er reichte sie dem Manne mit der Nase hin.

Flambeau rollte die Augen. „Ist dieser Mann ein Münzensammler?", fragte er.

„Dieser Mann ist Herr Arthur Carstairs", sagte der Priester voll Überzeugung, „und er ist ein Münzensammler von etwas seltsamer Art."

Der Mann erbleichte so furchtbar, dass die krumme Nase wie ein selbstständiges und komisches Ding aus seinem Gesicht hervorragte. Trotzdem sprach er mit einer gewissen verzweifelten Würde. „Und doch sollen Sie sehen", sagte er, „dass ich nicht alle Familieneigenschaften verloren habe." Dann drehte er sich plötzlich um, eilte in ein anderes Zimmer und schlug die Tür hinter sich zu.

„Halten Sie ihn auf!", schrie Pater Brown, stolperte und fiel halb über einen Sessel, während Flambeau nach einem oder zwei Rucken die Tür aufstieß. Aber es war zu spät. Flambeau schritt schweigend zum Telefon hinüber, um die Polizei und einen Arzt zu verständigen.

Eine leere Medizinflasche lag auf dem Boden. Über den Tisch gelehnt, lag der Körper des Mannes im braunen Schlafrock inmitten seiner aufgeplatzten, mit braunem Packpapier umwickelten Päckchen, aus denen zwar keine römischen, doch ganz moderne englische Münzen hervorquollen.

Der Priester hob die Bronzemünze mit dem Kopf Cäsars empor und sagte: „Das war alles, was von der Carstairs-Sammlung übrig geblieben war."

Nach einigem Schweigen fuhr er mit noch größerer Sanftmut als sonst fort: „Das Testament dieses bösen Vaters war eine grausame Sache, und – sehen Sie – der Sohn nahm es nicht gut auf. Er hasste das römische Geld, das er besaß, und sein Verlangen nach wirklichem Geld, das ihm versagt war, wuchs immer mehr. Nicht nur, dass er die Sammlung Stück um Stück verkaufte, sondern er sank auch Schritt um Schritt zu immer niedrigeren Mitteln herab, sich Geld zu verschaffen – ja sogar bis zu Erpressungsversuchen an seiner eigenen Familie, die er in dieser Verkleidung vornahm. Er erpresste seinen Bruder aus Australien aufgrund jenes kleinen, längst vergessenen Vergehens, darum ist er mit dem Wagen nach dessen Haus in Putney gefahren; er erpresste seine Schwester aufgrund jenes Diebstahls, den er allein bemerkt haben konnte. Und darum hatte sie – nebenbei gesagt – jene übernatürliche Ahnung, als er dort oben auf dem Sandhügel stand. Gestalt und Haltung bloß, selbst aus der Entfernung, erinnern uns eher an eine bestimmte Person als ein gut nachgeahmtes Gesicht ganz in der Nähe."

Wieder entstand ein Schweigen. „Nun also", brummte der Detektiv, „so war dieser große Münzensammler und Münzenkenner schließlich nichts anderes als ein gewöhnlicher Geizhals?"

„Sind das so verschiedene Dinge?", fragte Pater Brown in demselben, seltsam nachsichtigen Ton. „Was ist an einem Geizhals so Schlimmes, das nicht oft an einem Sammler ganz ebenso schlimm wäre? Was ist Schlimmes daran, ausgenommen ... ‚Du sollst dir kein Bildnis machen dessen, was oben im Himmel oder unten auf der Erde ist; du sollst sie nicht anbeten und ihnen nicht dienen, denn ich, der Herr ...', aber wir müssen gehen und schauen, wie es den armen jungen Leuten geht."

„Ich glaube", sagte Flambeau, „dass es ihnen trotz alledem sehr gut geht."

Das Geheimnis des Paters Brown

Flambeau, einst der berühmteste Verbrecher Frankreichs, später Privatdetektiv in England, hatte seit Langem beide Berufe aufgegeben und sich zur Ruhe gesetzt. Man sagt, das Umsatteln sei ihm nicht ganz leichtgefallen, und er habe in seinem neuen Beruf wegen zu vieler Gewissensskrupel nicht so leicht und erfolgreich gearbeitet wie in seinem alten. Jedenfalls war er nach einem wildromantischen Leben an einem Plätzchen gelandet, das manche wohl als den geeigneten Ort für den Abschluss einer solchen Karriere bezeichnen könnten, auf einem spanischen Schloss. Dieses Schloss, wenn auch verhältnismäßig klein, war doch ein solider Bau, und der Weinberg mit den blauschwarz schimmernden Trauben und der Gemüsegarten mit den grünen Salat- und Kohlreihen bedeckten einen beträchtlichen Teil des braunen Schlossberges. Denn Flambeau besaß nach so vielen stürmischen Abenteuern noch jene so vielen Romanen eigene und (zum Beispiel) so vielen Amerikanern fehlende eigentümliche Energie, die Kraft, sich zur Ruhe zu setzen. Man kann diese Fähigkeit bei manchem großen Hotelbesitzer beobachten, dessen einziger Ehrgeiz ist, ein kleiner Bauer zu sein. Man bemerkt sie an vielen französischen Provinzkaufleuten, die in dem Augenblick, da sie sich in einen scheußlichen Millionär verwandeln und eine ganze Straße mit Läden kaufen könnten, haltmachen, um sich in Ruhe und Frieden ihrer Häuslichkeit und dem Dominospiel zu widmen. Flambeau hatte sich zufällig und fast plötzlich in eine spanische Dame verliebt, sie geheiratet und eine große Familie gegründet, ohne das Verlangen zu haben oder wenigstens zu zeigen, die Grenzen seines Besitztums jemals wieder zu überschreiten. Aber eines Morgens beobachtete seine Familie, dass er ungewöhnlich unruhig und aufgeregt war. Er erwartete einen Gast, und als dieser Gast noch ein ferner schwarzer Punkt war, stürmte Flambeau, gefolgt von seinem kleinen Sohn, den Schlossberg hinunter, um dem das Tal heraufwandernden Ankömmling entgegenzugehen.

Der schwarze Punkt nahm langsam an Größe zu, ohne seine Form merklich zu verändern, denn er blieb sozusagen rund und schwarz. Das schwarze Habit der Geistlichen war in diesen Bergen keine ungewöhnliche Erscheinung, aber die Kleidung des Besuchers hatte, wenn sie ihn auch sofort als Kleriker anzeigte, im Vergleich mit dem langen Rock und der Soutane etwas zugleich bürgerlich Unauffälliges und doch fast Flottes an sich und kennzeichnete ihren Träger so deutlich als einen Bewohner der nordwestlichen Inseln, als ob er den Namen einer Londoner Eisenbahnstation auf der Brust trüge. Er hatte einen kurzen dicken Regenschirm mit keulenartigem Griff in der Hand, bei dessen Anblick Flambeau fast Tränen der Rührung vergoss, denn dieser Schirm hatte ehemals in vielen gemeinsamen Abenteuern der beiden Freunde eine Rolle gespielt. Der Ankömmling war nämlich ein englischer Freund des Franzosen, Pater Brown, der endlich seinen lang ersehnten, aber immer wieder aufgeschobenen Besuch abstattete. Die beiden hatten ständig korrespondiert, aber sich seit Jahren nicht gesehen.

Pater Brown wurde bald heimisch in dem Familienkreis, der groß genug war, um als Gesellschaft oder Gemeinschaft zu wirken. Er machte Bekanntschaft mit den großen vergoldeten und prächtig bemalten Holzfiguren der Heiligen Drei Könige, die den Kindern zu Weihnachten Geschenke bringen, denn in Spanien spielen die Kinder im häuslichen Leben eine große Rolle. Er machte Bekanntschaft mit dem Hund, der Katze und dem gesamten Viehstand. Er machte aber auch Bekanntschaft mit einem Nachbarn, der wie er in dieses Tal die Kleidung und die Sitten ferner Länder getragen hatte.

Es war am dritten Tag seines Aufenthaltes, als der Priester einen stattlichen Fremden erblickte, der mit Verbeugungen, wie sie kein spanischer Grande zuwege bringen könnte, der Familie seine Aufwartung machte. Er war ein großer, hagerer, grauhaariger und sehr eleganter Mann, dessen Hände, Manschetten und Manschettenknöpfe in ihrer Gepflegtheit und ihrem Glanz etwas Überwältigendes an sich hatten. Aber sein langes Gesicht trug keine Spur jener schläfrigen Langeweile, die in englischen Karikaturen untrennbar mit langen Manschetten und Maniküre verbunden ist. Er war auffallend munter und lebhaft, und in den Augen stand eine kindliche Neugier und Forscherlust, wie man sie bei einem Graukopf nur selten sieht. Dies allein hätte einem sagen können, welcher Nation der Mann angehörte, aber hinzu kamen noch der nasale Ton in seiner gepflegten Stimme und seine allzu schnelle Bereitwilligkeit, allem Europäischen ringsherum ein riesiges Alter zuzuschreiben. Er war in der Tat keine geringere Person als Herr Grandison Chace aus Boston, ein auf Reisen befindlicher Amerikaner, der hier in der Gegend kurz Station gemacht und zu diesem Zweck das an Flambeaus Besitztum angrenzende

Gut gepachtet hatte, ein ziemlich ähnliches Schloss auf einem ziemlich ähnlichen Berg. Er hatte eine Riesenfreude an seiner alten Burg und betrachtete seinen freundlichen Nachbarn als eine ähnliche örtliche Sehenswürdigkeit. Denn Flambeau hatte es, wie schon gesagt, fertiggebracht, sich wirklich zur Ruhe zu setzen, gleichsam Wurzeln zu schlagen. Es war, als ob er seit Urzeiten mit seinen Weinstöcken und seinen Feigenbäumen ein Monument der Gegend bildete. Er hatte seinen wirklichen Namen Duroc wieder angenommen, denn der Name Flambeau, „Fackel", war nur ein Deckname gewesen, wie ihn solche Leute wie Duroc gern wählen, wenn sie Krieg gegen die Gesellschaft führen. Er war ein guter Gatte und Familienvater und entfernte sich niemals weiter vom Hause, als es für den Erfolg eines kleinen Pirschganges nötig war. Er erschien dem amerikanischen Weltenbummler als die Verkörperung jenes Kults heiterer bürgerlicher Behaglichkeit und maßvollen Wohllebens, der Herrn Chace unter den mittelmeerländischen Völkern aufgefallen war, und der Amerikaner war weise genug, diesem Kult Bewunderung zu zollen. Der rollende Stein aus dem Westen war froh, einen Augenblick auf diesem Felsen im Süden, der mit einer so dichten Moosschicht bedeckt war, ausruhen zu können. Aber Herr Chace hatte von Pater Brown gehört; in seinem Ton trat eine leichte Veränderung ein, er sprach, wie man mit berühmten Leuten spricht. Der Fragetrieb in ihm erwachte, taktvoll, aber nur durch ein Interview zu befriedigen. Wenn er versuchte, Pater Brown auszuhorchen, so geschah es jedenfalls nach der geschicktesten und unauffälligsten amerikanischen Methode.

Sie saßen in einer Art halb offenem Vorhof, wie er oft den Eingang zu spanischen Häusern bildet. Die Dämmerung nahm rasch zu, und da es nach Sonnenuntergang in den Bergen rasch kühl wird, hatte man einen kleinen Ofen auf die Steinfliesen gestellt, der rote Kringel auf den Boden warf und wie ein Kobold mit rot glühenden Augen in die Nacht starrte. Nur ab und zu streckte der Feuerschein auf dem Boden ein Zünglein bis an die große, kahle, braune Backsteinmauer vor, die über ihren Häuptern steil in die tiefblaue Nacht emporstieg. Im Zwielicht sah man undeutlich Flambeaus breitschultrige Gestalt und seine langen, wie Kavalleriesäbel gebogenen Schnurrbarthälften. Er zapfte aus einem großen Fass Wein und reichte ihn herum. In seinem Schatten sah der Priester sehr zusammengeschrumpft und klein aus, er saß ganz zusammengekauert dicht an und halb über dem kleinen Ofen. Der Amerikaner hatte sich elegant vorgelehnt, den Ellenbogen aufs Knie gestützt, das feine, scharf umrissene Gesicht ganz im Licht. Seine Augen waren mit klug forschendem Ausdruck auf den Priester gerichtet.

„Ich kann Ihnen versichern", sagte er, „dass wir Ihre Leistung in der Mordsache Mondschein als den größten Triumph ansehen, den die Geschichte der Detektivwissenschaft bis jetzt zu verzeichnen hat."

Pater Brown murmelte etwas vor sich hin. Dieses Murmeln hatte eine verzweifelte Ähnlichkeit mit einem Stoßseufzer.

„Wir alle kennen", fuhr der Amerikaner fort, ohne sich aus der Fassung bringen zu lassen, „die angeblichen Leistungen Dupins und anderer, jener Lecocqs, Sherlock Holmes', Nickolas Carters und anderer Fantasiefiguren der edlen Detektivkunst. Aber wir beobachten, dass Ihre eigenen Methoden, einen Fall anzupacken, sich vielfach und sehr deutlich von den Methoden dieser übrigen scharfen Denker, mögen sie nun Fantasiegestalten oder Menschen von Fleisch und Blut sein, unterscheiden. Man ist sogar auf die Vermutung gekommen, ob die Verschiedenheit der Methode nicht vielleicht den Schluss auf das Fehlen jeglicher Methode zulässt."

Pater Brown schwieg, dann fuhr er plötzlich auf, fast als wäre er über dem Ofen eingenickt, und sagte: „Entschuldigen Sie. Jawohl … Fehlen jeglicher Methode … aber, so fürchte ich, Fehlen jeglicher Aufmerksamkeit auch."

„Ich meine das Fehlen einer genau festgelegten wissenschaftlichen Methode", fuhr der wissensdurstige Amerikaner fort. „Edgar Allan Poe erklärt in einigen kleinen Essays in Gesprächsform Dupins Methode mit ihren feinen Übergängen von einem scharfen Gedanken zum andern. Doktor Watson musste einigen hübschen exakten Darlegungen der Methode Holmes' lauschen, die sich durch Beobachtung materieller Einzelheiten auszeichnet. Aber niemand scheint sich bis jetzt an eine erschöpfende Darstellung Ihrer eigenen Methode herangewagt zu haben, Pater Brown, und man hat mir gesagt, dass Sie das Angebot, darüber eine Reihe Vorträge in den Staaten zu halten, abgelehnt haben."

„Das stimmt", antwortete der Priester mit einem unwilligen Blick auf den Ofen, „ich habe abgelehnt."

„Ihre Ablehnung entfesselte eine sehr interessante Diskussion", bemerkte Chace. „Ich darf Sie vielleicht darauf aufmerksam machen, dass man bei uns verschiedentlich meint, Ihre Wissenschaft könne gar nicht dargelegt werden, weil sie über die natürlichen Grenzen einer Wissenschaft hinausgeht. Man sagt, Ihr Geheimnis könne nicht weiterverbreitet und allgemein zugänglich gemacht werden, weil es im Grunde okkulter Natur sei."

„Was für einer Natur?", fragte Pater Brown scharf.

„Ich meine, esoterischer Art", erwiderte der andere. „Stellen Sie sich doch vor, wie sich die Leute über all die Mordtaten aufgeregt haben. Sie brauchen nur an die Namen Gallup, Stein, Merton, Gwynne und Dalmon zu denken. Die Leute zerbrachen sich den Kopf, und auf einmal kommen Sie und erzählen jedem, der es hören will, wie der Mord ausgeführt wurde, aber keinem, woher Sie die Kenntnis haben. So kam man natürlich auf den Gedanken, dass Sie alles sozusagen mit geschlossenen Augen entdeckten. Charlotte Brownson hielt einen Vortrag über Hellsehen und belegte ihre Ausführungen mit Beispielen aus jenen Fällen. Die Frauenliga vom Zweiten Gesicht in Indianapolis …"

Pater Brown sah noch immer in die Ofenglut, dann sagte er, als ob er gar nicht wüsste, dass ihn jemand hörte, laut und deutlich:

„Um Himmels willen, so geht das nicht weiter."

„Ich weiß wirklich nicht, wie Sie das verhindern wollen", sagte Herr Chace, ohne sich im Geringsten aus der Fassung bringen zu lassen. „Die Frauenliga vom Zweiten Gesicht will Ihre Erfolge in ausgedehntem Maße als Material verwerten. Die einzige Möglichkeit, sie daran zu verhindern, besteht meiner Meinung nach darin, dass Sie endlich den Schleier Ihres Geheimnisses lüften."

Pater Brown ächzte. Er beugte den Kopf, bis sein Gesicht in den Händen lag, und verharrte eine Weile in dieser Stellung, als dächte er angestrengt nach. Dann hob er den Kopf und sagte gemächlich:

„Es bleibt mir nichts anderes übrig. Ich muss das Geheimnis preisgeben."

Sein Blick glitt dunkel über den immer mehr dunkelnden Hof, von den roten Augen des kleinen Ofens bis zu dem dräuenden Schatten der alten Mauer, über der heller und heller glitzernd die leuchtenden Sterne des Südens standen.

„Das Geheimnis ist …" Er hielt ein, als wäre er unfähig fortzufahren. Dann fing er von Neuem an und sagte:

„Sehen Sie, ich selbst habe alle diese Leute ermordet."

„Was?", sagte der Amerikaner mit leiser Stimme, die aus tiefer, weiter Stille klang.

„Ja, ich habe sie alle selbst ermordet", erklärte Pater Brown geduldig. „Deshalb kannte ich natürlich den Hergang."

Grandison Chace hatte sich zu seiner ganzen Höhe aufgerichtet, als wäre er durch eine langsame Explosion zur Decke emporgehoben. Hoch auf den andern niederblickend, wiederholte er seine ungläubige Frage.

„Ich hatte jedes Verbrechen sehr genau überlegt und entworfen", fuhr Pater Brown fort. „Ich hatte mir genau ausgedacht, wie so etwas wohl gemacht werden könnte, und in welchem Geisteszustand ein Mann sein müsste, der eine solche Tat wirklich ausführte. Und wenn ich ganz sicher war, dass ich mich ganz und gar hineingefühlt hatte in den Mörder, dann wusste ich natürlich, wer er war."

Chace seufzte mehrmals erleichtert auf.

„Sie haben mir keinen schlechten Schrecken eingejagt", sagte er. „Im ersten Augenblick habe ich wirklich gedacht, Sie hätten Ihre Worte ernst gemeint. Ich sah es schon in großen Überschriften in allen unseren Zeitungen stehen: ‚Ein frommer Heuchler als Mörder entlarvt: hundert Verbrechen des Pater Brown.' Wenn Sie jedoch nur eine Redewendung gebraucht haben und ausdrücken wollen, dass Sie sich bemüht haben, die psychologischen Unterlagen des Mordes zu rekonstruieren, so ist das natürlich …"

Pater Brown klopfte mit der kurzen Pfeife, die er gerade stopfen wollte, heftig auf den Ofen. Er bekam sehr selten einen Anfall von Unwillen, aber jetzt sah man ihm deutlich an, dass er sich ärgerte.

„Nein, nein, nein", rief er fast wütend. „Was ich gesagt habe, ist keine Redewendung. Das kommt dabei heraus, wenn man versucht, über tiefe Dinge zu sprechen … Wird man nicht immer missverstanden, wenn man den Mund auftut? … Wenn man über eine rein geistige Wahrheit sprechen will, so glauben die Leute immer, dass alles nur bildlich gemeint ist. Ein leibhaftiger Mann mit zwei Beinen sagte einmal zu mir: ‚Ich glaube an den Heiligen Geist nur in geistigem Sinne.' Ich konnte ihm selbstverständlich nur erwidern: ‚In welchem anderen Sinne könnten Sie denn an ihn glauben?' Und dann dachte er, ich hätte sagen wollen, er brauche nur an Entwicklung, allgemeine Verbrüderung oder den Aufschwung der Technik glauben. Ich wollte sagen, dass ich mich selbst mit meinem wirklichen Selbst die Morde begehen sah. Ich habe die Männer nicht wirklich mit irgendeinem Gegenstand getötet, aber darauf kommt es nicht an. Ein Backstein oder irgendein Werkzeug hätten genügt, um sie vom Leben zum Tod zu befördern. Ich wollte sagen, ich dachte unablässig darüber nach, wie wohl ein Mann so weit kommen könne, bis ich schließlich selbst wirklich so weit war, nur der letzte Schritt, die Einwilligung zur Tat, fehlte. Diese Methode wurde mir einst durch einen Freund als eine Art religiöser Übung angeraten. Ich glaube, er hatte sie von Papst Leo XIII., für den ich immer geschwärmt habe."

„Ich fürchte", sagte der Amerikaner in einem Ton, der noch nicht frei von jedem Zweifel war, und sah dabei den Priester an, als wäre der ein wildes Tier, „dass Sie mir noch sehr viel zu erklären haben würden, bevor ich wüsste, worauf Sie eigentlich hinauswollen. Die Wissenschaft der Aufklärung von Verbrechen …"

Pater Brown knipste wieder voll lebhaften Unwillens mit den Fingern. „Das ist der Punkt", rief er, „das ist der Punkt, an dem unsere Wege sich trennen. Wissenschaft ist etwas Großes, wenn sie an der richtigen Stelle angewandt wird, in ihrem wirklichen Sinne eines der großartigsten Wörter der Welt. Aber was versteht man in neun von zehn Fällen unter diesem Wort, wenn man es heute gebraucht? Wenn man sagt, die Aufklärung von Verbrechen sei eine Wissenschaft? Wenn man sagt, die Kriminologie sei eine Wissenschaft? Man versteht darunter, sich außerhalb eines Mannes stellen und ihn studieren, als wäre er ein riesiges Insekt. Man nennt das objektive und unparteiische Betrachtung. Ich aber würde es lieber eine mitleidlose Leichensezierung nennen. Man versteht darunter, sich von einem Menschen möglichst weit entfernen und ihn betrachten, als wäre er ein von unserer Zeit losgelöstes prähistorisches Ungeheuer; die Form seines ‚Verbrecherschädels' beglotzen, als wäre dieser Schädel so ein seltsames und ungewöhnliches Ding wie das Horn auf der Nase eines Rhinozeroses. Wenn der wissenschaftliche Kriminologe von Typen spricht, so meint er damit niemals sich selbst, sondern immer seinen Mitmenschen, wahrscheinlich einen ärmeren Mitmenschen. Ich leugne nicht, dass eine objektive unparteiische Betrachtung manchmal ihr Gutes haben kann, obschon sie in einem Sinne das gerade Gegenteil von Wissenschaft ist.

Sie gibt uns nicht nur keine Erkenntnis, sondern unterdrückt in uns sogar das, was wir wissen. Sie lässt uns einen Bekannten als Fremden behandeln und tut so, als ob etwas uns nahe Vertrautes in Wirklichkeit fern und geheimnisvoll wäre. Es ist gerade so, als würde man bei einem Menschen nicht mehr von einer Nase, sondern von einem Rüssel sprechen, nicht mehr von Schlaf, sondern von einem alle vierundzwanzig Stunden einmal eintretenden Anfall von Empfindungslosigkeit. Nun, was Sie als mein ‚Geheimnis‘ bezeichnen, ist gerade das Gegenteil von einer solchen Betrachtungsweise. Ich versuche nicht, mich außerhalb des Menschen zu stellen. Ich bemühe mich, in den Mörder hineinzuschlüpfen … Aber das drückt die Sache noch nicht richtig aus, es ist mehr als das. Ich stecke wirklich in einem Menschen drin. Ich trete niemals aus ihm heraus, ich bewege seine Arme und Beine. Und dann warte ich, bis ich weiß, dass ich in einem Mörder stecke. Ich denke seine Gedanken, ich kämpfe mit seinen Leidenschaften, ich kauere mich in die Stellung seines geduckt nach einem Opfer ausspähenden Hasses, bis ich die Welt mit seinen blutunterlaufenen, schielenden Augen sehe, dieselben Scheuklappen trage wie er und halb verblödet immer nur auf einen Punkt starre, nichts mehr zur Rechten, nichts mehr zur Linken sehe, sondern nur geradeaus den sich scharf abhebenden Strich eines geraden, zu einem Bluttümpel führenden Weges. Bis ich wirklich ein Mörder bin."

„Oh!", sagte Herr Chace, der ihn mit langem, entsetztem Gesicht betrachtete, und setzte hinzu: „Und das nennen Sie eine religiöse Übung?"

„Ja", antwortete Pater Brown. „Das nenne ich eine religiöse Übung."

Nachdem er eine Weile geschwiegen hatte, fuhr er fort: „Es ist tatsächlich so sehr eine religiöse Übung, dass ich am liebsten gar nicht darüber gesprochen hätte. Aber ich konnte Sie doch beim besten Willen nicht heimfahren und Ihren Landsleuten die Mär verkünden lassen, ich wäre im Besitz eines mit Hellseherei verbundenen Zaubermittels. Ich habe mich nicht gut ausgedrückt, aber was ich gesagt habe, ist wahr. Kein Mensch taugt in Wirklichkeit etwas, bis er weiß, wie schlecht er ist oder sein könnte, bis er ganz und gar einsieht, wie viel Recht er hat, in dieser abstrakten und hochmütigen Weise über Verbrecher zu reden, als wären das Affen in einem zehntausend Meilen entfernten Urwald, bis er sich von dieser elenden Selbsttäuschung, von niedrigen Typen und anormalen Schädeln zu reden, frei macht, bis er den letzten Tropfen pharisäischen Öles aus seiner Seele gepresst hat, bis seine einzige Hoffnung ist, es möge ihm einmal gelingen, einen einzigen Verbrecher zu erwischen und ihn sicher unter seinem eigenen Hute nach Hause zu tragen."

Flambeau füllte einen großen Becher mit spanischem Wein und setzte ihn seinem Freunde vor, der amerikanische Gast war bereits versorgt. Dann griff er zum ersten Mal in die Unterhaltung ein.

„Ich glaube, Pater Brown hat einige neue geheimnisvolle Geschichten erlebt. Ich glaube, wir haben neulich noch davon gesprochen. Er hat seit unserer letzten Begegnung mit einigen sonderbaren Leuten zu tun gehabt."

„Ja, die Geschichten kenne ich mehr oder weniger, den äußeren Hergang, aber nicht den inneren", sagte Chace, indem er nachdenklich sein Glas hob. „Können Sie vielleicht Ihre Methode mit einigen Beispielen illustrieren? … Ich meine, haben

Sie die letzten Mordfälle nach Ihrer introspektiven Methode behandelt?"

Auch Pater Brown erhob sein Glas. Der Schein des Feuers ließ den roten Wein durchsichtig erglühen, er leuchtete wie das prächtige blutrote Glas in einem buntfarbigen Kirchenfenster. Die rote Flamme schien seine Augen festzubannen und seinen Blick tiefer und tiefer in sich hineinzuziehen, als umfasste der Becher ein mit dem Blute aller Menschen gefülltes rotes Meer und als wäre seine Seele ein Taucher, der sich in die Tiefen der Niedrigkeit und böser Gedanken hinabgleiten ließ, tiefer noch als die untersten Meerungeheuer und die untersten Schlammschichten. Jetzt war der leuchtende Wein wie ein weiterglühender Sonnenuntergang auf dunkelrotem Sand, und auf dem Sand standen schwarze Gestalten, Menschen, einer lag am Boden und ein anderer lief zu ihm hin. Dann schien die Abendglut sich in einzelne Flecken aufzulösen, rote Lampen schaukelten an Gartenbäumen und spiegelten sich rot in einem Teich wider. Und dann schien sich die ganze Farbe in eine große rote Kristallrose zusammenzuballen, ein Juwel, das die Welt wie eine rote Sonne überstrahlte; dunkel hob sich in dem Licht der Schatten einer großen Gestalt ab, die einen hohen Kopfputz trug, wie er etwa in fernen Zeiten einen Priester geschmückt haben mochte. Dann schmolz der Glanz wieder zusammen, bis nur die Flamme eines wilden roten Bartes übrig blieb, der im Winde über ein wildes graues Moor wehte. Alle diese Dinge standen auf die Frage des Amerikaners hin in seiner Erinnerung auf und begannen, sich zum Fluss berichtender Rede und kritischer Bemerkungen zusammenzuschließen.

„Ja", sagte er, als er den Becher langsam an seine Lippen führte, „ich kann mich ganz gut erinnern ..."

Der zertrümmerte Spiegel

James Bagshaw und Wilfred Underhill waren alte Freunde und streiften beide zu nächtlicher Zeit gern draußen umher, wobei sie in dem stillen und wie ausgestorbenen Vorstadtviertel, in dem sie wohnten, Straße auf Straße in unendlichem Gespräch durchbummelten. Der Erstere, ein großer brünetter, gutmütiger Mann mit schwarzem Schnurrbartstreifen, war von Beruf Polizeidetektiv, der Letztere, ein blonder Mensch mit scharf geschnittenem Gesicht und lebhaftem Blick, spielte gern den Amateurdetektiv. Die Leser der besten wissenschaftlichen Detektivromane werden mit Entrüstung vernehmen, dass der Polizist das Wort führte und der Amateur zuhörte, sogar mit einem gewissen Respekt.

„Unser Beruf ist der einzige", sagte Bagshaw, „in dem nach allgemeiner Annahme der Fachmann sich nicht auf sein Geschäft versteht. Zum Kuckuck noch mal, kein Mensch schreibt Erzählungen, in denen Friseure vorkommen, die keine Haare schneiden können und sich von einem Kunden helfen lassen müssen, oder in denen sich ein Chauffeur von seinem Fahrgast erst in die Philosophie des Autofahrens einführen lassen muss. Trotzdem leugne ich nicht, dass wir oft die Neigung haben, uns in ausgefahrenen Gleisen fortzubewegen, oder, mit anderen Worten, alle Nachteile haben, die ein Vorgehen nach bestimmten Regeln mit sich bringt. Die Romanschreiber tun uns jedoch darin unrecht, dass sie uns nicht einmal die Vorteile zuerkennen, die eine solche Methode gewährt."

„Sicher", sagte Underhill, „würde Sherlock Holmes sagen, dass für ihn die logische Folgerichtigkeit Regel und Richtschnur war."

„Da mag er recht haben", antwortete der andere, „aber ich meine eine für viele Personen bindende Regel. Unsere Arbeit gleicht der eines Armeestabes. Viele kleine Mitteilungen laufen zusammen und kommen allen zugute."

„Und du meinst, Detektivgeschichten übersähen diesen Punkt?", fragte sein Freund.

„Denken wir uns nur mal einen beliebigen Fall, in dem Sherlock Holmes und Lestrade, der Polizeidetektiv, eine Rolle spielen. Sherlock Holmes, sagen wir, sieht auf den ersten Blick, dass ein gänzlich fremder Mensch, der die Straße überquert, ein Ausländer ist, nur weil er zu erwarten scheint, dass rechts anstatt links gefahren wird. Ich will gern zugeben, dass Holmes diese Beobachtung machen kann. Ich bin überzeugt, dass Lestrade nichts dergleichen bemerken würde. Aber man lässt die Tatsache aus, dass der Polizist den Fremden wahrscheinlich bereits kennt. Lestrade könnte wissen, dass der Mann ein Ausländer ist, nur weil seine Abteilung die Ausländer zu überwachen hat. Einige würden sagen, dass sich diese Überwachung auch auf alle Einheimischen erstreckt. Als Polizist freue ich mich, dass die Polizei so viel weiß, denn jeder will seinen Beruf gut ausüben. Aber als Bürger frage ich mich mitunter, ob die Polizei nicht zu viel weiß."

„Du willst doch wohl nicht im Ernst behaupten", sagte Underhill ungläubig, „dass du über fremde Leute in einer fremden Straße Bescheid weißt? Wenn jetzt ein Mann aus dem Hause da drüben käme, würdest du ihn vielleicht kennen?"

„Wenn er der Hausherr wäre, gewiss", antwortete Bagshaw. „Das Haus ist von einem Literaten gemietet, einem Anglo-Rumänen, der gewöhnlich in Paris lebt, aber jetzt in England, um wegen der Aufführung eines Theaterstückes zu verhandeln. Er ist einer der neuen Dichter und ziemlich schwer zu lesen, glaube ich. Er heißt Osric Orm."

„Na ja, das ist einer, aber alle Leute an der Straße, meine ich. Ich dachte gerade, wie fremd, neu und namenlos hier alles aussieht, diese hohen, kahlen Mauern und diese in großen Gärten einsam stehenden Häuser. Du kannst doch nicht alle kennen."

„Ein paar kenne ich", antwortete Bagshaw. „Diese Gartenmauer, an der wir entlanggehen, schließt das Besitztum Sir Humphrey Gwynnes ab, der besser unter dem Namen Richter Gwynne bekannt ist; der alte Richter, weißt du, der während des Krieges solch ein Spionenriecher war. Das nächste Haus gehört einem reichen Zigarrengroßhändler, der aus Südamerika kommt und sehr spanisch aussieht, obwohl er den gut-englischen Namen Buller führt. Das übernächste Haus – hast du gehört?"

„Ich habe zwar etwas gehört", sagte Underhill, „aber ich weiß wirklich nicht, was es war."

„Ich weiß, was es war", erwiderte der Detektiv, „zwei Schüsse aus einem ziemlich schweren Revolver, auf die ein Hilfeschrei folgte. Und der Knall kam aus dem Garten des Richters Gwynne, diesem Paradies des Friedens und der gesetzlichen Ordnung."

Er blickte die Straße scharf auf und ab und setzte dann hinzu: „Und der einzige Zugang zum Garten befindet sich eine halbe Meile weit auf der anderen Seite. Ich wünschte, diese Mauer wäre ein bisschen niedriger oder ich ein bisschen leichter, aber wir wollen mal sehen, ob es nicht geht."

„Etwas weiter vorn ist sie niedriger", sagte Underhill, „und ein Baum, der dort steht, kann uns vielleicht gute Dienste leisten."

Sie liefen schnell die Mauer entlang und kamen an eine Stelle, wo sich ihre Höhe plötzlich beträchtlich verminderte, fast als wäre die Mauer halb in die Erde gesunken. Ein in prächtigster Blüte stehender und im Lichte einer einsamen Straßenlaterne glitzernder Baum ragte mit einem niederhängenden Ast aus dem dunklen Garten auf die Straße hinüber. Bagshaw fasste den Ast und schwang sich mit einem Bein über die Mauer, und im nächsten Augenblick standen sie knietief in den geknickten Blumen eines Beetes.

Der Garten des Richters Gwynne gewährte zur Nachtzeit ein eigenartiges Schauspiel. Der große Garten lag am Ende der Vorstadt im Schatten eines großen dunklen Hauses. Das Haus war stockdunkel, die Fensterläden waren geschlossen, kein Lichtschimmer war zu sehen, wenigstens nicht auf der dem Garten zugekehrten Seite. Aber der Garten selbst, der eigentlich im Schatten dieses dunklen Hauses in absoluter Dunkelheit hätte daliegen sollen, zeigte hier und da ein Leuchten und ein Glitzern, wie man es bei einem niedergehenden Feuerwerk sieht, es sah aus, als wäre eine erlöschende Riesenrakete in die Bäume gefallen. Als sie weiter vorgingen, sahen sie, dass dieses Licht von verschiedenen buntfarbigen Lampen herrührte, die wie Aladins Edelsteinfrüchte in den Zweigen hingen, und besonders von einem kleinen runden See oder Teich, der in gedämpften Farben glitzerte, als brenne eine Lampe tief unter ihm.

„Gibt er ein Gartenfest?", fragte Underhill. „Der Garten scheint illuminiert zu sein."

„Nein", antwortete Bagshaw. „Es ist eine Liebhaberei von ihm, die er, glaube ich, mit besonderer Vorliebe betreibt, wenn er allein ist. In dem Häuschen oder der Hütte da drüben, wo er arbeitet, hat er eine kleine elektrische Station eingerichtet. Buller, der ihn gut kennt, sagt, die farbigen Lampen seien meistens ein Zeichen, dass er nicht gestört sein will."

„Sehen eher aus wie Notsignale", warf Underhill ein.

„Mein Gott! Ich fürchte, es sind wirklich Notsignale!", Und Bagshaw begann plötzlich zu laufen.

Einen Augenblick später sah Underhill, auf welches Ziel er zulief. Der bleiche Lichtring, der wie der Hof des Mondes um die schräg zum Wasser abfallenden Ufer des Teiches lag, wurde von zwei schwarzen Streifen durchbrochen, die sich bald als die langen schwarzen Beine eines kopfüber ins Wasser gestürzten Menschen erwiesen. Der Kopf lag im Wasser.

„Komm", rief der Detektiv, „das sieht mir gerade so aus wie ..."

Seine Stimme verlor sich in der Luft. Er lief in gerader Richtung über den schwach in dem künstlichen Licht leuchtenden Rasen auf den Teich und die gestürzte Gestalt zu. Underhill lief in derselben geraden Richtung hinter ihm her, als sich etwas ereignete, das ihn im ersten Augenblick höchst verdutzt machte. Bagshaw, der wie eine Kugel in gerader Linie auf die schwarze Gestalt losschoss, schlug plötzlich einen scharfen Haken und lief mit noch größerer Schnelligkeit auf das im Schatten liegende Haus zu. Underhill konnte sich nicht denken, warum er die Richtung geändert hatte. Im nächsten Augenblick, als der Detektiv im Schatten des Hauses ver-

schwunden war, hörte man aus der Dunkelheit ein Aufein-
anderprallen und einen Fluch, und Bagshaw kehrte zurück,
einen kleinen, sich heftig sträubenden, rothaarigen Mann hinter sich herziehend. Der Gefangene hatte sich offenbar auf
das Haus zu geflüchtet, als die wachsamen Ohren des Detektivs ihn wie einen Vogel in den Büschen rascheln hörten.

„Underhill", sagte der Detektiv, „lauf vor und sieh, was mit
dem Manne ist, der da am Teich liegt. Und nun, wer sind
Sie?", fragte er stehen bleibend. „Wie heißen Sie?"

„Michael Flood", sagte der Fremde schnippisch. Es war ein
unnatürlich magerer kleiner Mann mit einer für sein Gesicht
viel zu großen Adlernase. Sein Gesicht war, mit seinem gelb-
lich roten Haar verglichen, farblos wie Pergament. „Ich habe
hiermit nichts zu tun. Ich fand ihn tot am Teich liegen und
war so erschrocken, dass ich weglief. Ich wollte ihn nur für
eine Zeitung interviewen."

„Steigen Sie, wenn Sie bei berühmten Leuten um ein Interview nachsuchen, gewöhnlich über die Gartenmauer?", fragte Bagshaw.

Er zeigte mit grimmiger Miene auf eine Reihe Fußspuren, die
von dem Blumenbeet an der Mauer herkamen und wieder in
dieselbe Richtung zurückführten.

Der Mann namens Flood machte eine ebenso grimmige Miene.

„Warum soll ein Interviewer nicht mal über die Mauer steigen?", sagte er. „Ich habe an der Haustür geläutet, aber es
meldete sich niemand. Der Diener war ausgegangen."

„Woher wissen Sie das?", fragte der Detektiv argwöhnisch.

„Weil ich", sagte Flood mit fast unnatürlicher Ruhe, „nicht die
einzige Person bin, die über Gartenmauern steigt. Es ist so-

162

gar möglich, dass Sie selbst meinem Beispiel gefolgt sind, den Diener jedenfalls habe ich an der anderen Seite des Gartens direkt beim Tor soeben über die Mauer steigen sehen."

„Warum ging er denn nicht durchs Tor?", fragte der Detektiv im Verhörstil weiter.

„Wie soll ich das wissen?", entgegnete Flood. „Wahrscheinlich, weil es geschlossen war. Aber Sie sollten lieber ihn fragen, nicht mich. Er muss jetzt dicht beim Hause sein."

Wirklich hob sich in der bunten Dämmerung schattenhaft noch eine andere Gestalt ab, ein gedrungener, dickköpfiger Kerl in einer ziemlich schäbigen Livree, als deren hervorstechendster Teil eine rote Weste sichtbar wurde. Er kam sehr zögernd näher, und allmählich kam sein dickes gelbes Gesicht zum Vorschein, es hatte etwas Asiatisches an sich, und diesem Eindruck entsprach auch sein glattes, blauschwarzes Haar.

Bagshaw drehte sich plötzlich nach dem Manne mit Namen Flood um. „Ist hier jemand in der Nähe", fragte er, „der Ihre Identität bezeugen kann?"

„Meine Bekannten sind spärlich gesät", brummte Flood. „Ich bin erst vor Kurzem von Irland gekommen. Der einzige, den ich hier in der Nähe kenne, ist der Priester an der St.-Dominikus-Kirche – Pater Brown."

„Niemand darf dies Grundstück verlassen", sagte Bagshaw, und zum Diener: „Aber Sie können ins Haus gehen und die St.-Dominikus-Pfarrei anrufen. Fragen Sie Pater Brown, ob er so gut sein würde, sofort hierherzukommen. Aber lassen Sie sich ja zu keinen Dummheiten verleiten."

Während der energische Detektiv die beiden Gefangenen, die zwar keinen Fluchtversuch machten, aber immerhin doch einen machen konnten, bewachte, war sein Begleiter zu der

Stelle geeilt, an der sich die Tragödie abgespielt hatte. Es bot sich ihm ein höchst seltsamer Anblick dar, und wäre der Eindruck nicht so tragisch gewesen, hätte die ganze Szene höchst fantastisch gewirkt. Der Tote (denn es erwies sich nach ganz kurzer Prüfung, dass der Mann wirklich tot war) lag mit dem Kopf im Teich, und das sich im Wasser spiegelnde Licht umgab den Kopf mit einem Strahlenkranz, der so ähnlich wie ein unheiliger Heiligenschein aussah. Das Gesicht war hager und hatte einen ziemlich finsteren Ausdruck, um den kahlen Schädel schlossen sich gleich eisernen Ringen ein paar spärliche dunkelgraue Locken. Trotz der von der Kugel in die Schläfe geschlagenen Wunde erkannte Underhill doch ohne Schwierigkeit die ihm von vielen Abbildungen her bekannten Züge Sir Humphrey Gwynnes. Der Tote war im Abendanzug, und seine langen, fast spinnenartig dünnen Beine zogen sich an dem steilen Ufer, von dem er herabgefallen war, als zwei nach verschiedenen Richtungen auseinanderstrebende schwarze Streifen hinauf. Aus der Schläfe floss, rot leuchtend wie die Wolken bei Sonnenuntergang, Blut und zog wie aus einer unheimlichen letzten Laune heraus in sich durcheinanderschlängelnden Linien eine diabolisch anmutende Arabeske ins Wasser.

Underhill wusste nicht, wie lange er auf den Toten niedergestarrt hatte. Als er aufblickte, sah er eine Gruppe von vier Männern oben am Ufer stehen. Bagshaw und seinen irischen Gefangenen erkannte er gleich und auch ohne große Schwierigkeit den Diener in der roten Weste. Die vierte Gestalt schien in ihrer grotesken Feierlichkeit merkwürdigerweise sehr gut zu dieser unheimlichen Szene zu passen. Der Mann, der dort oben stand, war klein und gedrungen, wie ein schwarzer

Heiligenschein umgab der Hut das runde Gesicht. Underhill überzeugte sich, dass es tatsächlich ein Priester war, aber die Gestalt hatte noch etwas an sich, dass ihn an einen sonderbaren alten schwarzen Holzschnitt am Ende eines Totentanzes erinnerte.

Dann hörte er, wie Bagshaw zu dem Priester sagte:

„Ich freue mich, dass Sie diesen Mann kennen und Auskunft über ihn geben können, aber ich muss Ihnen sagen, dass er nicht ganz unverdächtig ist. Er kann natürlich unschuldig sein, aber er hat den Garten auf ungewöhnlichem Wege betreten."

„Ich glaube auch, dass er unschuldig ist", sagte der Priester mit farbloser Stimme. „Aber ich kann natürlich auch unrecht haben."

„Warum halten Sie ihn für unschuldig?"

„Weil er den Garten auf ungewöhnlichem Wege betreten hat", antwortete der Geistliche. „Sehen Sie, ich selbst habe ihn auf gewöhnlichem Wege betreten. Aber es scheint, dass ich fast die einzige Person bin, die auf diese Weise hierhergekommen ist. Alle feinen Leute scheinen heute über Gartenmauern zu steigen."

„Was verstehen Sie unter dem gewöhnlichen Wege?", fragte der Detektiv.

„Nun", sagte Pater Brown, ihn mit tiefstem Ernst ansehend, „ich kam zur Haustür hinein. Auf diesem Weg komme ich oft in Häuser."

„Entschuldigen Sie", sagte Bagshaw, „aber hat es überhaupt etwas zu bedeuten, wie Sie hereinkamen, wenn Sie nicht die Absicht haben, sich selbst als Mörder zu bekennen?"

„Ja, ich glaube schon", sagte der Priester nachsichtig. „Als ich nämlich das Haus betrat, sah ich etwas, das wohl niemand von Ihnen gesehen hat, und das mir mit der Sache etwas zu tun zu haben scheint."

„Was war das?"

„Auf dem Flur war ein großes Durcheinander. Ein großer Spiegel war zertrümmert, und ein kleiner Palmbaum umgestoßen, wobei der Kübel in Scherben gegangen ist. Es kam mir irgendwie so vor, als wäre da etwas passiert."

„Da haben Sie recht", sagte Bagshaw nach einer Pause. „Wenn Sie so etwas sahen, so muss man allerdings annehmen, dass es etwas mit dieser Sache zu tun hat."

„Und wenn es etwas mit ihr zu tun hat", bemerkte der Priester sehr milde und sanft, „so sieht es so aus, als habe eine Person gar nichts mit ihr zu tun gehabt. Und diese Person ist Herr Michael Flood, der den Garten auf ungewöhnlichem Wege über die Mauer betrat und dann versuchte, ihn auf demselben ungewöhnlichen Wege zu verlassen. Eben diese Ungewöhnlichkeit lässt mich an seine Unschuld glauben."

„Wir wollen uns das Haus mal ansehen", sagte Bagshaw plötzlich.

Als sie unter Vortritt des Dieners durch die in den Garten führende Seitentür ins Haus kamen, blieb Bagshaw ein paar Schritte zurück und wechselte einige Worte mit seinem Freund.

„Mit diesem Diener stimmt etwas nicht", sagte er. „Er nennt sich Grün, obschon er gar nicht so aussieht, aber es scheint doch wohl kein Zweifel möglich, dass er wirklich Gwynnes Diener ist, anscheinend sein einziger ständiger Diener. Aber das Sonderbare ist, er streitet glatt ab, dass sein Herr überhaupt tot oder lebend im Garten gewesen ist. Er behauptet, der alte Richter sei zu einem großen Juristenbankett eingeladen gewesen und habe erst sehr spät heimkommen wollen. Damit entschuldigt er auch sein Aussteigen."

„Hat er denn", fragte Underhill, „eine ausreichende Erklärung für sein Einsteigen gegeben?"

„Nein, wenigstens kann ich mit seinen Erklärungen nichts anfangen. Ich kann überhaupt nichts aus ihm herausbringen. Er scheint ganz verdattert zu sein."

Von der Seitentür aus kamen sie auf den Flur, der sich durch das ganze Haus bis zur Vordertür erstreckte. Durch ein über dieser Tür befindliches altmodisches, halbkreisförmiges Fächerfenster, das ganz trostlos aussah, sickerte ein schwaches graues Licht herein, eine trübe, farblose Ankündigung des beginnenden Tages. Das Licht auf dem Flur jedoch kam von einer gleichfalls altmodischen Schirmlampe, die in einer Ecke auf einer Konsole stand. In dem schwachen Licht dieser Lampe konnte Bagshaw die Trümmer unterscheiden, von denen Brown gesprochen hatte. Eine Palme mit langen, niederhängenden Blättern lag der vollen Länge nach auf dem Boden, und von dem dunkelroten Kübel, in dem sie eingepflanzt gewesen war, waren nur noch Scherben vorhanden. Sie lagen auf dem Teppich verstreut, zusammen mit den bleich glitzernden Bruchstücken eines zertrümmerten Spiegels, dessen fast leerer Rahmen hinter ihnen am Ende des Vestibüls an der Wand hing. Gerade gegenüber dem Seitenausgang führte ein anderer und ähnlicher Gang in den übrigen Teil des Hauses. Ganz hinten in diesem war das Telefon zu sehen, das der Diener benutzt hatte, um den Priester herbeizurufen. Eine halb offene Tür, durch deren Spalt man die dicht gedrängten Reihen großer, in Leder gebundener Bücher sehen konnte, bezeichnete den Eingang zum Studierzimmer des Richters.

Bagshaw betrachtete den zerbrochenen Palmenkübel und die mit den Tonscherben vermischten Überreste des Spiegels.

„Sie haben ganz recht", sagte er zu dem Priester, „hier hat ein Kampf stattgefunden, und zwar ein Kampf zwischen Gwynne und seinem Mörder."

„Es schien mir", sagte Pater Brown bescheiden, „dass hier irgendetwas passiert war."

„Ja, was hier passiert ist, ist vollkommen klar", bemerkte der Detektiv. „Der Mörder ist durch die Haustür gekommen und hat Gwynne überrascht. Wahrscheinlich hat ihn Gwynne hereingelassen. Es hat ein Kampf auf Leben und Tod stattgefunden. Ein vorbeigegangener Schuss hat den Spiegel getroffen, er kann jedoch auch durch einen Schlag zertrümmert worden sein oder auf irgendeine andere Weise. Es gelang Gwynne, sich loszureißen und in den Garten zu fliehen, der Mörder verfolgte ihn und schoss ihn schließlich am Teich nieder. So, glaube ich, hat sich das Verbrechen abgespielt, aber ich muss natürlich noch die anderen Räume besichtigen."

In den anderen Räumen jedoch war sehr wenig zu sehen, wenn auch Bagshaw eindringlich auf den in einer Schreibtischschublade gefundenen Revolver hinwies.

„Sieht so aus, als hätte er dies erwartet", sagte er. „Doch ist es sonderbar, dass er den Revolver nicht mitnahm, als er auf den Flur ging."

Schließlich kehrten sie auf den Flur zurück und gingen auf die Haustür zu. Pater Brown ließ ganz in Gedanken verloren seinen Blick über den Flur schweifen, der mit seinen grauen verblichenen Tapeten, der grünen Patina auf der bronzenen Lampe und dem an dem Rahmen des zerbrochenen Spiegels glimmenden matten Gold an die schmutzige und staubige,

überladene Ornamentik der frühviktorianischen Zeit erinnerte.

„Das Zerbrechen eines Spiegels soll Unglück bringen", sagte
er. „Man glaubt hier wirklich im Haus des Unglücks zu sein.
Schon die Ausstattung hat etwas an sich …"

„Das ist doch merkwürdig", sagte Bagshaw auf einmal. „Ich
dachte, die Tür wäre verschlossen, aber sie ist nur eingeklinkt."
Niemand erwiderte etwas. Sie gingen in den nicht allzu großen und in abgezirkelte Blumenbeete aufgeteilten Vorgarten.
An der einen Seite zog sich eine merkwürdig gestutzte Hecke
hin. In dieser befand sich eine Öffnung, die aussah wie der
Eingang zu einer Höhle, in der dunklen Wölbung sah man
einige morsche Stufen.

Pater Brown ging auf die Öffnung zu, bückte sich und
schlüpfte hinein. Er war noch nicht lange verschwunden, als
die Zurückgebliebenen mit Erstaunen seine Stimme über
ihren Köpfen vernahmen, es hörte sich an, als wenn er mit
jemandem im Gipfel eines Baumes eine Unterhaltung führte.
Der Detektiv folgte ihm und entdeckte, dass die sonderbare
verdeckte Treppe zu einer Erhöhung führte, die Ähnlichkeit
mit einer unvollendeten Brücke hatte. Von dort konnte man
die dunkleren und leereren Teile des Gartens überblicken. Sie
wand sich gerade um die Ecke des Hauses herum, sodass man
die bunt illuminierten Bäume vor sich und unter sich hatte.
Wahrscheinlich war sie das Überbleibsel einer aufgegebenen
baulichen Spielerei, die eine Art auf Bogenpfeilern durch den
Garten führende Terrasse hatte werden sollen. Bagshaw erschien sie als die merkwürdigste Sackgasse, in der sich jemand
in der Zwielichtstunde zwischen Nacht und Morgen verste-
cken konnte, aber er sah sich den Bau jetzt nicht näher an.

Er fasste den Mann ins Auge, den Pater Brown dort oben gefunden hatte.

Der Mann drehte ihm den Rücken zu. Man sah nur, dass er klein war und einen leichten grauen Anzug trug, sein hervorstechendstes Kennzeichen war aber in dieser Stellung ein Kopf mit einem mächtigen Schopf Haare, so gelb und strahlend wie der Kopf eines riesigen Löwenzahns. Er schien einen Strahlenkranz um sein Haupt zu tragen, und man dachte sich unwillkürlich das entsprechende Gesicht dazu. Als er es ihnen langsam und widerwillig zudrehte, wirkte es als starker Kontrast. Dieser Strahlenschein hätte ein ovales mildes Engelgesicht umschließen sollen, aber es war ein unregelmäßiges, mürrisches, ältliches Gesicht mit starken Kinnbacken und einer kurzen Nase, die irgendwie an die eingeschlagene Nase eines Boxers erinnerte.

„Dies ist Herr Orm, der berühmte Dichter, wenn ich mich nicht irre", sagte Pater Brown so ruhig, als ob er zwei Leute in einem Salon vorstellte.

„Wer es auch sei", sagte Bagshaw, „ich muss ihn bitten, mit mir zu kommen und ein paar Fragen zu beantworten."

Herr Osric Orm, der Dichter, war kein Meister im Ausdruck, wenn es galt, Fragen zu beantworten. Dort in dem Winkel des alten Gartens, wo das graue Zwielicht der ersten Frühe über die dichten Hecken und die merkwürdige Aussichtsbrücke zu kriechen begann, und später in langwierigen Verhören, die eine immer unheilvollere Wendung nahmen, verweigerte er hartnäckig jede Aussage von Belang und gab nur immer die Erklärung ab, er habe beabsichtigt, Sir Humphrey Gwynne einen Besuch abzustatten, sei aber nicht dazu gekommen, weil sich niemand auf sein Läuten gemeldet habe. Wenn man ihn darauf hinwies, dass die Tür so gut wie offen stand, schnaubte er. Wenn man die Andeutung machte, dass die Besuchsstunde etwas spät gewählt sei, knurrte er. Das wenige, was er sagte, war dunkel, entweder weil er wirklich kaum Englisch konnte, oder weil er es für besser hielt, keins zu können. Seine Ansichten schienen nihilistischer und destruktiver Art zu sein, eine Tendenz dieser Art konnte man ja auch in seinen Gedichten feststellen, wenn man sie überhaupt verstand, und es schien leicht möglich, dass seinem Besuch bei dem Richter und vielleicht seiner Feindschaft gegen den Richter anarchistische Motive zugrunde lagen. Gwynne witterte überall bolschewistische Spione, wie er ehemals überall deutsche Spione gesehen hatte. Ein merkwürdiges Zusammentreffen, das sich kurz nach ihrem Abzug aus dem Garten ereignete, verstärkte jedenfalls bei Bagshaw den Eindruck, dass der Fall ernst zu nehmen sei. Als sie aus der Gartentür auf die Straße traten, trafen sie noch auf einen anderen Nachbarn, Buller, den Zigarrenhändler von nebenan, kenntlich an seinem braunen schlauen Gesicht und der kostbaren Orchidee, die er im Knopfloch trug, denn in der Orchideenzucht hatte er sich einen Namen gemacht. Die anderen waren einigermaßen überrascht, als er seinen Nachbarn, den Dichter, in ganz selbstverständlicher Weise begrüßte, fast als hätte er erwartet, ihn hier zu sehen.

„Na, da sind wir also wieder", sagte er. „Ziemlich lange mit dem alten Gwynne geschwatzt, wie?"

„Sir Humphrey Gwynne ist ermordet worden", sagte Bagshaw. „Ich stelle gerade Nachforschungen nach dem Täter an und muss Sie bitten, mir einige Aufklärungen über ihre Bemerkung zu geben."

Buller stand, wahrscheinlich vor Überraschung, so still wie der Laternenpfahl an seiner Seite. Seine brennende Zigarre glühte mehrmals auf und dunkelte wieder ab wie im Takt, aber sein braunes Gesicht lag im Schatten. Seine Stimme hatte einen ganz anderen Ton, als er von Neuem sprach.

„Ich habe Herrn Orm nur daran erinnern wollen", sagte er, „dass er vor zwei Stunden, als ich hier vorbeikam, durch dieses Tor ging, um Sir Humphrey zu besuchen."

„Er sagt, er habe ihn noch nicht aufgesucht und sei nicht einmal im Hause gewesen", bemerkte Bagshaw.

„So lange steht man gewöhnlich nicht auf der Schwelle", sagte Buller.

„So lange steht man auch gewöhnlich nicht auf der Straße", bemerkte Pater Brown.

„Ich habe mich in der Zeit zu Hause aufgehalten", antwortete der Kaufmann. „Ich habe Briefe geschrieben, die ich jetzt zum Postkasten bringen wollte."

„Sie werden das später alles ausführlicher erzählen müssen", sagte Bagshaw. „Gute Nacht – oder guten Morgen."

Die Verhandlung gegen Osric Orm wegen Ermordung Sir Humphrey Gwynnes drehte sich um dasselbe Rätsel wie diese kurze Unterredung unter dem Laternenpfahl am frühen Morgen, als die graugrüne Dämmerung in die dunklen Straßen und Gärten einfiel. Alles drehte sich um die zwei unausgefüllten Stunden zwischen dem Zeitpunkt, als Buller Orm in das Gartentor treten sah, und der Minute, als Pater Brown ihn im Garten entdeckte. Er hatte sicher Zeit gehabt, sechs Morde zu begehen, und es war fast erstaunlich, dass er sie nicht begangen hatte, denn er musste schreckliche Langeweile gehabt haben. Einen zusammenhängenden Bericht über sein

Tun und Treiben konnte er jedenfalls nicht geben. Von dem Vertreter der Anklage wurde darauf hingewiesen, dass für ihn die Möglichkeit, Sir Humphrey Gwynne zu ermorden, durchaus gegeben war, da die Haustür nicht verschlossen war und die in den wilderen Teil des Gartens führende Seitentür offen stand. Der Gerichtshof folgte mit großem Interesse Bagshaws Ausführungen, der in klarer Schilderung den auf dem Flur stattgefundenen Kampf anhand der vorgefundenen Spuren rekonstruierte. Die Polizei hatte später wirklich die Kugel entdeckt, die den Spiegel zertrümmert hatte. Erschwerend war ferner noch der Umstand, dass die Öffnung in der Hecke, durch die ihm Pater Brown später gefolgt war, große Ähnlichkeit mit einem Versteck hatte. Sir Matthew Blake jedoch, der sehr geschickte Verteidiger, verwendete dieses letzte Argument im umgekehrten Sinne und fragte, warum jemand so dumm sein sollte, sich an einem Orte, der nur einen Ausgang hatte, einzusperren, wo es doch viel vernünftiger gewesen wäre, sich über die Straße davonzumachen. Sir Matthew Blake machte auch wirksamen Gebrauch von dem Schleier des Geheimnisses, der noch immer über dem Motiv des Mordes lag. In diesem Punkt nahmen die Waffengänge zwischen Sir Matthew Blake und Sir Arthur Travers, dem glänzenden, dem Verteidiger ebenbürtigen Vertreter der Anklage, eine für den Angeklagten günstige Wendung. Sir Arthur konnte nur wenig überzeugende Andeutungen über bolschewistische Komplotte in die Debatte werfen. Aber als es galt, das geheimnisvolle Betragen Orms in der Mordnacht aufzuhellen, gewann er über den Verteidiger die Oberhand.

Der Angeklagte ließ sich einem Kreuzverhör unterziehen, hauptsächlich weil sein kluger Anwalt glaubte, es würde einen schlechten Eindruck machen, wenn er jede Aussage verweigerte. Aber sein Verteidiger brachte aus ihm fast ebenso wenig heraus wie der Staatsanwalt. Sir Arthur Travers schlug aus dem hartnäckigen Schweigen des Angeklagten alles mögliche Kapital, aber es gelang ihm nicht, dieses Schweigen zu brechen. Sir Arthur war ein langer, hagerer Mann mit einem langen, leichenblassen Gesicht und bildete einen stark in die Augen fallenden Gegensatz zu der stämmigen Gestalt und dem vogelhellen Blick von Sir Matthew Blake. Wenn Sir Matthew an einen sehr kecken Spatzen erinnerte, so hätte man Sir Arthur eher mit einem Kranich oder mit einem Storch vergleichen können. Wenn er sich vornüberbeugte und auf den Angeklagten mit seinen Fragen losstocherte, hätte man seine lange Nase für einen langen Schnabel halten können.

„Wollen Sie etwa den Herren Geschworenen erzählen", fragte er in verletzend ungläubigem Ton, „dass Sie überhaupt nicht im Hause gewesen sind?"

„Nein!", antwortete Orm kurz.

„Aber Sie wollten Sir Humphrey Gwynne doch besuchen. Der Besuch muss Ihnen sehr wichtig gewesen sein. Haben Sie nicht zwei Stunden vor seiner Haustür gewartet?"

„Ja", antwortete Orm.

„Und Sie haben nicht einmal bemerkt, dass die Tür offen war?"

„Nein", sagte Orm.

„Aber warum stellen Sie sich nur zwei Stunden vor eines anderen Menschen Haustür?", fragte der Staatsanwalt drängend und dräuend weiter. „Etwas haben Sie doch in diesen zwei Stunden getan?"

„Ja."

„Ist das ein Geheimnis?", fragte Sir Arthur mit schärfstem Sarkasmus.

„Vor Ihnen ist es ein Geheimnis", antwortete der Dichter.

Auf dieser Andeutung eines Geheimnisses baute nun Sir Arthur seine Anklage auf. Mit einer Kühnheit, die einige für gewissenlos ansahen, beutete er dieses, den stärksten Punkt der Verteidigung bildende Geheimnis zu seinen Gunsten aus. Er stellte es so dar, als ob sich hier zum ersten Mal der Schleier über einer weitverbreiteten und fein eingefädelten Verschwörung lüfte, in deren polypenartigen Fangarmen ein Patriot sein Leben gelassen habe.

„Ja", rief er mit schwingender Stimme, „der Herr Verteidiger hat vollkommen recht! Wir wissen nicht genau, weshalb dieser ehrenwerte Mann ermordet wurde, der dem Staat so große Dienste geleistet hat. Wir werden ebenso wenig den Grund des nächsten Mordes erfahren. Wenn der Herr Verteidiger selbst wegen seiner hervorragenden Tüchtigkeit dem Hasse, den die höllischen Mächte der Zerstörung gegen die Wächter des Gesetzes hegen, zum Opfer fällt, wird er niemals erfahren, weshalb er ermordet wurde. Der halbe Gerichtshof hier wird im Bette ermordet werden, ohne dass wir jemals den Grund erfahren. Niemals werden wir den Grund erfahren und die Metzelei niemals aufhalten, bis sie unser Land entvölkert hat, solange es der Verteidigung erlaubt ist, mit der alten abgebrauchten Frage nach dem Motiv des Mordes das ganze Verfahren zu hemmen, wo jede Einzelheit, alle Unwahrscheinlichkeiten und vor allem das hartnäckige Schweigen uns sagen, dass hier ein Kain vor uns steht."

„Ich habe Sir Arthur niemals so erregt gesehen", sagte Bagshaw später zu einer Gruppe seiner Kollegen. „Einige sagen sogar, dass er die Grenze überschritten hat und geben der Meinung Ausdruck, ein Staatsanwalt dürfe in einem Mordprozess nicht derart als Rachegott auftreten. Allerdings hatte dieser kleine merkwürdige Kerl mit dem gelben Haar etwas Unheimliches an sich, das Sir Arthur recht zu geben schien. Ich erinnerte mich dunkel an eine Äußerung De Quinceys über den schrecklichen Verbrecher Williams, der in aller Stille zwei ganze Familien abschlachtete. Er sagt, glaube ich, dass Williams' Haar von auffallendem, unnatürlichem Gelb war und nach seiner Ansicht nach einem indischen Rezept gefärbt war, denn in Indien färbt man sogar Pferde grün oder blau. Dazu kam sein sonderbares, steinernes Schweigen. Man hatte schließlich das Gefühl, auf der Anklagebank säße eine Art Ungeheuer. Wenn dieses Gefühl nur durch Sir Arthurs Beredsamkeit erzeugt wurde, hat er sicher eine schwere Verantwortung auf sich genommen, so viel Leidenschaft in seine Worte zu legen."

„Nun", sagte Underhill in milderer Beurteilung, „der arme Gwynne war eben sein Freund. Jemand sah sie noch kürzlich nach einem großen Juristenbankett zusammen zechen. Darum ist er wohl persönlich an diesem Fall so stark interessiert. Man kann allerdings verschiedener Meinung darüber sein, ob jemand einen solchen Fall nur nach seinem persönlichen Gefühl behandeln soll."

„Wegen eines rein persönlichen Gefühls", sagte Bagshaw, „würde sich Sir Arthur Travers nicht so ins Zeug legen. Er ist von seiner beruflichen Stellung sehr eingenommen. Er gehört zu jenen Männern, die selbst nach Befriedigung ihres Ehrgeizes noch ehrgeizig sind. Ich kenne niemand, der sich so viel Mühe geben würde, seine Stellung in der Welt zu halten.

Nein, seine donnernde Anklagerede hat einen ganz anderen Grund als du annimmst. Wenn er sich so gehen lässt, so tut er es nur, weil er glaubt, er könne eine Gefolgschaft finden, und weil er sich zum Führer einer gegen eine solche Verschwörung gerichteten politischen Bewegung machen will. Sein Wunsch, Orm zu überführen, und seine Überzeugung, dass ihm das gelingen wird, müssen einen sehr guten Grund haben. Er scheint zu glauben, dass die Tatsachen ihm recht geben werden. Seine Zuversicht eröffnet für den Angeklagten keine guten Aussichten." Er bemerkte in der Gruppe einen unansehnlichen Mann.

„Nun", sagte er lächelnd, „was halten Sie von unserem Gerichtsverfahren, Pater Brown?"

„Am meisten fiel mir wohl auf", antwortete der Priester ziemlich zerstreut, „wie Perücken die Menschen verändern. Sie sprachen von dem allzu schneidigen Vorgehen des Staatsanwalts. Aber ich sah zufällig, wie er seine Perücke abnahm, und ich erkannte ihn kaum wieder. Um eins vorwegzunehmen, er ist ganz kahl."

„Seine Kahlheit wird ihn wohl nicht hindern, ein schneidiger Staatsanwalt zu sein", antwortete Bagshaw. „Sie wollen doch wohl die Verteidigung nicht auf der Tatsache aufbauen, dass der Staatsanwalt kahl ist?"

„Nicht ganz", sagte Pater Brown gut gelaunt. „Um die Wahrheit zu sagen, ich dachte gerade darüber nach, wie wenig die einen Menschen von den anderen wissen. Angenommen, ich käme zu einem fernen Volke, das von England nicht einmal gehört hätte. Angenommen, ich erzählte den Leuten dort von einem Manne in meinem Lande, der keine Fragen auf Leben oder Tod stellt, ehe er sich nicht einen aus Pferdehaar verfertigten, hinten mit kleinen Schwänzen und an der Seite mit Korkzieherlocken versehenen Aufbau, der ihm das Aussehen einer alten Frau aus der Biedermeierzeit gibt, auf den Kopf gestülpt hat. Sie würden denken, das muss wohl ein recht verschrobener Narr sein; aber er ist durchaus nicht verschroben, er handelt nur nach einer starren Überlieferung. Sie würden so denken, weil Sie das englische Gerichtswesen nicht kennen, weil Sie nicht wissen, was ein Staatsanwalt ist. Nun, dieser Staatsanwalt weiß nicht, was ein Dichter ist. Er begreift nicht, dass die Überspanntheiten eines Dichters anderen Dichtern gar nicht als Überspanntheiten erscheinen. Er hält es für sonderbar, dass Orm zwei Stunden ohne Beschäftigung in einem schönen Garten spazieren geht. Du liebe Güte! Ein Dichter könnte zehn Stunden lang in dem Garten auf und ab wandeln, wenn er mit einem Gedicht beschäftigt wäre. Orms Verteidiger war ebenso einsichtslos. Es kam ihm gar nicht in den Sinn, an Orm die ganz naheliegende Frage zu richten."

„Was für eine Frage meinen Sie?", erkundigte sich zaghaft der Detektiv.

„Die Frage, welches Gedicht er gerade verfertigt hat", sagte Pater Brown etwas ungeduldig. „Bei welcher Zeile er stecken geblieben ist, welches Beiwort er gesucht hat, auf welche Steigerung er hinzuarbeiten versucht hat. Wenn einige gebildete Leute bei Gericht wären, die eine Ahnung von Literatur haben, so würden sie sofort wissen, ob er wirklich etwas im Garten zu tun hatte. Einen Fabrikanten hätte man nach seinen Produktionsverhältnissen gefragt, aber die Bedingungen, unter denen Poesie hergestellt wird, scheint niemand in Betracht zu ziehen. Poesie wird durch Nichtstun erzeugt."

„Das ist alles ganz schön und gut", erwiderte der Detektiv,

„aber warum versteckte er sich? Warum kletterte er diese schiefe kleine Treppe hinauf, die nirgendwohin führte, und blieb dort oben?"

„Weil sie nirgendwohin führte natürlich", brach Pater Brown los. „Jeder, der diese im leeren Raum endende Treppe ansieht, sollte eigentlich wissen, dass sie für jeden Künstler wie für jedes Kind eine große Lockung bilden musste."

Er blinzelte einen Augenblick vor sich hin und entschuldigte sich dann. „Verzeihen Sie, aber es kommt mir merkwürdig vor, dass keiner die Situation begreift. Und dann kommt noch etwas anderes hinzu. Wissen Sie nicht, dass es für einen Künstler bei allen Dingen nur einen einzigen richtigen Gesichtswinkel oder eine einzige richtige Gruppierung gibt? Ein Baum, eine Kuh und eine Wolke bedeuten nur in einer bestimmten Beziehung etwas, wie drei Buchstaben nur in einer bestimmten Anordnung ein Wort ausmachen. Nun, die Ansicht des illuminierten Gartens von der unbeendeten Brücke aus war die richtige Ansicht. Sie war so einzigartig wie die vierte Dimension. Es war eine Art zauberhafter Verkürzung, es war, als ob man auf den Himmel niederblickte, die Sterne an den Bäumen wachsen und den leuchtenden Teich wie einen im Märchen niedergefallenen Mond platt auf den Feldern liegen sähe. Er hätte das Bild eine Ewigkeit lang betrachten können. Wenn Sie ihm sagten, der Weg führe nirgendwohin, würde er Ihnen antworten, der Weg führe ans Ende der Welt. Aber erwarten Sie etwa von ihm, dass er diese Aussage vor Gericht macht? Was wäre wohl die Antwort auf eine solche Aussage? Ihr sprecht immer davon, jeder solle von seinesgleichen gerichtet werden. Warum sitzen nicht lauter Dichter auf der Geschworenenbank?"

„Sie sprechen, als wären Sie selbst ein Dichter", sagte Bagshaw.

„Danken Sie Ihrem Stern, dass ich keiner bin", rief Pater Brown. „Danken Sie Ihrem Glücksstern, dass ein Priester barmherziger sein muss als ein Dichter. Gütiger Gott, wenn Sie wüssten, was für eine grausame, zermalmende Verachtung so ein Dichter für Leute Ihres Schlages hat, würden Sie sich vorkommen, als ständen Sie unter den Niagarafällen."

„Sie mögen mehr über das künstlerische Temperament wissen als ich", sagte Bagshaw nach einer Pause, „aber schließlich ist die Antwort einfach. Sie können nur zeigen, dass er sich genau so verhalten haben könnte, wie er tat, ohne das Verbrechen zu begehen. Aber es ist ebenfalls richtig, dass er das Verbrechen hätte begehen können. Und wer hätte es sonst verüben sollen?"

„Haben Sie an den Diener Grün gedacht?", fragte Pater Brown nachdenklich. „Er hat doch eine sehr sonderbare Geschichte erzählt."

„Ah", rief Bagshaw, „Sie halten also Grün für den Täter?"

„Ich bin fest überzeugt, dass er nicht der Täter ist", erwiderte Pater Brown. „Ich habe nur gefragt, ob Ihnen die Geschichte, die er uns erzählte, nicht als sonderbar aufgefallen ist. Er ging einer Kleinigkeit wegen aus, um eine Bestellung auszurichten oder etwas zu trinken. Aber er verließ den Garten durch das Tor und kam über die Mauer zurück. Mit anderen Worten, er ließ das Tor offen, aber als er zurückkam, war es geschlossen. Warum? Weil inzwischen irgendein anderer den Garten durch das Tor verlassen hatte."

„Der Mörder", murmelte der Detektiv. „Kennen Sie ihn?"

„Ich weiß, wie er aussah", antwortete Pater Brown ruhig. „Das ist das Einzige, was ich weiß. Ich sehe ihn fast, wie er zur Haustür hereinkommt und in den matten Schein der Lampe tritt; ich sehe seine Gestalt, seine Kleidung, selbst sein Gesicht!"

„Was soll das heißen?"

„Er sah aus wie Sir Humphrey Gwynne."

„Zum Teufel noch mal, was wollen Sie denn eigentlich sagen?", fragte Bagshaw. „Gwynne lag doch tot im Garten mit dem Kopf im Wasser."

„Ganz richtig", sagte Pater Brown.

Nach einer Weile fuhr er fort. „Kehren wir einmal zu Ihrer Theorie zurück, die sehr gut war, obschon ich ihr nicht ganz beistimme. Sie nehmen an, dass der Mörder zur Haustür hereinkam, den Richter auf dem Flur traf, mit ihm kämpfte und dabei den Spiegel zertrümmerte, dass der Richter dann in den Garten floh, wo er schließlich erschossen wurde. Das klingt mir nicht ganz natürlich. Zugegeben, dass er den langen Hausflur entlangflüchtete. Aber am Ende des Flurs sind zwei Ausgänge, von denen einer in den Garten, der andere in das Haus führt. Wahrscheinlicher wäre es doch, wenn er sich ins Haus zurückgezogen hätte. Dort hatte er seinen Revolver, dort konnte er telefonieren, auch seinen Diener musste er dort vermuten. Selbst die nächsten Nachbarn wohnten in dieser Richtung. Warum hätte er sich gerade in den einsamen und verlassenen Garten begeben sollen?"

„Aber wir wissen doch, dass er das Haus verlassen hat", erwiderte Bagshaw verdutzt. „Er wurde draußen im Garten gefunden, also hat er das Haus verlassen."

„Er hat das Haus nicht verlassen, weil er nicht im Hause war", sagte Pater Brown. „Jedenfalls an diesem Abend nicht. Er saß in dem Gartenhäuschen. Das wusste ich bereits, als ich die bunte Beleuchtung im Garten sah. Die elektrische Lichtanlage wurde von dem Häuschen aus bedient. Die Lampen hätten nicht brennen können, wenn er nicht im Häuschen gewesen wäre. Er versuchte, ins Haus und zum Telefon zu gelangen, als der Mörder ihn am Teiche erschoss."

„Aber was ist dann mit der umgeworfenen Palme und dem zertrümmerten Spiegel?", rief Bagshaw. „Sie selbst haben diese Spuren ja gefunden. Sie selbst haben ja gesagt, auf dem Flur müsse ein Kampf stattgefunden haben."

Der Priester machte ein etwas verlegenes Gesicht. „Habe ich das gesagt? Das habe ich sicher nicht gesagt. Ich habe es wenigstens niemals gedacht. Gesagt habe ich, glaub ich, dass auf dem Flur etwas passiert sei. Und etwas ist dort passiert, nur war es kein Kampf."

„Wodurch ging denn der Spiegel in Trümmer?", fragte Bagshaw kurz.

„Durch eine Kugel", antwortete Pater Brown ernst. „Durch eine Kugel, die der Mörder abfeuerte. Die großen herausfliegenden Scherben genügten vollständig, um die Palme umzuwerfen."

„Aber auf wen anders hätte er denn feuern können als auf Gwynne?", fragte der Detektiv.

„Das ist ein sehr feines metaphysisches Problem", antwortete der Priester fast träumerisch. „In einem Sinne feuerte er auf Gwynne, obschon Gwynne gar nicht da war. Der Mörder war allein auf dem Flur."

Er schwieg einen Augenblick und fuhr dann ruhig fort. „Stellen Sie sich einmal den Spiegel am Ende des Vestibüls mit der über ihm aufsteigenden Palme vor. In dem Zwielicht spiegelte er matt die einfarbigen Wände wider und scheint so den Abschluss des Ganges zu bilden. Das ferne Spiegelbild eines Mannes musste den Eindruck erwecken, dass jemand aus dem Innern des Hauses kam. Dieser Jemand musste wie der Herr des Hauses aussehen – wenn nur das Spiegelbild ihm etwas ähnlich war."

„Einen Augenblick", rief Bagshaw. „Ich glaube, ich sehe jetzt allmählich …"

„Sie sehen jetzt allmählich", fuhr Pater Brown fort, „warum alle in dieser Angelegenheit verdächtigten Personen unschuldig sein müssen. Nicht eine von ihnen hätte ihr Spiegelbild für den alten Gwynne halten können. Orm hätte sogleich erkannt, dass sein Busch gelbes Haar kein kahler Kopf ist. Flood hätte seinen roten Kopf gesehen, und Grün seine rote Weste. Übrigens sind sie alle klein und schlecht angezogen, niemand von ihnen hätte sich einbilden können, er sähe im Spiegel wie ein großer, hagerer alter Herr im Abendanzug aus. Um eine solche Ähnlichkeit zu bewirken, brauchen wir einen anderen, der ebenso groß und hager ist. Das meinte ich, als ich sagte, ich wüsste, wie der Mörder aussähe."

„Und was folgern Sie daraus?", fragte Bagshaw, ihn fest ansehend.

Der Priester lachte kurz und scharf auf. Es war ein Lachen, dem man die Milde, mit der er sich gewöhnlich auszudrücken pflegte, nicht mehr anmerkte.

„Ich folgere daraus eben das, was Sie für so spaßhaft und unmöglich hielten."

„Was meinen Sie?"

„Ich baue die Verteidigung auf der Tatsache auf, dass der Staatsanwalt einen kahlen Kopf hat."

„Mein Gott!", sagte der Detektiv ruhig und wuchs in die Höhe, die Augen weit aufgerissen.

Pater Brown hatte seinen Monolog, ohne sich aus der Fassung bringen zu lassen, wieder aufgenommen.

„Die Polizei hat sich in dieser Sache um alle möglichen Leute bekümmert und ihren Bewegungen nachgespürt. Sie hat sich sehr dafür interessiert, was der Dichter, der Diener und der Ire begonnen haben. Aber man scheint ganz vergessen zu haben, Nachforschungen darüber anzustellen, was der Tote selbst mit seiner Zeit angefangen hat. Der Diener war ehrlich darüber erstaunt, dass sein Herr bereits zurückgekehrt war. Der alte Gwynne war zu einem großen Juristenbankett gegangen, hatte es aber plötzlich verlassen und sich heimbegeben. Er war nicht plötzlich erkrankt, denn er bat niemanden um Beistand. Er hatte fast sicher mit einem seiner Rivalen Streit gehabt. Seinen Feind hätten wir also in erster Linie unter seinen Kollegen suchen sollen. Er kehrte zurück und schloss sich in dem Gartenhäuschen ein, wo er seine Papiere und Dokumente aufbewahrte, die sicher allerlei belastendes Material enthielten. Aber der Nebenbuhler, der davon Kenntnis hatte, dass diese Dokumente etwas gegen ihn enthielten, folgte ihm nach, ebenfalls im Abendanzug, nur mit einem Revolver in der Tasche. Das ist alles. Kein Mensch hätte auf einen solchen Gedanken kommen können, wenn der Spiegel nicht gewesen wäre."

Er schien einen Augenblick ins Leere zu starren und setzte dann hinzu:

„Ein Spiegel ist ein sonderbares Ding, ein Bilderrahmen, der Hunderte verschiedener Bilder fasst. Sie leuchten auf und verschwinden dann für immer. Aber mit dem Spiegel, der am Ende des grauen Korridors unter der grünen Palme hing, hatte es eine ganz besondere Bewandtnis. Es ist, als wäre er

ein Zauberspiegel und hätte ein anderes Schicksal als seinesgleichen, als könnte das Bild in ihm überleben und hinge wie
ein Gespenst oder wenigstens wie ein Geheimzeichen, als das
Gerippe einer Vermutung, in dem dämmerigen Hause in der
Luft. Wir konnten wenigstens in dem leeren Rahmen das Bild
schimmern sehen, das Sir Arthur Travers sah. Übrigens haben Sie über ihn eine sehr richtige Bemerkung gemacht."

„Das freut mich", sagte Bagshaw, indem er gute Miene zum
bösen Spiel machte. „Und was für eine Bemerkung war das?"

„Sie sagten, dass Sir Arthur einen sehr guten Grund für seinen
Wunsch haben müsste, Orm gehängt zu sehen."

Eine Woche später traf der Priester den Detektiv wieder und
erfuhr von ihm, dass von den Behörden auf der neuen Basis
bereits Erhebungen gepflogen, diese aber durch ein aufsehen-
erregendes Ereignis unterbrochen worden seien.

„Sir Arthur Travers …", begann Pater Brown.

„Sir Arthur Travers ist tot", sagte Bagshaw kurz.

„Ah", sagte Pater Brown, dem die überraschende Mitteilung
einen Augenblick lang den Atem verschlug, „hat er …"

„Ja", antwortete Bagshaw, „er hat wieder auf denselben Mann
geschossen, aber dieses Mal nicht auf sein Spiegelbild."

Das Alibi der Schauspielerin

Der Theaterdirektor Mundon Mandeville schritt rasch durch den hinter der Bühne herführenden Gang. Er war elegant und festlich gekleidet, vielleicht ein wenig zu festlich. Festlich war die Blume in seinem Knopfloch, festlich der Glanz seiner Schuhe, nur sein Gesicht war nicht im Geringsten festlich. Er war ein großer, stiernackiger, schwarzer, finsterer Mann, und in diesem Augenblick war sein Gesicht finsterer als gewöhnlich. Er hatte natürlich die üblichen hundert Sorgen eines Theaterdirektors, große und kleine, neue und alte. Es ärgerte ihn, die alte Pantomimenszenerie zu sehen, die hier unten aufgestapelt war. Er hatte nämlich seine Laufbahn an diesem Theater erfolgreich mit sehr volkstümlichen Pantomimen begonnen, sich dann aber verleiten lassen, zu ernsteren Stücken und zum klassischen Drama überzugehen, was ihn ein gutes Stück Geld gekostet hatte. Daher gab ihm der Anblick der blauen Tore von Blaubarts blauem Palast oder Teile des verzauberten Orangenhains, die, mit Spinnweben bedeckt und von Mäusen benagt, an der Wand lehnten, nicht jenes besänftigende Gefühl einer Rückkehr zur Einfachheit, das wir alle haben sollten, wenn wir mal wieder einen Blick auf dieses Wunderland unserer Kindheit werfen dürfen. Aber er hatte auch gar keine Zeit, von dem Paradiese der Kindheit zu träumen, denn er war eilig gerufen worden, um ein praktisches Problem zu lösen, das nicht der Vergangenheit angehörte, sondern jetzt in der unmittelbaren Gegenwart nach sofortiger Lösung schrie. Es gehörte zu jenen unangenehmen Dingen, die manchmal in der sonderbaren Welt hinter den Kulissen passieren, war aber bedeutend genug, um ernst zu sein. Fräulein Maroni, die talentierte junge Schauspielerin italienischer Abkunft, die in dem an diesem Nachmittag zu probenden und am Abend aufzuführenden Stücke eine bedeutende Rolle übernommen hatte, hatte sich im letzten Augenblick plötzlich und sogar heftig geweigert aufzutreten. Er hatte mit der launischen Dame noch gar nicht gesprochen, und da sie sich in ihrer Garderobe eingeschlossen hatte und der Welt durch die Tür Trotz bot, war es unwahrscheinlich, dass ihm das vorerst gelingen würde.

Herr Mundon Mandeville war Engländer genug, um zur Erklärung dieser ärgerlichen Geschichte vor sich hin zu murmeln, alle Ausländer seien verrückt. Aber der Gedanke, dass ihn ein gütiges Geschick auf die einzig geistig gesunde Insel des Planeten versetzt hatte, besänftigte ihn ebenso wenig wie die Erinnerung an den verzauberten Orangenhain. All das mochte sehr ärgerlich sein, und doch hätte in einem aufmerksamen Beobachter der Verdacht aufsteigen können, dass Ärger allein Herrn Mandeville nicht so mitnehmen konnte.

Wenn ein wohlgenährter und gesunder Mann hohl aussehen kann, so sah Herr Mandeville hohl aus. Sein Gesicht war voll, aber seine Augen waren hohl. Seine Lippen zuckten, als versuche er, auf den schwarzen Schnurrbartstreifen zu beißen, der jedoch für solch ein Vorhaben zu kurz war. Man hätte ihn für einen Mann halten können, der begonnen hatte, Betäubungsmittel zu nehmen, aber selbst wenn man das angenommen hätte, musste man zugleich aus gewissen Anzeichen ersehen, dass er Grund dazu hatte, dass das Gift nicht die Ursache der Tragödie, sondern die Tragödie die Ursache des Giftes war. Was auch immer sein tieferes Geheimnis war, es schien in dem dunklen Ende des langen Ganges zu stecken, wo sich der Eingang zu seinem eigenen kleinen Zimmer befand, und als er den leeren Korridor entlangschritt, warf er dann und wann einen nervösen Blick zurück.

Aber Geschäft ist Geschäft, und er drang entschlossen zum entgegengesetzten Ende des Ganges vor, wo Fräulein Maroni den Weg zu sich mit einer glatten grünen Tür versperrt hatte. Eine Gruppe Schauspieler und anderer in Mitleidenschaft gezogener Personen stand bereits vor der Tür, und die ganze Korona machte eine Miene, als überlegte und beriete sie, ob es nicht angebracht wäre, einen Rammklotz in Tätigkeit treten zu lassen. In der Gruppe fiel eine bekannte Gestalt auf, dessen Fotografie auf manchem Kaminsims und dessen Autogramm in manchem Album stand. Denn obgleich Norman Knight jugendlicher Held in einem noch etwas provinzlerischen und altmodischen Theater war, das seine Verdienste nicht gebührend zu schätzen wusste, so befand er sich doch sicher auf dem Wege zu größeren Triumphen. Er war ein hübscher Mann mit langem gespaltenen Kinn und blondem, tief in die Stirn gekämmtem Haar, das ihm ein ziemlich neronisches, zu seinen plötzlichen und schnellen Bewegungen jedoch nicht ganz passendes Aussehen gab. In der Gruppe stand auch Ralph Randall, der gewöhnlich ältere Charakterrollen spielte. Sein freundliches Gesicht war bleich von Schminke, nur die Wangen zeigten den bläulichen Schimmer der Rasur. Neben ihm stand Mandevilles zweiter jugendlicher Held, ein dunkler, kraushaariger junger Mann, der den Namen Aubrey Vernon führte.

Ferner befand sich in der Gruppe die Garderobiere oder Ankleidefrau, eine sehr imponierende Person mit dichtem roten Haar und einem hart geschnittenen, unbewegten Gesicht, und zufällig auch Mandevilles Frau, die ruhig im Hintergrund stand. Sie hatte ein bleiches, geduldiges Gesicht, dessen Linien eine klassische Ebenmäßigkeit und Strenge nicht verloren hatten, das aber umso bleicher aussah, weil ihre Augen bleich waren, und ihr bleiches gelbes Haar ihr in zwei glatten Zöpfen um den Kopf lag, wodurch sie Ähnlichkeit mit einer sehr archaischen Madonna erhielt. Nicht jeder wusste, dass sie ehemals eine bedeutende und erfolgreiche Darstellerin in Ibsenschen Stücken gewesen war. Aber ihr Mann hielt nicht viel von Problemstücken, und in diesem Augenblick konzentrierte sich sicher sein ganzes Interesse auf das Problem, wie man eine ausländische Schauspielerin aus einem verschlossenen Zimmer herausbringen konnte.

„Ist sie noch immer nicht herausgekommen?", fragte er, mehr zu der geschäftskühlen Ankleidefrau als zu seiner Frau gewandt.

„Nein", antwortete Frau Sands düster.

„Wir werden allmählich etwas unruhig", sagte der alte Randall. „Sie schien ganz heiter zu sein, aber jetzt fürchten wir, sie könnte sich sogar etwas antun."

„Zum Teufel noch mal!", sagte Mandeville in seiner einfachen und ungekünstelten Art. „Reklame ist ganz gut, aber für diese Art Reklame haben wir keine Verwendung. Ist niemand hier mit ihr befreundet? Hat niemand Einfluss auf sie?"

„Jarvis meint, der Einzige, der mit ihr fertigwerden kann, ist ihr Priester von der Kirche hier ganz in der Nähe", sagte Randall, „und ich dachte, es wäre vielleicht besser, wenn er käme, falls sie wirklich darangeht, sich an einem Kleiderhaken aufzuhängen. Jarvis holt ihn und … ah, da kommt er ja schon."

Zwei neue Gestalten erschienen in dem unterirdischen Gange unter der Bühne. Der erste war Ashton Jarvis, ein lustiger Geselle, der gewöhnlich Bösewichter darstellte, jetzt aber dieses hohe Fach an den kraushaarigen Jüngling abgetreten hatte. Der andere war klein und dick und ganz in Schwarz gekleidet. Es war Pater Brown von der nahe gelegenen Kirche.

Pater Brown schien es für ganz natürlich und kaum des Aufhebens wert zu halten, dass er herbeigerufen wurde, um sich das seltsame Betragen eines seiner Schäfchen anzusehen und sich darüber klar zu werden, ob es als schwarzes Schaf oder nur als verlorenes Lamm zu betrachten sei. Aber von der Möglichkeit eines Selbstmordes schien er nicht viel wissen zu wollen.

„Sie wird wohl ihren Grund dafür haben, dass sie sich eingeschlossen hat", sagte er. „Weiß jemand, worum es sich handeln könnte?"

„Ich glaube, sie ist mit ihrer Rolle unzufrieden", antwortete der ältere Schauspieler.

„Das sind sie immer", brummte Herr Mundon Mandeville. „Ich dachte, meine Frau hätte dafür gesorgt, dass alles klappt."

„Ich kann nur sagen", bemerkte Frau Mandeville mit ziemlich müder Stimme, „dass ich ihr die meiner Meinung nach beste Rolle gegeben habe. Wollen bretterkranke junge Schauspielerinnen nicht gerade die schöne junge Heldin spielen, die in einem Blumenregen und unter dröhnendem Beifall der Galerie den schönen jungen Helden heiratet? Frauen meines Alters müssen sich natürlich damit begnügen, ehrenwerte Matronen darzustellen, und ich habe es mir gar nicht einfallen lassen, andere Wünsche zu hegen."

„Die Rollenbesetzung kann natürlich jetzt nicht mehr geändert werden", sagte Randall.

„Daran ist nicht zu denken", erklärte Norman Knight fest.

„Ich könnte kaum eine andere Rolle spielen – jetzt jedenfalls ist's zu spät."

Pater Brown war unauffällig zur Tür gegangen und lauschte.

„Ist nichts zu hören?", fragte der Direktor ängstlich und setzte dann mit leiserer Stimme hinzu: „Glauben Sie, dass sie sich etwas angetan haben kann?"

„Man hört etwas", antwortete Pater Brown ruhig. „Ich möchte aus dem Geräusch wohl entnehmen, dass sie damit beschäftigt ist, Fenster oder Spiegel einzuschlagen, wahrscheinlich mit ihren Füßen. Nein, ich glaube nicht, dass die Gefahr eines Selbstmordes besteht. Das Einschlagen von Spiegeln mit den Füßen ist ein sehr ungewöhnliches Vorspiel zu einem Selbstmord. Wenn sie eine Deutsche wäre, die sich zurückgezogen hätte, um ruhig über Metaphysik und Weltschmerz nachzudenken, wäre ich dafür, die Tür aufzubrechen. Die Italienerinnen sterben nicht so leicht und bringen sich auch nicht regelmäßig in einem Wutanfall um. Jemand anders vielleicht … ja, möglicherweise … es dürfte gut sein, die gewöhnlichen Vorsichtsmaßregeln zu treffen, wenn sie mit einem Sprung herausgesetzt kommt."

„So sind Sie nicht dafür, dass man die Tür aufbricht?", fragte Mandeville.

„Wenn Sie wollen, dass sie spielt, nicht", erwiderte Pater Brown. „Wenn Sie die Tür aufbrechen, wird sie das Dach in die Luft sprengen und sich weigern, noch einen Augenblick zu bleiben; wenn Sie sie in Ruhe lassen, wird sie wahrscheinlich aus bloßer Neugierde zum Vorschein kommen. An Ihrer Stelle würde ich die Tür von jemandem bewachen lassen und alles Übrige der Zeit anheimstellen, die wohl in einer oder in zwei Stunden eine Entscheidung herbeiführen dürfte."

„In diesem Falle", sagte Mandeville, „können wir nur die Szenen proben, in denen sie nicht auftritt. Meine Frau wird alles Nötige für die Probe arrangieren. Schließlich ist der vierte Akt die Hauptsache. Am besten fangen wir damit an."

„Keine Kostümprobe", sagte Mandevilles Frau.

„Sehr gut", bemerkte Knight. „Wozu Kostümprobe? Die Kostüme sind ohnehin lästig genug."

„Wie heißt das Stück?", fragte der Priester mit einem Anflug von Neugierde.

„Die Lästerschule", antwortete Mandeville. „Es mag Literatur sein, aber ich will Stücke. Meine Frau liebt die sogenannten klassischen Komödien, die weit mehr klassisch als komisch sind."

In diesem Augenblick watschelte der alte Portier Sam, der einzige Bewohner des Theaters in den Stunden, in denen nicht gespielt und geprobt wurde, auf Mandeville zu, überreichte ihm eine Karte und bestellte, Lady Miriam Marden wünsche ihn zu sprechen. Mandeville ging fort, aber Pater Browns Blick blieb noch ein paar Sekunden auf Mandevilles Frau haften, und er sah auf ihrem bleichen Gesicht ein schwaches Lächeln, kein durchaus angenehmes Lächeln.

Pater Brown ging mit dem Mann fort, der ihn hergeholt hatte und der, wie das bei Schauspielern nicht ungewöhnlich ist, dieselbe Weltanschauung hatte wie er. Als er fortging, hörte er, wie Frau Mandeville Frau Sands die ruhige Anweisung gab, neben der verschlossenen Tür Wache zu halten.

„Frau Mandeville scheint eine intelligente Frau zu sein", sagte der Priester zu seinem Begleiter, „obgleich sie sich ziemlich im Hintergrunde hält."

„Sie war einst eine hochintelligente Frau", sagte Jarvis melancholisch, „aber man sagt wohl nicht zu viel, wenn man behauptet, dass sie durch die Heirat mit solch einem Hohlkopf wie diesem Mandeville auf den Hund gekommen ist. Sie hat vom Drama die höchsten Ideale, aber sie kann diese natürlich nur selten bei ihrem Herrn und Meister durchsetzen. Wissen Sie, dass er eine solche Frau tatsächlich in einer Pantomime in einer Hosenrolle auftreten lassen wollte? Er gab ihre schauspielerischen Qualitäten zu, sagte aber, Pantomimen machten sich besser bezahlt. Danach werden Sie sein Verständnis und sein Einfühlungsvermögen beurteilen können. Aber sie hat sich niemals beklagt. Sie sagte mir einmal: ‚Klagen kommen vom Ende der Welt als Echo zurück, aber Schweigen stärkt uns.' Wenn sie jemanden geheiratet hätte, der ihre Ideen verstände, hätte sie eine der großen Schauspielerinnen unserer Zeit werden können. Tatsächlich schätzen sie literarisch eingestellte Kritiker noch sehr hoch. Aber nun ist sie mit einem solchen Wrack verheiratet."

Er zeigte auf den breiten schwarzen Rücken Mandevilles. Der Direktor unterhielt sich mit den Damen, die ihn ins Vestibül gebeten hatten. Lady Miriam war eine sehr lange, gelangweilt aussehende, elegante Dame, nach der neuesten, sich hauptsächlich von ägyptischen Mumien herleitenden Mode gekleidet. Ihr schwarzes Haar war helmförmig zugestutzt, ihre stark bemalten und vorstehenden Lippen gaben ihrem Gesicht einen anhaltenden Ausdruck der Verachtung. Ihre Begleiterin war eine sehr lebhafte Dame mit einem in seiner Hässlichkeit anziehendem Gesicht und grau gepudertem Haar. Sie war ein Fräulein Theresa Talbot und schnatterte tüchtig drauflos, während ihre Begleiterin anscheinend zu müde war, um auch nur den Mund aufzutun. Aber gerade als die beiden Männer vorüberkamen, brachte Lady Miriam die Energie auf zu sagen:

„Theaterstücke langweilen mich, aber ich habe noch nie eine Probe in Straßenkleidern gesehen. Die muss ganz hübsch sein. Man kann heutzutage nie etwas finden, was man noch nie gesehen hat."

„Also, Herr Mandeville", sagte Fräulein Talbot, indem sie dem Direktor mit freundschaftlichem Nachdruck den Arm tätschelte, „zu der Probe müssen Sie uns Zutritt verschaffen. Wir können heute Abend nicht kommen und haben auch keine Lust dazu. Wir möchten einmal all die komischen Leute in den falschen Kleidern sehen."

„Ich kann Ihnen natürlich eine Loge zur Verfügung stellen, wenn Sie wollen", sagte Mandeville hastig. „Vielleicht würden Sie die Güte haben, meine Damen, mit mir zu kommen." Und er führte sie durch einen anderen Gang hinweg.

„Nun möchte ich doch mal gern wissen", sagte Jarvis nachdenklich, „ob selbst Mandeville diese Art Frauen nicht auf die Nerven geht."

„Haben Sie einen Grund, das Gegenteil anzunehmen?", fragte sein Begleiter.

Jarvis blickte, bevor er antwortete, ihn einen Augenblick fest an.

„Mandeville ist uns allen ein Geheimnis", sagte er ernst. „O ja, ich weiß, dass er sich äußerlich in nichts von irgendeinem Piccadillybummler unterscheidet. Aber trotzdem ist er wirklich ein Geheimnis. Es muss ihn etwas bedrücken. Auf seinem Leben liegt ein Schatten. Und ich glaube, dies hat mit ein paar modischen Liebschaften ebenso wenig zu tun wie mit seiner armen vernachlässigten Frau. Wenn aber doch, so ist mehr dahinter als man auf den ersten Blick vermutet. Tatsächlich weiß ich rein zufällig mehr darüber als irgendein anderer. Aber mit dem, was ich weiß, kann ich nichts anfangen, er bleibt mir nach wie vor ein Geheimnis."

Er sah sich um, um sich zu überzeugen, dass sie allein waren, und setzte dann mit gesenkter Stimme hinzu:

„Ihnen kann ich's ja ruhig erzählen, weil ich weiß, dass Sie ein Turm des Schweigens sind; wenn es sich um Geheimnisse handelt. Aber ich erlebte neulich eine merkwürdige Überraschung, die sich seitdem mehrmals wiederholt hat. Sie wissen, dass Mandeville immer in dem kleinen Zimmer am Ende des Ganges, gerade unter der Bühne, arbeitet. Ich kam zufällig ein paarmal an diesem Zimmer vorüber, als jedermann dachte, er sei allein, und was wichtiger ist, als ich bestimmt wusste, dass alle Schauspielerinnen und alle Frauen, die möglicherweise mit ihm zu tun haben konnten, entweder nicht da waren oder sich auf ihrem üblichen Posten befanden."

„Alle Frauen?", fragte Pater Brown.

„Es war nämlich eine Frau bei ihm", sagte Jarvis fast flüsternd. „Es muss eine Frau geben, die ihn ständig besucht, eine Frau, die niemand von uns kennt. Ich weiß nicht einmal, wie sie zu ihm gelangt, da sie nicht hier durch den Gang kommt, aber ich glaube, ich sah einmal eine verschleierte oder verhüllte Gestalt hinten aus dem Theater wie ein Geist in die Dämmerung tauchen. Aber sie kann kein Geist sein. Ich glaube auch nicht, dass es sich um eine gewöhnliche Liebschaft handelt. Es ist meiner Ansicht nach keine Liebesaffäre, sondern eine Erpressungsgeschichte."

„Was bringt Sie auf diesen Gedanken?", fragte Pater Brown.

Jarvis' Gesicht wurde noch ernster. „Ich hörte einmal da drinnen heftige Worte, die nach einem Streit klangen, und dann sagte die fremde Frau mit einer metallischen, drohenden Stimme vier Worte: ‚Ich bin deine Frau.'"

„Sie glauben, dass er in Bigamie lebt?", fragte Pater Brown nachsinnend. „Bigamie und Erpressung gehen natürlich oft Hand in Hand. Aber die Frau kann auch exaltiert oder verrückt gewesen sein. Theaterleute haben oft mit solchen Menschen zu tun. Sie mögen recht haben, aber ich würde mit Schlussfolgerungen vorsichtig sein. Aber, wie mir gerade einfällt, Sie sind doch auch ein Theatermensch, und beginnt jetzt nicht die Probe?"

„Ich trete in dieser Szene nicht auf", antwortete Jarvis lächelnd. „Sie proben jetzt nur einen Akt, bis Ihre italienische Freundin wieder zu Verstand kommt."

„Da Sie gerade von meiner italienischen Freundin sprechen, möchte ich doch wissen, ob sie schon wieder bei Verstand ist."

„Wir können ja zurückgehen und nachsehen", sagte Jarvis, und sie stiegen wieder in den langen Korridor hinab, an dessen einem Ende sich Mandevilles Zimmer, an dessen anderem sich die verschlossene Tür der Signora Maroni befand. Die Tür schien noch immer verschlossen zu sein, und Frau Sands saß grimmig vor ihr, bewegungslos wie ein hölzernes Götzenbild.

Sie sahen gerade, wie an diesem Ende des Ganges einige

Schauspieler die Treppe zur Bühne hinaufstiegen. Vernon und der alte Randall gingen schnell voraus, aber Frau Mandeville hatte es in ihrer ruhigen, würdevollen Art nicht so eilig, und Norman Knight schien etwas zurückzubleiben, um mit ihr zu sprechen. Ein paar Worte drangen zu den Ohren der unfreiwilligen Lauscher.

„Was ich Ihnen sage", rief Knight aufgeregt, „er hat Frauenbesuch."

„Pst!", sagte die Dame. „Sie dürfen das nicht sagen. Denken Sie daran, dass er mein Mann ist." Ihre silberne Stimme hatte einen stählernen Beiklang.

„Ich wollte, ich könnte es vergessen", sagte Knight und lief die Treppe zur Bühne hinauf.

Die Dame folgte ihm, bleich und ruhig wie immer.

„Es weiß noch jemand davon", sagte der Priester ruhig, „aber ich zweifle, ob dies uns etwas angeht."

„Ja", murmelte Jarvis. „Es scheint, dass jeder etwas und niemand etwas Bestimmtes weiß."

Sie schritten den Gang entlang zu der verschlossenen Tür, vor der Frau Sands starr wie ein Götzenbild saß.

„Nein, sie ist noch nicht zum Vorschein gekommen", sagte die Frau in ihrer mürrischen Art. „Tot ist sie nicht, denn ich hörte sie einige Male auf und ab gehen. Ich möchte nur wissen, was sie eigentlich vorhat."

„Wissen Sie vielleicht", fragte Pater Brown höflich, aber entschieden, „wo Herr Mandeville augenblicklich ist?"

„Ja", antwortete sie prompt. „Ich sah ihn vor einigen Minuten in sein Zimmer gehen, gerade bevor die Probe begann. Er muss noch drinnen sein, denn ich habe ihn nicht herauskommen sehen."

„Sie wollen sagen, dass das Zimmer keinen anderen Eingang hat, nicht wahr?", sagte Pater Brown so ganz nebenbei. „Die Probe scheint ja jetzt in vollem Zuge zu sein, mag auch die Signora noch so schmollen."

„Ja", bemerkte Jarvis nach kurzem Schweigen. „Man kann die Stimmen von der Bühne hier hören. Der alte Randall hat ein ziemlich kräftiges Organ." Sie lauschten beide eine Weile, und in der Stille konnte man die kräftige Stimme des Schauspielers tatsächlich ziemlich deutlich vernehmen. Bevor einer von ihnen wieder den Mund auftat und bevor sie aus ihrer vorgebeugten lauschenden Stellung wieder in ihre normale Haltung zurückfielen, wurden ihre Ohren von einem anderen Laut erfüllt. Es war ein dumpfer, aber schwerer Fall, der aus Mandevilles Privatzimmer kam.

Pater Brown flog wie ein vom Bogen geschnellter Pfeil den Gang entlang und zerrte heftig an der Türklinke, bevor Jarvis noch Anstalten getroffen hatte, ihm zu folgen.

„Die Tür ist verschlossen", sagte der Priester, dessen Gesicht ein wenig bleich geworden war. „Und ich bin durchaus dafür, dass man diese Tür aufbricht."

„Meinen Sie", fragte Jarvis mit einem ziemlich geisterhaften Blick, „dass die unbekannte Besucherin wieder hier im Zimmer ist? Glauben Sie, dass es … dass es etwas Ernstliches ist?" Dann setzte er hinzu: „Vielleicht kann ich den Riegel zurückschieben, ich kenne den Mechanismus dieser Schlösser."

Er kniete nieder, zog ein Taschenmesser mit einer langen Stahlklinge heraus und arbeitete eine Weile an dem Schloss herum, bis die Tür aufsprang. Sie sahen sogleich, dass das Zimmer keine andere Tür hatte und nicht einmal ein Fenster vorhanden war, das Licht kam von einer großen, auf dem

Tisch stehenden elektrischen Lampe. Aber das war nicht das Erste, was sie feststellten, denn zuerst sahen sie, dass Mandeville mitten im Zimmer ausgestreckt mit dem Gesicht nach unten am Boden lag und dass kleine gewundene Blutbäche, die in dem unnatürlichen unterirdischen Licht in unheimlichem Scharlachrot glitzerten, unter seinem Gesicht wegsickerten.

Sie wussten nicht, wie lange sie einander angeblickt hatten, als Jarvis endlich eine Bemerkung machte, die er bis jetzt zurückgehalten hatte.

„Wenn die Fremde hier war, so ist sie jetzt jedenfalls irgendwie verschwunden."

„Vielleicht denken wir zu viel an die Fremde", sagte Pater Brown. „Es sind hier in diesem Theater so viele merkwürdige und fremde Dinge, dass man leicht einige vergisst."

„Welche Dinge meinen Sie?", fragte der Schauspieler.

„Viele, zum Beispiel die andere verschlossene Tür."

„Aber die andere Tür ist verschlossen", rief Jarvis.

„Aber Sie vergaßen sie trotzdem", sagte Pater Brown.

Nach einer Weile setzte er nachdenklich hinzu:

„Diese Frau Sands ist ein ziemlich brummiges und unfreundliches Geschöpf."

„Glauben Sie, dass sie lügt und dass die Italienerin doch herausgekommen ist?"

„Nein, ich glaube, meine Bemerkung war nur eine mehr oder weniger objektive Charakterstudie."

„Sie wollen doch wohl nicht sagen", rief der Schauspieler, „dass Frau Sands die Täterin ist."

„Ich habe nicht gesagt, dass sich die Charakterstudie auf sie bezog."

Während sie diese zusammenhanglosen Bemerkungen austauschten, war Pater Brown neben Mandeville niedergekniet und hatte festgestellt, dass jede Spur von Leben aus dem Körper geflohen war. Neben der Leiche lag, obgleich von der Tür nicht sofort sichtbar, ein Dolch von der Art, wie man sie auf der Bühne verwendet, er lag so, als wäre er aus der Wunde oder der Hand des Mörders gefallen. Wie Jarvis sagte, der den Dolch eingehend in Augenschein nahm, war mit dem Mordwerkzeug nicht viel anzufangen, wenn die Sachverständigen keine Fingerabdrücke finden würden. Es war ein Requisitendolch, der irgendwo herumgelegen hatte und den jedermann in der Hand gehabt haben konnte. Der Priester stand auf und sah sich ernst im Zimmer um.

„Wir müssen die Polizei verständigen", sagte er, „und einen Arzt holen lassen, obschon der Arzt zu spät kommt … Wenn ich mir dieses Zimmer ansehe, so verstehe ich nicht, wie die Italienerin das zuwege bringen konnte."

„Die Italienerin?", rief der Schauspieler. „Wieso? Ich meine, wenn irgendeiner von uns ein Alibi hat, so hat sie's. Zwei getrennte Zimmer, beide verschlossen, an den entgegengesetzten Enden eines langen Ganges gelegen, vor der einen Tür eine Wächterin."

„Das Alibi ist nicht ganz lückenlos", sagte Pater Brown. „Die Schwierigkeit ist, wie sie hierher gelangen konnte. Ich glaube, sie ist aus ihrem Zimmer ausgebrochen."

„Und warum?"

„Ich sagte Ihnen doch, dass es sich anhöre, als würde da drinnen Glas zerbrochen, Spiegel oder Fenster. Dummerweise vergaß ich etwas, von dem ich sichere Kenntnis habe, nämlich dass sie ziemlich abergläubisch ist. Es dürfte nicht wahrscheinlich sein, dass sie einen Spiegel zerschlug, darum vermute ich, es war ein Fenster. Die Zimmer liegen allerdings tief im Kellergeschoss, aber sie kann ja ein Fenster am Lichtschacht eingeschlagen haben. Aber hier scheint es keine Lichtschächte zu geben." Und er starrte eine ganze Zeit lang überlegend unter die Decke.

Plötzlich kam er mit einem Ruck wieder in Bewegung. „Wir müssen hinaufgehen, telefonieren und die traurige Nachricht kundgeben. Mein Gott, hören Sie, wie die Schauspieler da oben deklamieren und herumstampfen? Die Probe ist noch immer im Gange. Dies meint man wohl, wenn man von tragischer Ironie spricht."

Als nun nach des Schicksals Bestimmung sich das Theater in einen Ort der Trauer verwandeln sollte, war den Schauspielern eine Gelegenheit geboten, viele der echten Tugenden ihrer Gattung und ihres Standes offen zu zeigen. Sie hatten Mandeville nicht alle gern gehabt oder ihm Vertrauen geschenkt, aber sie wussten nun genau das zu sagen, was die Gelegenheit erforderte. In ihrer Haltung gegenüber Mandevilles Witwe lag nicht nur Sympathie, sondern auch ein großes Zartgefühl. Sie war in einem neuen und andersartigen Sinne eine Tragödin geworden, ihr geringstes Wort war Befehl, und während sie langsam und traurig umherwandelte, suchte ihr jeder einen Wunsch von den Augen abzulesen und lief schon, wenn sie nur einen Finger bewegte.

„Sie war immer ein starker Charakter", sagte der alte Randall mit etwas heiserer Stimme. „Niemand von uns war so gescheit wie sie. Der arme Mandeville konnte es an Bildung und so weiter natürlich nicht mit ihr aufnehmen, aber sie hat immer glänzend ihre Pflicht getan. Es griff einem ans Herz, wenn sie manchmal seufzend den Wunsch äußerte, ein befriedigenderes intellektuelles Leben zu führen, aber Mandeville – nun, nil nisi bonum, wie man sagt." Und der alte Schauspieler wackelte traurig mit dem Kopf.

„Nil nisi bonum, ausgezeichnet!", sagte Jarvis grimmig. „Randall jedenfalls scheint von der Geschichte mit der fremden Dame noch nichts gehört zu haben. Was ich sagen wollte, glauben Sie nicht, dass diese fremde Dame wahrscheinlich die Täterin ist?"

„Das hängt davon ab", sagte der Priester, „wen Sie mit dieser fremden Dame meinen."

„Oh, an die Italienerin denke ich nicht", sagte Jarvis hastig. „Übrigens haben Sie richtig geraten. Als man die Tür erbrach, war das Fenster zum Lichtschacht zertrümmert und das Zimmer leer, aber soweit die Polizei feststellen kann, ist sie ganz einfach heimgegangen. Nein, ich meine die Frau, die ihm bei der geheimen Zusammenkunft drohte, die Dame, die sich als seine Frau bezeichnete. Glauben Sie, dass sie wirklich seine Frau war?"

„Es ist möglich", sagte Pater Brown, ins Leere stierend, „dass sie wirklich seine Frau war."

„Dann würde das Motiv des Mordes klar sein: Eifersucht wegen seiner Wiederverheiratung, denn ein Raubmord liegt nicht vor. Man braucht keine diebischen Bedienten oder abgebrannte Schauspieler in Verdacht zu haben. Denn es wird Ihnen wohl aufgefallen sein, dass sich dieser Fall durch einen besonderen Umstand auszeichnet."

„Ich habe mehrere besondere Umstände bemerkt. Welchen meinen Sie?"

„Ich meine, dass alle Personen ein Alibi haben", sagte Jarvis.

„Es dürfte nicht oft vorkommen, dass eine ganze Schauspielgesellschaft ein solches Alibi hat. Die Bühne war hell erleuchtet, und jeder konnte den anderen kontrollieren. Es stellt sich jetzt als ein Glück heraus, dass der arme Mandeville diese beiden spleenigen Westenddamen in eine Loge gesetzt hat, damit sie der Probe beiwohnten. Sie können bezeugen, dass der ganze Akt ohne Unterbrechung heruntergespielt wurde und alle Darsteller auf der Bühne waren. Die Probe begann, bevor Mandeville in sein Zimmer ging. Sie spielten noch fünf oder zehn Minuten, nachdem wir die Leiche fanden. Und glücklicherweise waren in dem Augenblick, als wir Mandeville fallen hörten, alle auf der Bühne."

„Ja, das ist sicher sehr wichtig und vereinfacht die Sache", stimmte Pater Brown zu. „Wir wollen mal die Personen, auf die dieses Alibi Anwendung findet, an uns vorüberziehen lassen. Zuerst Randall. Ich glaube, dass Randall den Direktor aufrichtig hasste, wenn er auch jetzt seine Gefühle verbirgt. Aber er kommt nicht in Betracht. Wir hörten ja in dem entscheidenden Augenblick seine Stimme über unseren Köpfen. Dann kommt unser jugendlicher Held, Herr Knight. Ich habe guten Grund zu der Annahme, dass er in Mandevilles Frau verliebt war und dieses Gefühl nicht so ganz verbergen konnte, wie er wohl gemocht hätte. Aber er kommt ebenfalls nicht in Betracht, denn er wurde gerade von Randall auf der Bühne angeschrien. Auch dieser liebenswürdige Aubrey Vernon scheidet aus. Es bleibt noch Frau Mandeville übrig, die ebenfalls durch dieses gemeinsame Alibi gedeckt wird, das, wie Sie sagen, hauptsächlich von Lady Miriam und ihrer Freundin abhängt, obschon man auch ohne sie vernünftigerweise annehmen könnte, dass der Akt ohne Unterbrechung, wie es bei solchen Proben üblich ist, durchgespielt wurde. Die gesetzlichen Zeuginnen dafür sind jedoch Lady Miriam und Fräulein Talbot. Sie haben doch nichts gegen sie einzuwenden?"

„Gegen Lady Miriam?", fragte Jarvis überrascht. „O ja, ich weiß wohl, Sie meinen, weil sie ein wenig verdächtig aussieht? Aber Sie haben keine Ahnung, wie selbst die Damen aus den besten Familien heutzutage aussehen. Haben Sie übrigens einen besonderen Grund, ihre Aussagen anzuzweifeln?"

„Nein, nur stellt uns dieses gemeinsame Alibi, das für jeden gleichviel gilt, vor eine kahle Mauer. Diese vier Personen waren zur fraglichen Zeit die einzigen anwesenden Schauspieler. Personal war kaum da, tatsächlich niemand außer dem alten Sam, der den Haupteingang bewachte, und der Frau, die Fräulein Maronis Tür bewachte. Bleiben nur noch wir beide übrig. Wir könnten gewiss des Verbrechens bezichtigt werden, besonders da wir die Leiche gefunden haben. Sonst ist niemand da, der angeklagt werden kann. Sie haben ihn doch nicht etwa getötet, als ich meine Augen anderswo hatte?"

Jarvis fuhr erschreckt auf und starrte ihn an, dann klärte sich sein Gesicht aber gleich wieder auf. Er schüttelte den Kopf.

„Sie haben es nicht getan", sagte Pater Brown, „und wir wollen einmal annehmen, bloß um der Annahme willen, dass ich es auch nicht getan habe. Da die bei der Probe beschäftigten Schauspieler nicht in Betracht kommen, bleiben wirklich nur die Signora hinter der verschlossenen Tür, die Schildwache vor ihrer Tür und der alte Sam übrig. Oder denken Sie an die zwei Damen in der Loge? Sie könnten natürlich die Loge einen Augenblick ungesehen verlassen haben."

„Nein", sagte Jarvis, „ich denke an die unbekannte Dame, die sich als Mandevilles Frau bezeichnete."

„Vielleicht war sie's", sagte der Priester. Seine Stimme hatte einen so sonderbaren Klang, dass Jarvis erneut auffuhr.

„Wir nahmen an", bemerkte er leise und aufgeregt, „dass diese erste Frau auf die zweite Frau eifersüchtig gewesen sein könnte."

„Nein", sagte Pater Brown. „Sie hätte vielleicht auf die Italienerin oder auf Lady Miriam Marden eifersüchtig sein können, aber nicht auf die zweite Frau."

„Und warum nicht?"

„Weil keine zweite Frau da war. Herr Mandeville scheint mir das gerade Gegenteil eines Bigamisten gewesen zu sein, ein höchst monogamisch veranlagter Mensch. Seine Frau war fast zu viel bei ihm, so viel, dass sie alle barmherzigerweise annehmen, es müsse noch eine andere Frau da sein. Aber ich verstehe nicht, wie sie bei ihm sein konnte, als er ermordet wurde, denn wir sind uns darüber einig, dass sie die ganze Zeit auf der Bühne war und dazu noch eine wichtige Rolle spielte ..."

„Meinen Sie wirklich", rief Jarvis, „dass die fremde Frau, die zu ihm kam wie ein Geist, nur die bekannte Frau Mandeville war?" Aber er erhielt keine Antwort, denn Pater Brown starrte mit einem fast idiotischen Ausdruck ins Leere. Er sah immer am idiotischsten aus, wenn er die klügsten Gedanken hatte.

Sein Gesicht wurde immer gequälter und betrübter. „Scheußlich", sagte er. „Vielleicht habe ich noch nie eine so verzwickte Sache gehabt. Aber ich muss mit ihr fertigwerden. Würden Sie vielleicht Frau Mandeville fragen, ob ich sie einmal unter vier Augen sprechen kann?"

„O gewiss", sagte Jarvis und ging auf die Tür zu. „Aber was haben Sie?"

„Ich denke nur darüber nach, was für ein geborener Dumm-

kopf ich bin, eine sehr allgemeine Klage in diesem Tal der
Tränen. Wie konnte ich nur vergessen, dass das gespielte
Stück ‚Die Lästerschule‘ war!"

Er ging unruhig im Zimmer auf und ab, bis Jarvis mit ver-
änderter und sogar beunruhigter Miene wieder in der Tür
erschien.

„Ich kann sie nirgendwo finden", sagte er. „Niemand scheint
sie gesehen zu haben."

„Norman Knight hat auch niemand gesehen, nicht wahr?",
fragte Pater Brown sarkastisch. „Nun, mir bleibt auf diese
Weise wenigstens die peinlichste Unterredung meines Lebens
erspart. Gott sei mir gnädig, aber ich hatte beinahe Angst vor
dieser Frau. Doch sie hatte auch Angst vor mir, Angst vor etwas, das ich gesehen oder gesagt hatte. Knight lag ihr immer
in den Ohren, mit ihm zu fliehen. Jetzt hat sie's getan, und er
tut mir wirklich leid."

„Er?", fragte Jarvis.

„Nun, es kann gerade kein sehr angenehmes Gefühl sein, mit
einer Mörderin davonzulaufen. Aber sie war in Wirklichkeit
noch schlimmer als eine Mörderin."

„Und was gibt es Schlimmeres?"

„Sie war eine Egoistin", sagte Pater Brown. „Sie gehörte zu
den Menschen, die zuerst in den Spiegel blicken, ehe sie aus
dem Fenster schauen, und das ist das schlimmste Unglück, das
Sterblichen passieren kann. Der Spiegel hat ihr Unglück gebracht, aber eher deshalb, weil er nicht zerbrochen ist."

„Ich verstehe nicht, was dies alles bedeuten soll", sagte Jarvis.

„Jeder hielt sie für eine höchst ideale Frau, die sich auf einer
höheren geistigen Ebene bewegte als wir übrigen …"

„Sie sah sich selbst so an und verstand es gut, allen anderen dieselbe Meinung beizubringen. Vielleicht habe ich sie nicht lange genug gekannt, um mich in ihr zu täuschen. Aber nachdem ich sie fünf Minuten gesehen, wusste ich, was für ein Mensch sie war."

„Oh, was Sie da sagen!", rief Jarvis. „Der Italienerin gegenüber hat sie sich nach meiner Überzeugung tadellos benommen."

„Ihr Benehmen war immer tadellos. Jeder hat mir hier berichtet, wie fein und vornehm und wie geistig überlegen sie Mandeville war. Aber alle diese Feinheit und Geistigkeit scheint mir auf die einfache Tatsache hinauszulaufen, dass sie sicher eine Lady und er kein Gentleman war. Aber ich bin mir niemals ganz sicher gewesen, dass dieses die einzige Eigenschaft ist, auf die Petrus am Himmelstor Wert legt. Was das Übrige anbetrifft", fuhr er mit steigender Lebhaftigkeit fort, „so ersah ich aus ihren ersten Worten, dass sie trotz ihrer so fein zur Schau getragenen kalten Hochherzigkeit der armen Italienerin nicht wirklich wohlgesinnt war. Und als ich erfuhr, dass das Stück ‚Die Lästerschule' war, wurde mir das von Neuem klar."

„Sie gehen mir zu schnell vorwärts", sagte Jarvis verdutzt. „Was hat das Stück damit zu tun?"

„Nun, sie sagte, sie habe der Schauspielerin die Rolle der schönen Heroine gegeben und sich selbst mit der Rolle einer Matrone begnügt. Bei fast jedem anderen Stücke wäre das eine hochherzige Rollenverteilung gewesen, aber gerade bei diesem Stücke werden dadurch die Tatsachen verfälscht. Sie kann nur gemeint haben, dass sie der Italienerin die Rolle der Maria zuteilte, die kaum eine Rolle zu nennen ist. Und die Rolle der unbeachteten und sich selbst in den Hintergrund drängenden verheirateten Frau kann nur die Rolle der Lady

Teazle gewesen sein, die einzige, die jede Schauspielerin zu spielen wünscht. Wenn die Italienerin eine erstklassige Schauspielerin war, der man eine erstklassige Rolle versprochen hatte, so gab es wirklich eine Entschuldigung oder wenigstens einen Grund für ihre tolle italienische Wut. Das trifft bei italienischen Wutanfällen meistens zu. Die Lateiner sind eine logische Kultur und haben einen Grund, wenn sie wütend werden. Eben dieser kleine Umstand sagte mir, wie es mit ihrer Großherzigkeit bestellt war. Aber es war noch etwas anderes, was mir gleich auffiel. Sie lachten, als ich sagte, dass das mürrische Gesicht der Frau Sands für mich eine Charakterstudie sei, aber keine Studie über den Charakter der Frau Sands. Das stimmte. Wenn Sie über eine Dame wirklich Bescheid wissen wollen, so müssen Sie nicht sie selbst betrachten, denn sie kann zu schlau für Sie sein. Betrachten Sie auch nicht die Männer, von denen sie umgeben ist, denn sie können zu vernarrt in sie sein. Aber sehen Sie sich eine andere Frau an, die immer in ihrer Nähe ist, und besonders eine, die unter ihr steht. In diesem Spiegel werden Sie ihr wirkliches Gesicht erblicken, und das Gesicht, das sich in Frau Sands spiegelte, war sehr hässlich.

Und wie waren die anderen Eindrücke, die ich empfing? Ich hörte eine Menge über die Unzulänglichkeit des armen Mandeville, aber alle diese Unzulänglichkeit lief darauf hinaus, dass er ihrer nicht wert war, und ich bin überzeugt, dass diese Einschätzung indirekt von ihr herrührte. Aus dem, was jeder sagte, ging offenbar hervor, dass sie bei jedem über ihre geistige Vereinsamung gestöhnt hatte. Sie selbst sagten, sie beklage sich niemals, und zitierten dann ihr Wort über die Seelenstärkung klaglosen Schweigens. Das ist der richtige Ton, der unverkennbare Stil. Leute, die klagen, sind liebenswerte schwache menschliche Wesen, die man bedauern kann. Aber Leute, die klagen, dass sie niemals klagen, sind des Teufels. Sie sind wirklich des Teufels. Ist dieser großtuerische Stoizismus nicht der Angelpunkt des Byronschen Satanskults? Ich habe dies alles vernommen, aber wie sehr ich meine Ohren auch aufmachte, ich konnte nicht entdecken, worüber sie sich denn eigentlich zu beklagen hatte. Niemand behauptete, dass ihr Mann trank oder sie schlug oder ihr kein Geld gab oder untreu war, wenn man nicht das Gerücht über die geheimen Zusammenkünfte so auslegen will, und dieses Gerücht hat sie durch ihre pathetische Gewohnheit verschuldet, ihm in seinem Arbeitszimmer Gardinenpredigten zu halten. Und wenn man, abgesehen von dem vagen Eindruck des Martyriums, den sie hervorzurufen suchte, die Tatsachen betrachtete, so erhielt man ein ganz anderes Bild. Mandeville hörte auf, mit Pantomimen Geld zu verdienen, um ihr einen Gefallen zu tun, er opferte Geld für die Aufführung klassischer Dramen, ihr zu Gefallen. Sie richtete Stück und Ausstattung ganz nach ihrem Belieben ein. Sie wollte Sheridans Stück haben, und sie hatte es, sie wollte die Rolle der Lady Tearzle spielen, und sie spielte sie, sie wünschte gerade zu dieser Stunde eine Probe ohne Kostüme, und die Probe fand statt. Besonders dieser letzte Wunsch verdient Aufmerksamkeit."

„Aber was soll diese ganze Tirade?", fragte der Schauspieler, der kaum jemals seinen geistlichen Freund so viel Worte hatte machen hören. „Wir kommen mit all diesem psychologischen Zeug immer weiter vom Morde weg. Sie mag mit Knight davongelaufen sein, sie mag Randall und mich zu Narren gehalten haben, aber ihren Mann kann sie nicht ermordet haben, denn es steht doch fest, dass sie während der ganzen Szene auf der Bühne war. Sie mag schlecht und durchtrieben sein, aber eine Zauberin ist sie nicht."

„Nun, so sicher würde ich das nicht behaupten", sagte Pater Brown lächelnd. „Aber Zauberei brauchte sie in diesem Falle nicht anzuwenden. Ich weiß jetzt, dass sie die Tat ausführte und die Ausführung ganz einfach war."

„Warum sind Sie dessen so sicher?", fragte Jarvis und sah ihn verwundert an.

„Weil das Stück ‚Die Lästerschule' war", erwiderte Pater Brown. „Und dann gerade dieser Akt der Lästerschule. Ich möchte Sie daran erinnern, dass sie das Stück nach ihrem Belieben inszenierte, sodass sie die Möbel stellen konnte, wie sie wollte. Ich möchte Sie ferner daran erinnern, dass die Bühne für Pantomimen gebaut und benutzt wurde, sodass also sicher Falltüren und allerlei Versenkungen vorhanden sind. Und wenn nach Ihrer Meinung die beiden Damen bezeugen können, dass alle Darsteller auf der Bühne waren, so möchte ich Sie daran erinnern, dass in der Hauptszene des Stückes eine der Hauptpersonen eine beträchtliche Zeit auf der Bühne bleibt, aber nicht sichtbar ist. Nach der Anweisung des Autors ist sie auf der Bühne, aber in Wirklichkeit kann sie ganz anderswo sein. Das ist das Versteck der Lady Teazle und das Alibi der Frau Mandeville."

Nach einer Pause des Erstaunens sagte der Schauspieler: „Sie glauben, dass sie aus ihrem Versteck durch eine Falltür nach unten zum Zimmer des Direktors gelangt ist?"

„Wahrscheinlich", sagte Pater Brown. „Das erscheint mir schon aus dem Grund als wahrscheinlich, weil sie eine Probe ohne Kostüme veranstaltete, denn in den Reifröcken des achtzehnten Jahrhunderts wäre es wohl schwieriger gewesen, durch eine Falltür zu steigen. Es sind natürlich noch viele kleine Unklarheiten vorhanden, aber ich glaube, sie lassen sich alle aufklären."

„Am unklarsten ist mir", sagte Jarvis, „dass eine solche Frau derartig ihr körperliches Gleichgewicht verlieren konnte, von ihrem moralischen Gleichgewicht ganz zu schweigen. Lag denn ein so starkes Motiv vor? War sie denn so in Knight verliebt?"

„Ich hoffe es", erwiderte Pater Brown, „denn das würde die menschlichste Entschuldigung sein. Aber ich muss leider sagen, dass ich meine Zweifel habe. Sie wollte ihren Mann los sein, der ihr zu provinzlerisch war und ihr nicht einmal genug Geld verdiente. Sie wollte als die Frau eines glänzenden und rasch berühmt werdenden Schauspielers Karriere machen. Sie hat ihren Mann nicht aus einer menschlichen Leidenschaft heraus ermordet, sondern aus der kühlen Überlegung, dass sie an seiner Seite nicht die Rolle spielen konnte, die sie sich erträumt hatte. Sie setzte ihrem Mann ständig im Geheimen zu, er solle sich scheiden lassen oder ihr sonst aus dem Wege gehen, und da er sich weigerte, musste er schließlich für seine Weigerung büßen. Sie müssen sich auch noch etwas anderes vor Augen halten. Sie verehrten diese Frau wegen ihrer literarischen und philosophischen Neigungen. Aber ihre ganze Philosophie drehte sich nur um den Willen zur Macht und das Recht auf Leben und Erlebnisse ... alles verdammter Unsinn und mehr als das – Unsinn, der zur Verdammnis führt." Pater Brown runzelte zornig die Stirn, was bei ihm sehr selten vorkam, und seine Stirn war noch immer bewölkt, als er den Hut aufsetzte und in den Abend hinausging.

Vaudreys Verschwinden

Sir Arthur Vaudrey in seinem hellgrauen Sommeranzug, auf seinem grauen Haupt keck den weißen Hut, an dem man ihn schon von Weitem erkannte, ging schnell die Straße an der Themse entlang, die von seinem Haus zu der kleinen Gruppe winziger, fast wie Nebengebäude der prächtigen Villa Sir Arthurs wirkender Häuschen führte, betrat den kleinen Weiler und verschwand dann völlig, als wäre er in den Boden versunken.

Dieses plötzliche Verschwinden erschien um so unerklärlicher, als die Örtlichkeit gar nichts Geheimnisvolles an sich hatte und die Begleitumstände von äußerster Einfachheit waren. Man konnte den Weiler beim besten Willen kein Dorf nennen, er war eigentlich nur ein auf weiter Flur seltsam isoliert liegendes Sträßchen. Er stand inmitten flacher Ackerfelder und Wiesen und setzte sich nur aus den vier oder fünf Läden zusammen, die die Bewohner der Gegend, das heißt ein paar Farmer und die Insassen des großen Hauses, für ihre Bedürfnisse dringend benötigten. Gleich an der Ecke befand sich ein Metzgerladen, vor dem, wie sich zeigte, Sir Arthur zuletzt gesehen worden war, und zwar von zwei jungen, in seinem Haus wohnenden Männern, Evan Smith, der als sein Sekretär fungierte, und John Dalmon, der, wie man allgemein annahm, sich demnächst mit Sir Arthurs Mündel verheiraten sollte. Dem Metzgerladen am nächsten lag eine Art kleines Warenhaus, wie man sie oft in Dörfern findet, in dem eine kleine alte Frau Schokolade und Bonbons, Spazierstöcke, Golfbälle, Leim, Bindfadenknäuel und eine sehr vergilbte Sorte Schreibpapier verkaufte. Es folgte der Tabakladen, zu dem sich die beiden jungen Männer begaben, als sie Sir Arthur zum letzten Mal vor dem Metzgerladen erblickten. Hinter dem Tabakladen betrieben in einem schummerig dunklen Raum zwei unscheinbare Damen ein Konfektionsgeschäft. Die Reihe wurde abgeschlossen durch einen ähnlich dunklen Laden, der in einem schimmernden Schaufenster den Passanten große Gläser sehr blasser grüner Limonade darbot, denn das einzige richtige Gasthaus der ganzen Gegend stand noch ein Stück weiter an der Landstraße abwärts. Zwischen dem Gasthaus und dem Weiler war eine Wegkreuzung, an der ein Polizist und ein uniformierter Angestellter eines Automobilklubs die Verkehrsordnung aufrechterhielten, und beide sagten übereinstimmend aus, dass Sir Arthur diesen Punkt der Straße nicht passiert habe.

Es war ein strahlender Sommermorgen, an dem der alte Herr, fröhlich ausschreitend, seinen Spazierstock schwingend und seine gelben Handschuhe durch die Luft schwenkend, die Straße entlang auf den Weiler zuschritt. Er hatte viel von einem Dandy an sich, aber wenn er auch stutzerhaft war, so war er zugleich sehr kräftig und forsch, besonders für sein Alter. Seine körperliche Kraft und Gewandtheit waren noch sehr bemerkenswert, und man hätte die Farbe seines krausen Haares ebenso gut ein zu Weiß verblichenes Gelb wie ein ins Gelbliche verblichenes Weiß nennen können. Sein glatt rasiertes Gesicht war männlich schön, er hatte eine Adlernase wie der Herzog von Wellington, aber das hervorstechendste Merkmal an ihm waren seine Augen. Sie stachen nicht nur bildlich gesprochen hervor, sie wölbten sich geradezu aus den Höhlen vor und waren vielleicht die einzige Unregelmäßigkeit in seinen regelmäßigen Gesichtszügen. Seine Lippen waren voll und wie durch einen Willensakt etwas zusammengepresst. Ihm gehörte das ganze Land ringsumher und auch der kleine Weiler. In einer solchen Gegend kennt nicht nur jeder jeden anderen, sondern ein jeder weiß auch im Allgemeinen, wo jeder andere sich in jedem gegebenen Augenblick befindet. Sir Arthurs Spaziergang wäre normalerweise so verlaufen: Er wäre ins Dorf gegangen, hätte dem Metzger oder sonst wem gesagt, was er zu sagen hatte, und wäre in einer halben Stunde wieder zu Hause gewesen wie die beiden jungen Männer, die sich in dem Tabakladen Zigaretten gekauft hatten. Aber diese sahen bei ihrer Rückkehr keinen Menschen auf der Straße außer einem anderen Gast Sir Arthurs, einem gewissen Doktor Abbott, der am Flussufer sitzend ihnen seinen breiten Rücken zukehrte und geduldig angelte.

Als die drei Gäste zum Frühstück zurückkehrten, schienen sie sich kaum Gedanken darüber zu machen, dass Sir Arthur noch nicht da war, aber als er im Laufe des Tages noch immer nicht zu den üblichen Mahlzeiten erschien, begannen sie natürlich sich den Kopf zu zerbrechen, und Sybil Rye, die dem Haushalt vorstand, fing an, sich ernstlich zu ängstigen. Es wurden mehrere Entdeckungsreisen zum Dorfe veranstaltet, auf denen man jedoch keine Spur von dem Verschwundenen entdeckte, und als es schließlich Abend wurde, herrschte im Hause ängstliche Spannung. Sybil hatte Pater Brown, der ihr sehr nahestand und ihr schon einmal aus einer Schwierigkeit geholfen hatte, um seinen Beistand gebeten, und da die Sache offenbar eine bedenkliche Wendung nahm, hatte er eingewilligt, bis zur Lösung des Rätsels bei ihr zu bleiben.

So kam es, dass Pater Brown, als der neue Tag ohne neue Nachrichten anbrach, schon am frühen Morgen draußen auf der Suche war. Seine schwarze, untersetzte Gestalt tauchte auf dem Gartenwege dicht am Flussufer auf. Mit seinen kurzsichtigen Augen suchte er die Landschaft ab. Er bemerkte, dass noch ein anderer, unruhiger noch als er selbst, am Ufer auf und ab ging, und rief Evan Smith, den Sekretär, laut an. Evan Smith war ein großer, blonder junger Mann, der ziemlich besorgt und betrübt aussah, wie es bei einer solchen beunruhigenden Ungewissheit vielleicht natürlich war. Aber etwas von dieser Besorgnis und Betrübtheit hatte er immer an sich. Vielleicht fiel das an ihm besonders auf, weil er die athletische Gestalt, das ruhige Wesen und das gelbblonde Löwenhaar hatte, die nun einmal (immer in Romanen und manchmal in Wirklichkeit) zu einem frisch-fröhlichen „englischen Jüngling" dazugehören. Bei ihm aber kontrastierten diese äußeren Merkmale eines frisch-fröhlichen Jünglings mit tief umränderten Augen und unruhig flatterndem Blick, und dieser Kontrast zu der konventionellen athletischen Gestalt und dem blonden Haar, die in Romanen eine so große Rolle spielen, hätte auf einen Fremden wohl unheimlich wirken können. Aber Pater Brown lächelte ihn freundlich an und sagte dann in ernsterem Ton:

„Dies ist eine sehr heikle Sache."

„Es ist eine sehr heikle Sache für Fräulein Rye", antwortete der junge Mann düster. „Ich sehe nicht ein, warum ich verbergen sollte, was mir an der ganzen Geschichte als das Schlimmste erscheint, selbst wenn Fräulein Rye mit Dalmon verlobt ist. Nun sind Sie wohl entsetzt, wie?"

Pater Brown sah nicht sehr entsetzt aus, aber sein Gesicht war oft ziemlich ausdruckslos. Er sagte bloß nachsichtig:

„Natürlich geht uns allen ihre Angst zu Herzen. Sie haben wohl auch keine Neuigkeiten, oder haben Sie sich bereits etwa eine eigene Ansicht über Sir Arthurs Verschwinden gebildet?"

„Nein, mit neuen Nachrichten kann ich nicht aufwarten", antwortete Smith, „wenigstens nicht mit solchen, die von außen kommen. Was meine Ansicht anbelangt …" Er verfiel in nachdenkliches Schweigen.

„Ich möchte gern Ihre Ansicht hören", sagte der kleine Priester freundlich. „Ich hoffe, Sie werden es mir nicht übel nehmen, wenn ich sage, dass Sie mir etwas auf dem Herzen zu haben scheinen."

Der junge Mann nahm einen Anlauf, blieb aber wieder stecken und sah den Priester mit zusammengezogenen Brauen, die über seine hohlen Augen einen tiefen Schatten warfen, fest an.

„Ja, Sie haben recht", sagte er schließlich. „Ich glaube, ich werde mich über kurz oder lang doch jemandem eröffnen müssen, und bei Ihnen scheint ein Geheimnis sicher aufgehoben zu sein."

„Wissen Sie, was Sir Arthur zugestoßen ist?", fragte Pater Brown ruhig, als wenn es sich um die gleichgültigste Sache von der Welt handelte.

„Ja", sagte der Sekretär heiser, „ich glaube, ich weiß, was Sir Arthur zugestoßen ist."

„Ein schöner Morgen", sagte eine weiche Stimme ganz in der Nähe. „Ein schöner Morgen, der gar nicht zu so einer melancholischen Zusammenkunft passt."

Der Sekretär sprang wie angeschossen beiseite, als der breite Schatten Doktor Abbotts in dem bereits starken Sonnenschein über den Weg fiel. Doktor Abbott steckte noch in seinem Schlafrock, einem prächtigen orientalischen Schlafrock, über und über bedeckt mit farbigen Blumen und Drachen, der eher aussah wie eines der in der glühenden Sonne glitzernden üppigen Blumenbeete. Er trug große Pantoffeln ohne Absätze, darum hatten offenbar die beiden anderen sein Kommen nicht bemerkt. Von ihm am wenigsten hätte man so eine leichte und luftige Annäherung erwarten sollen, denn er war ein sehr großer, breiter und schwerer Mann mit einem mächtigen, gütigen, sehr sonnenverbrannten, von altmodischem Kinn- und Backenbart umrahmten Gesicht, und ebenso üppig wie sein Barthaar ringelten sich die langen grauen Locken seines Ehrfurcht gebietenden Hauptes um sein Gesicht. Seine lang geschlitzten Augen blickten ziemlich schläfrig drein, was bei einem so alten Herrn, der sich zu so früher Stunde erhoben hatte, gar nicht verwunderlich war, aber dabei sah er sehr robust und wetterhart aus wie ein alter Bauer oder Seemann, der einst bei jedem Wetter draußen gewesen ist. Er war von allen, die im Hause weilten, der einzige alte Kamerad und Altersgenosse Sir Arthurs.

„Es erscheint einem wirklich ganz unfassbar", sagte er kopfschüttelnd. „Diese kleinen Häuser sind wie Puppenstuben, vorn und hinten jederzeit offen, es ist kaum Platz in ihnen, um jemanden zu verbergen, selbst wenn man ihn verbergen wollte. Und ich bin überzeugt, eine solche Absicht liegt allen Bewohnern ganz fern. Dalmon und ich haben sie gestern alle verhört, es sind meistens kleine alte Frauen, die keiner Fliege etwas zuleide tun könnten. Die Männer sind fast alle bei der

Ernte, außer dem Metzger, und Arthur wurde zum letzten Mal gesehen, als er aus dem Metzgerladen herauskam. Und auf dem Rückwege kann ihm nichts zugestoßen sein, denn ich habe den ganzen Morgen am Fluss gesessen und geangelt."

Dann sah er Smith an, und seine langen Augen blickten für den Augenblick nicht nur schläfrig, sondern etwas scheu.

„Ich denke, Sie und Dalmon können bezeugen", sagte er, „dass Sie mich, als Sie hingingen und zurückkamen, dort sitzen sahen."

„Ja", antwortete Evan Smith kurz und schien über die lange Unterbrechung ziemlich ungeduldig zu sein.

„Das Einzige, was ich mir denken kann", fuhr Doktor Abbott langsam fort – und dann wurde die Unterbrechung selbst unterbrochen. Mit zugleich leichtem und festem Schritt kam jemand schnell zwischen den leuchtenden Blumenbeeten her über den grünen Rasen, und John Dalmon erschien unter ihnen, ein Stück Papier in der Hand haltend. Er war elegant gekleidet, sein markantes napoleonisches Gesicht hatte eine tiefbraune Farbe, und seine Augen waren so traurig, dass sie einem fast tot vorkamen. Er schien noch sehr jung zu sein, aber sein schwarzes Haar war an den Schläfen vorzeitig ergraut.

„Ich habe soeben von der Polizei dieses Telegramm erhalten", sagte er. „Ich habe gestern Abend depeschiert, man teilt mir mit, dass man sofort jemanden hersenden wird. Herr Doktor Abbott, wissen Sie vielleicht, an wen wir sonst noch depeschieren müssten? Etwaige Verwandte und Bekannte und so weiter?"

„In erster Linie natürlich an seinen Neffen Vernon Vaudrey", sagte Doktor Abbott. „Wenn Sie mit mir kommen wollen, so kann ich Ihnen, glaube ich, seine Adresse geben – und Ihnen etwas ganz Besonderes von ihm erzählen."

Doktor Abbott und Dalmon schritten auf das Haus zu, und als sie außer Hörweite waren, sagte Pater Brown einfach, als hätte gar keine Unterbrechung stattgefunden:

„Ja?"

„Sie haben einen kühlen Kopf", sagte der Sekretär. „Das kommt wohl vom Beichtehören. Mir ist zumute, als stände ich im Begriff, eine Beichte abzulegen. Dieser alte Elefant, der wie eine Schlange herankroch, hätte einen wohl aus der Stimmung, in der man zu Geständnissen geneigt ist, aufschrecken können. Aber es ist doch vielleicht besser, wenn ich mich nicht abhalten lasse, obschon es in Wirklichkeit nicht meine Beichte, sondern die eines anderen ist." Er stockte einen Augenblick, zog die Brauen zusammen, zupfte an seinem Schnurrbart und stieß dann hervor:

„Ich glaube, Sir Arthur ist entflohen, und ich glaube, ich weiß auch, warum."

Pater Brown sagte kein Wort, und Evan Smith fuhr nach einer Pause hastig fort:

„Ich bin in einer scheußlichen Lage, und viele würden mein Handeln verurteilen. Ich werde in der Rolle eines hinterhältigen Angebers erscheinen, und doch glaube ich, meine Pflicht zu tun."

„Das müssen Sie selbst am besten wissen", sagte Pater Brown ernst. „Was hat es mit Ihrer Pflicht auf sich?"

„Ich bin in der ganz scheußlichen Lage, einen Nebenbuhler und dazu noch einen erfolgreichen Nebenbuhler anschwärzen zu müssen", sagte der junge Mann bitter, „aber ich weiß nicht, wie ich anders handeln könnte. Sie haben mich gefragt, ob ich mir Vaudreys Verschwinden erklären könne. Ich bin fest überzeugt, dass Dalmon die Erklärung ist."

„Sie meinen", sagte der Priester gefasst, „dass Dalmon Sir Arthur ermordet hat?"

„Nein!", wehrte Smith heftig und verwundert ab. „Nein, hundertmal nein! Was Dalmon auch sonst verbrochen haben mag, das hat er nicht getan. Was er sonst auch sein mag, ein Mörder ist er nicht. Er hat das beste aller Alibis, die günstige Aussage eines Mannes, der ihn hasst. Es ist nicht sehr wahrscheinlich, dass ich aus Liebe zu Dalmon einen Meineid leisten werde, und ich könnte vor jedem Gericht schwören, dass er gestern dem alten Mann nichts zuleide getan hat. Dalmon und ich waren den ganzen Tag zusammen oder wenigstens den Teil des Tages, auf den es ankommt, und er hat im Dorfe nichts getan als Zigaretten gekauft, die er dann hier in der Bibliothek geraucht hat. Nein. Für einen Verbrecher halte ich ihn zwar, aber ermordet hat er Vaudrey nicht. Ich möchte sogar sagen: Weil er ein Verbrecher ist, hat er Vaudrey nicht ermordet."

„Jawohl", sagte Pater Brown geduldig, „und was soll das heißen?"

„Das soll heißen", antwortete der Sekretär, „dass er ein anderes Verbrechen begeht, das nur verübt werden kann, wenn Vaudrey am Leben bleibt."

„Ja, ja, ich verstehe", sagte Pater Brown.

„Ich kenne Sybil Rye ziemlich gut, und ihr Charakter spielt bei dieser Geschichte eine große Rolle. Sie ist in der doppelten Bedeutung des Wortes ein sehr feiner Charakter, das heißt, von vornehmer und nur zu zarter Art. Sie gehört zu jenen Menschen, die schrecklich gewissenhaft sind, ohne doch den aus Gewohnheit und nüchternem Verstand geschmiedeten Panzer zu besitzen, den viele gewissenhafte Leute sich mit der Zeit zulegen. Sie ist fast krankhaft empfindlich und zugleich ganz selbstlos. Ihre Lebensgeschichte ist seltsam genug. Sie war eine Waise, die wie ein Findelkind buchstäblich keinen Pfennig besaß, und Sir Arthur nahm sie in sein Haus auf und behandelte sie mit Hochachtung, worüber sich viele wunderten, denn, ohne Sir Arthur etwas Böses nachzusagen, es lag nicht sehr in seiner Art. Aber als sie etwa siebzehn Jahre war, erhielt sie plötzlich für Sir Arthurs Verhalten eine überraschende Erklärung, denn ihr Vormund hielt um ihre Hand an. Nun kommt der sonderbare Teil ihrer Geschichte. Irgendwie hatte Sybil von jemandem gehört (ich nehme an, vom alten Abbott), dass Sir Arthur Vaudrey in seinen wilden Jugendjahren eine Untat begangen oder wenigstens jemanden schwer verletzt hatte, wodurch er mit dem Gesetz in ernstlichen Konflikt geraten war. Ich weiß nicht, was es war. Aber dem jungen gefühlvollen Mädchen erschien die Tat ganz schrecklich, Sir Arthur kam ihr wie ein Ungeheuer vor, und sie konnte sich nicht vorstellen, dass sie mit ihm eine Ehe eingehen sollte. Es war typisch für sie, wie sie sich aus dieser schwierigen Situation heraushalf. In hilflosem Schrecken und mit heroischem Mut sagte sie ihm mit zitternden Lippen die Wahrheit. Sie gab zu, dass ihre Abneigung vielleicht krankhaft sei, sie bekannte sie wie eine geheime Verrücktheit. Zu ihrem Trost und ihrer Überraschung nahm er ihr Geständnis ruhig und höflich entgegen und kam niemals wieder auf seinen Antrag zurück. Sie erhielt durch sein späteres Verhalten einen noch stärkeren Eindruck von seinem Edelmut. In ihrem einsamen Leben machte sich der Einfluss eines ebenso einsamen Mannes bemerkbar. Er wohnte wie ein Einsiedler draußen auf einer der Flussinseln, und ich glaube, sein geheimnisvolles Wesen zog sie an, obwohl ich zugebe, dass er schon an und für sich anziehend genug ist. Ein feiner und geistreicher Mann und dazu noch sehr melancholisch, was wohl den romantischen Eindruck noch verstärkte. Ich spreche natürlich von Dalmon. Bis heute bin ich nicht sicher, wie weit sie ihn eigentlich wirklich in ihr Herz aufgenommen hat, aber jedenfalls hat sie ihm die Erlaubnis gegeben, bei ihrem Vormund um ihre Hand anzuhalten. Ich kann mir vorstellen, dass sie das Ergebnis der Aussprache mit Zittern und Beben erwartete und sich fragte, wie der alte Geck wohl das Auftauchen eines Nebenbuhlers aufnehmen würde. Aber auch jetzt entdeckte sie, dass sie ihm offenbar unrecht getan hatte. Er nahm den jüngeren Mann mit der größten Herzlichkeit bei sich auf und schien sich über das zukünftige Glück des jungen Paares zu freuen. Er und Dalmon gingen zusammen auf die Jagd und zum Fischen und waren die besten Freunde. Da erlebte sie eines Tages eine neue Überraschung. Dalmon ließ in der Unterhaltung zufällig die Bemerkung fallen, der Alte habe sich in dreißig Jahren nicht sehr verändert, und plötzlich kam ihr die Ursache der sonderbaren Vertrautheit der beiden zum Bewusstsein. Das ganze Kennenlernen und die gastfreundliche Aufnahme waren eine Maskerade gewesen, die beiden kannten sich offenbar von früher her. Darum war der Jüngere so geheim in die Gegend gekommen. Darum hatte der Ältere sich schnell herbeigelassen, zu der Verbindung seine Zustimmung zu geben. Was denken Sie nun?"

„Was Sie denken, weiß ich", sagte Pater Brown lächelnd, „und Ihr Schluss scheint ganz logisch zu sein. Auf der einen Seite haben wir Vaudrey mit einem dunklen Punkt in seiner Vergangenheit, auf der anderen einen geheimnisvollen Fremden, der sich an ihn heranpirscht und von ihm bekommt, was er haben will. In klaren Worten, Sie halten Dalmon für einen Erpresser."

„Ja", sagte Smith, „und das ist ein scheußlicher Gedanke."

Pater Brown überlegte einen Augenblick und sagte dann: „Ich möchte jetzt hineingehen und ein Wörtchen mit Doktor Abbott reden."

Als er nach ein paar Stunden wieder aus dem Hause trat, konnte er zwar mit Doktor Abbott gesprochen haben, aber er kam nicht mit ihm, sondern mit Sybil Rye heraus, einer blassen Dame mit rötlichem Haar und zartem, vor Zartheit beinahe zitterndem Gesicht. Wenn man sie sah, konnte man sofort verstehen, was der Sekretär von ihrer mimosenhaften Feinfühligkeit erzählt hatte. Man musste an Godiva und an gewisse Legenden jungfräulicher Märtyrerinnen denken, nur die Schüchternen können aus Schamhaftigkeit so frech sein. Smith ging ihnen entgegen, und sie blieben eine Weile auf dem Rasen stehen. Die Sonne, die vom frühen Morgen an hell gestrahlt hatte, brannte jetzt glühend hernieder, aber Pater Brown trug sowohl sein schwarzes Bündel von einem Regenschirm wie auch seinen schwarzen Hut, den man ebenso gut für einen Regenschirm halten konnte. Er schien sich für ein Unwetter gerüstet zu haben und sah auch im Übrigen aus, als ginge er einem Sturm entgegen. Aber vielleicht war er sich dieses Eindrucks gar nicht bewusst, und vielleicht war der Sturm nicht materieller Art.

„Was ich am meisten hasse, ist das Gerede, das bereits beginnt", sagte Sybil mit leiser Stimme. „Jeder wird verdächtigt.

John und Evan können füreinander einstehen, aber Doktor Abbott hat eine scheußliche Szene mit dem Metzger gehabt. Der Metzger glaubt, er stehe im Verdacht, und streut nun seinerseits alle möglichen Verdächtigungen aus."

Evan Smith machte ein sehr unbehagliches Gesicht und platzte dann heraus:

„Ich kann nicht viel sagen, Sybil, aber wir halten das alles für unnötig. Die Sache ist schlimm genug, aber – aber an eine Gewalttat glauben wir nicht."

„Sie haben also schon eine Theorie aufgestellt?", fragte Sybil Rye, ihre Augen sofort zu dem Priester wendend.

„Ich habe eine Theorie gehört", sagte dieser, „die mir sehr überzeugend scheint."

Er sah in Gedanken verloren auf den Fluss hin, während Smith und Sybil fast flüsternd eine schnelle Zwiesprache miteinander führten. Der Priester ging langsam und sinnend das Flussufer entlang und tauchte dann auf einem fast überhängenden Teil des Ufers in ein Gebüsch. Die glühende Sonne prallte auf den dünnen Schleier kleiner tanzender Blätter, sodass sie aussahen wie grüne Flämmchen. Alle Vögel sangen, als wenn die Bäume hundert Zungen hätten. Ein paar Minuten später hörte Evan Smith vorsichtig und doch klar aus den grünen Tiefen des Dickichts seinen Namen rufen. Er schritt rasch in der Richtung, aus der der Ruf kam, auf das Gebüsch zu und sah Pater Brown herauskommen. Sehr leise und geheimnisvoll sagte der Priester zu ihm:

„Sorgen Sie dafür, dass Fräulein Rye nicht hierherkommt. Können Sie sich nicht frei von ihr machen? Bitten Sie sie, zu telefonieren oder dergleichen, und dann kommen Sie sofort hierher zurück ..."

Evan Smith ließ sich bei seiner Rückkehr zu Fräulein Rye nicht das Geringste anmerken, sondern versuchte sein Glück, und da sie nicht zu jenen Menschen gehörte, die man nur schwer mit kleinen Aufträgen auf die Beine bringen kann, war sie sehr bald im Haus verschwunden. Pater Brown war bereits wieder ins Gebüsch gegangen, als Smith zurückkehrte. Gerade hinter diesem Gebüsch war eine Art kleiner Bucht, wo sich das rasige Steilufer in einer flachen Spalte bis zum Flusssande gesenkt hatte. Oben an dieser Spalte stand Pater Brown und sah auf den Sand nieder, aber trotz der heißen Sonne, die ihm glühend auf den Kopf brannte, hielt er entweder zufällig oder absichtlich seinen Hut in der Hand.

„Es ist besser, wenn zwei Zeugen dies sehen", sagte er mit schwerer Stimme. „Aber machen Sie sich auf etwas Schreckliches gefasst."

„Auf etwas Schreckliches?", fragte der andere.

„Auf den schrecklichsten Anblick, den ich je in meinem Leben gehabt habe", sagte Pater Brown.

Evan Smith trat an den Rand des rasigen Ufers und unterdrückte mit Mühe einen Schrei des Entsetzens.

Sir Arthur Vaudrey glotzte und grinste zu ihm hinauf. Das Gesicht war dicht vor ihm, sodass er seinen Fuß hätte darauf setzen können, der Kopf war zurückgeworfen, der Schopf weißlich gelben Haares dem Beschauer zugekehrt, sodass man das Gesicht von oben nach unten sah. Das machte den ganzen Anblick noch viel grausiger, es war, als sähe man einen Mann mit verkehrt aufgesetztem Kopf umherwandeln. Was tat er nur da? War es möglich, dass Vaudrey wirklich so umherkroch, sich in den Rissen und Spalten des Ufers verbarg und in dieser unnatürlichen Stellung zu ihnen empor-

sah? Der übrige Teil des Körpers erschien wie zusammen-
gekrümmt, man hätte ihn für verkrüppelt oder verstümmelt
halten können, aber wenn man näher hinsah, schien dieser
Eindruck nur von der natürlichen Verkürzung eines plötzlich
zusammengesunkenen Körpers herzukommen. War er etwa
verrückt geworden? Je mehr ihn Smith ansah, desto steifer
und unnatürlicher kam ihm die ganze Stellung vor.

„Sie können es von hier aus nicht richtig sehen", sagte Pater
Brown, „aber man hat ihm die Kehle durchschnitten."

Smith schauderte plötzlich zusammen. „Ich kann wohl verstehen, dass es der schrecklichste Anblick ist, den Sie in Ihrem
Leben gehabt haben", sagte er. „Ich glaube, die schreckliche
Wirkung kommt davon her, dass man das Gesicht von oben
nach unten erblickt. Ich habe dieses Gesicht zehn Jahre lang
Tag für Tag bei den üblichen Mahlzeiten gesehen, und es sah
immer freundlich und liebenswürdig aus. Man braucht so ein
Gesicht nur in umgekehrter Richtung zu erblicken, und es erscheint böse wie das Gesicht eines bösen Menschen."

„Das Gesicht trägt ein Lächeln", sagte Pater Brown trocken,
„was vielleicht nicht der kleinste Teil des Rätsels ist. Es gibt
nicht viele Leute, die lächeln, wenn man ihnen die Kehle durchschneidet, selbst dann nicht, wenn sie es selbst tun.
Dieses Lächeln, zusammen mit den rund gewölbten, stachel-
beerartigen Augen, die ihm immer aus dem Kopf zu treten
schienen, genügt zweifellos, den Ausdruck zu erklären. Aber
es stimmt, umgekehrt sehen die Dinge manchmal anders aus.
Künstler stellen ihre Bilder oft auf den Kopf, um zu prüfen,
ob die Zeichnung richtig ist. Wenn es Schwierigkeiten macht,
den Gegenstand selbst auf den Kopf zu stellen (wie zum Beispiel beim Matterhorn), pflegen sie sich selbst auf den Kopf

zu stellen oder sie versuchen wenigstens, zwischen den Beinen durchzusehen."

Der Priester, der so leichthin sprach, um des anderen Nerven zu beruhigen, schloss in ernsterem Ton mit den Worten: „Ich verstehe recht gut, dass der Tatbestand Sie innerlich umgeworfen haben muss. Unglücklicherweise hat er auch noch etwas anderes umgeworfen."

„Etwas anderes? Wieso?"

„Unsere ganze schöne Theorie, die so überzeugend zu sein schien", antwortete Pater Brown und kletterte das Ufer hinab zu der kleinen Sandbank nieder.

„Vielleicht hat er selbst Hand an sich gelegt", sagte Smith. „Ein solcher Ausweg liegt schließlich gar nicht so fern und passt sehr gut zu unserer Theorie. Er suchte einen ruhigen Platz, kam hierher und schnitt sich die Kehle durch."

„Er kam nicht hierher", sagte Pater Brown, „wenigstens nicht lebend und nicht vom Lande her. Hier wurde er nicht getötet, dafür sind die Blutspuren nicht groß genug. Die heiße Sonne hat bereits sein Haar und seine Kleidung getrocknet, aber hier an dem Sand sieht man noch, wie hoch das Wasser gestanden hat. Bis hierher etwa kommt die Flut vom Meere herauf und erzeugt einen Strudel, der den Leichnam in diese kleine Bucht hineintrieb, wo er dann liegen blieb, als sich der Wasserspiegel bei eintretender Ebbe senkte. Aber der Körper muss zuerst den Fluss hinuntergespült worden sein, wahrscheinlich vom Dorfe her, denn die Häuschen stehen unmittelbar am Fluss. Dort muss der arme Vaudrey zu Tode gekommen sein. Dass er Selbstmord begangen hat, glaube ich nicht, aber das Rätsel ist: Wer könnte ihn in jenem winzigen Weiler ermordet haben?"

Er begann mit der Spitze seines kurzen Regenschirmes allerlei Striche und Linien in den Sand zu zeichnen.

„Wir wollen mal sehen. Wie folgen die Läden aufeinander? Zuerst kommt der Metzgerladen. Ein Metzger mit einem langen Schlachtmesser würde natürlich ein geradezu idealer Halsabschneider sein. Aber Sie sahen Vaudrey aus dem Laden kommen, und es ist nicht sehr wahrscheinlich, dass er ruhig stehen blieb, während der Metzger sagte: ‚Guten Morgen. Gestatten Sie bitte, dass ich Ihnen die Kehle durchschneide. So, danke sehr. Der Nächste bitte.‘ Sir Arthur scheint mir nicht der Mann zu sein, der so etwas mit freundlichem Lächeln hätte geschehen lassen. Er war ein starker und kräftiger Mann mit ziemlich heftigem Temperament. Wer hätte es außer dem Metzger mit ihm aufnehmen sollen? Die Bedienung im nächsten Laden besorgt eine alte Frau. Dann kommt der Tabakladen. Der Inhaber ist zwar ein Mann, aber wie ich höre, ein kleines und ängstliches Kerlchen. Dann kommt das Konfektionsgeschäft, das durch die beiden unverheirateten Damen geführt wird, und dann ein Laden mit Erfrischungen, den die Frau des Inhabers besorgt, da der Mann im Krankenhaus liegt. Die zwei oder drei Burschen, die als Gehilfen und Laufjungen beschäftigt werden, machten zufällig alle auswärts Besorgungen. Der Erfrischungsladen schließt die Straße ab. Darüber hinaus liegt nur noch das Wirtshaus, und in der Mitte zwischen beiden steht ein Polizist."

Er drückte mit der eisernen Spitze seines Regenschirms ein Loch in den Sand, das den Polizisten darstellen sollte, und blickte nachsinnend den Fluss hinauf. Dann machte er eine leichte Bewegung mit der Hand, trat schnell zu dem Leichnam und beugte sich über ihn.

„Ah!", sagte er sich aufrichtend und tief Atem holend. „Der Tabakladen! Wie konnte mir das nur nicht einfallen?"

„Was ist damit?", fragte Smith ungeduldig, denn Pater Brown rollte seine Augen und murmelte unverständliche Worte vor sich hin, aber das Wort „Tabakladen" hatte einen unheimlichen Klang gehabt, als enthielte es einen vernichtenden Urteilsspruch.

„Ist Ihnen an seinem Gesicht nicht etwas Sonderbares aufgefallen?", fragte der Priester nach einer Pause.

„Etwas Sonderbares? Allerdings!", sagte Evan Smith schaudernd. „Wenn einem die Kehle durchschnitten ist …"

„Ich sagte, an seinem Gesicht", bemerkte Pater Brown ruhig. „Bemerken Sie übrigens nicht, dass er sich die Hand verletzt hat und einen kleinen Verband trägt?"

„Oh, das hat nichts mit der Sache zu tun", sagte Evan Smith schnell. „Die kleine Wunde hat er ganz zufällig vor seiner Ermordung empfangen. Er verletzte sich die Hand an einem zerbrochenen Tintenfass, während wir zusammen arbeiteten."

„Und doch hat das etwas mit seinem Tode zu tun", erwiderte Pater Brown.

Es trat ein langes Schweigen ein. Der Priester ging sinnend, seinen Regenschirm hinter sich herziehend auf der Sandbank auf und ab, wobei er manchmal das Wort Tabakladen herausstieß, bis Smith kalte Furcht überrieselte, so unheimlich wirkte das Wort auf ihn. Dann hob er plötzlich den Regenschirm und zeigte auf ein zwischen den Binsen stehendes Bootshaus: „Es wäre mir lieb, wenn Sie mich den Fluss hinaufrudern würden. Ich möchte mir die Häuser von hinten ansehen. Es ist keine Zeit zu verlieren. Man wird vielleicht die Leiche finden, aber darauf müssen wir es ankommen lassen."

Smith ruderte bereits das kleine Boot den Fluss hinauf, ehe Pater Brown wieder den Mund auftat.

„Ich habe übrigens vom alten Abbott erfahren", sagte er, „was der arme Vaudrey sich früher hat zuschulden kommen lassen. Eine höchst seltsame Geschichte. Ein ägyptischer Beamter hatte ihm gegenüber die beleidigende Äußerung getan, ein guter Moslem würde Schweinefleisch und Engländer meiden, wenn er aber zwischen beiden wählen müsste, so würde er den Schweinen den Vorzug geben, oder irgendeine ähnliche taktvolle Bemerkung. Dieser Streit lebte anscheinend einige Jahre später, als der Ägypter nach England kam, wieder auf, und Vaudrey schleppte den Mann in seiner leidenschaftlichen Rachsucht zu einem Schweinestall und warf ihn mit solcher Gewalt hinein, dass er sich einen Arm und ein Bein brach. In diesem Zustande ließ er ihn bis zum nächsten Morgen liegen. Die Geschichte erregte natürlich großes Aufsehen, aber viele waren der Meinung, Vaudrey habe in einer verzeihlichen patriotischen Aufwallung gehandelt. Jedenfalls ist die Tat nicht derart, dass ein Mann ihretwegen stillschweigend jahrzehntelang Erpressungen hinnähme."

„Sie glauben also nicht, dass sie für unsere Theorie in Betracht käme?"

„Ich glaube, für die Theorie, die ich jetzt habe, kommt sie sehr in Betracht", sagte Pater Brown.

Sie zogen an der niedrigen Mauer vorüber, die den von der Hinterfront der Häuser steil abfallenden Streifen Gartenland zum Ufer hin abschloss. Pater Brown zählte die einzelnen Gartenstücke mit erhobenem Regenschirm, und als er zum dritten kam, sagte er:

„In dem Hause ist der Tabakladen. Ich möchte zu gern wis-

sen, ob der Inhaber ... Aber das werde ich ja wohl leicht erfahren können. Ich will Ihnen nur sagen, was mir an Sir Arthurs Gesicht auffiel."

„Und was war das?" fragte sein Begleiter und ließ die Ruder
einen Augenblick ruhen.

„Er war ein großer Dandy", sagte Pater Brown, „und das Gesicht war nur halb rasiert .... Könnten Sie hier einen Augenblick halten? Wir könnten das Boot an den Pfosten da bin-
den."

Ein paar Minuten später waren sie schon über die kleine
Mauer gestiegen und kletterten die steilen, mit Kieselsteinen
gepflasterten Pfade des kleinen Gartens hinauf, an denen sich
rechteckige Blumen- und Gemüsebeete hinzogen.

„Dachte ich es mir doch", sagte Pater Brown, „der Tabak-
händler zieht wirklich Kartoffeln. Da gibt's eine Menge Kartoffeln und sicher auch eine Menge Kartoffelsäcke. Diese
kleinen ländlichen Geschäftsleute haben noch nicht alle Ge-
wohnheiten der Bauern aufgegeben, sie üben gleichzeitig
zwei oder drei Berufe aus. Aber in ländlichen Tabakläden
wird meistens noch ein ganz besonderer Beruf ausgeübt, an
den ich erst dachte, als ich Vaudreys Kinn sah. Man kann in
ihnen nicht nur Tabak kaufen, sondern sich auch rasieren lassen. Sir Arthur hatte sich in die Hand geschnitten und konnte
sich nicht selbst rasieren. Darum ging er hierher. Fällt Ihnen
hierbei nicht etwas anderes ein?"

„Man kann auf alle möglichen Gedanken kommen", erwiderte Smith, „aber ich glaube, Sie werden einem dabei weit
voraus sein."

„Fällt einem dabei zum Beispiel nicht ein, dass es nur eine
Gelegenheit gibt, bei der ein kräftiger und ziemlich tempera-

mentvoller Mann ein freundliches Lächeln zur Schau tragen könnte, wenn man ihm die Kehle durchschnitte?"

Im nächsten Augenblick hatten sie schon den dunklen Flur des Hinterhauses durchschritten und gelangten in den hinteren Raum des Ladens, der nur spärlich durch matt von draußen hereinsickerndes Licht und einen trüben und zerbrochenen Spiegel erhellt wurde. Das Licht erinnerte an das grüne Zwielicht eines Brunnenschachtes, aber es war doch hell genug, um in Umrissen die Einrichtung einer Barbierstube und das bleiche, sogar von Schrecken verzerrte Gesicht eines Barbiers unterscheiden zu lassen.

Pater Browns Auge schweifte im Zimmer umher, das anscheinend erst vor Kurzem gereinigt und aufgeräumt worden war, bis sein Blick in einer staubigen Ecke gerade hinter der Tür etwas entdeckte. An einem Pflock hing dort ein Hut. Es war ein weißer Hut, ein Hut, der dem ganzen Dorfe wohlbekannt war. Aber wenn man ihn auch draußen auf der Straße immer schon von Weitem hatte sehen können, so erschien er hier nur als ein Beispiel für jene unbedeutenden kleinen Dinge, die gewisse Leute manchmal ganz vergessen, wenn sie aufs sorgfältigste den Boden geschrubbt oder Blutspuren in Kleidern und Tüchern beseitigt haben.

„Sir Arthur Vaudrey ist hier gestern Morgen rasiert worden", sagte Pater Brown, ohne die Stimme zu erheben.

Dem Barbier, einem kleinen, kahlköpfigen, bebrillten Mann namens Wicks kam das plötzliche Auftauchen dieser beiden Gestalten wie das Erscheinen zweier Geister vor, die sich vor seinen Augen aus einem Grabe erhoben hatten. Aber es war sofort offenbar, dass eine abergläubische Einbildung ihn nicht so hätte erschrecken können, wenn er ein gutes Gewissen gehabt hätte. Er schwand, man könnte fast sagen, schrumpfte in eine Ecke des dunklen Zimmers zusammen, bis von dem ganzen Männlein nur noch die großen Brillengläser übrig zu sein schienen.

„Sagen Sie mir eins", fuhr der Priester ruhig fort, „hatten Sie Grund, Sir Arthur Vaudrey zu hassen?"

Das Männlein in der Ecke stammelte etwas, das Smith nicht verstehen konnte, aber der Priester nickte.

„Ich wusste es", sagte er. „Sie hassten ihn, und darum weiß ich auch, dass Sie ihn nicht ermordet haben. Wollen Sie uns erzählen, was sich zugetragen hat, oder soll ich es tun?"

Der Barbier schwieg, man vernahm nur das schwache Ticken einer Uhr aus der Küche, dann fuhr Pater Brown fort:

„Der Hergang war so: Als Sie vorn in den Tabakladen gingen, verlangte Herr Dalmon Zigaretten, die im Schaufenster lagen. Sie traten einen Augenblick auf die Straße, wie Geschäftsleute es oft tun, um sich zu vergewissern, welche Zigaretten Herr Dalmon meinte, und in diesem Augenblick sah er hier im Hinterzimmer das Rasiermesser, das Sie gerade niedergelegt hatten, und den über die Lehne des Sessels zurückgebogenen gelbweißen Kopf Sir Arthurs. Beide glitzerten wahrscheinlich im Lichte des kleinen Fensters da drüben. Er brauchte nur einen Augenblick, um das Rasiermesser zu ergreifen, die Kehle zu durchschneiden und in den Laden zurückzutreten. Weder das Messer noch die Hand, die es führte, schreckten Sir Arthur aus seiner Träumerei auf. Er starb, während er über seine Gedanken schmunzelte, und über was für Gedanken! Auch Dalmon, glaube ich, war völlig ruhig. Er hatte die Tat so schnell und geräuschlos vollbracht, dass Herr Smith hier hätte vor Gericht beschwören können, die ganze Zeit mit ihm zusammen gewesen zu sein. Aber einer war mit Recht erschreckt und aufgeregt, und das waren Sie. Sie hatten mit Sir Arthur wegen rückständiger Pacht einen Streit gehabt, Sie kamen in die Rasierstube zurück und entdeckten, dass Ihr Feind in Ihrem Sessel mit Ihrem Messer ermordet worden war. Es war durchaus nicht unnatürlich, dass Sie daran verzweifelten, sich von dem Verdacht reinigen zu können, und dass Sie es vorzogen, die Spuren der Tat zu beseitigen, den Boden zu schrubben und den Leichnam, in einen Kartoffelsack eingebunden, in die Themse zu werfen. Es traf sich glücklich, dass Ihre Barbierstube nur zu bestimmten Stunden geöffnet ist. Sie hatten also genug Zeit. Sie scheinen an alles gedacht zu haben, nur nicht an den Hut ... Oh, haben Sie keine Angst, ich werde alles vergessen, auch den Hut."

Und damit schritt er ruhig durch den Tabakladen auf die Straße, gefolgt von dem erstaunten Smith, während der Barbier ihm fassungslos nachstarrte.

„Sehen Sie", sagte Pater Brown zu seinem Begleiter, „dies ist einer jener Fälle, wo ein Motiv zu schwach ist, einen Menschen zu überführen, und doch stark genug, ihn aller Schuld ledig zu sprechen. Ein kleiner nervöser Mann wie dieser würde der letzte sein, der einen großen starken Mann wegen einer Streitigkeit um Geldsachen wirklich töten würde. Aber er würde als erster Angst haben, er könnte beschuldigt werden, die Tat begangen zu haben ... Ah, der wirkliche Täter hatte ein ganz anderes Motiv." Und er fiel wieder in tiefes Nachdenken und blickte oder glotzte fast ins Leere.

„Es ist einfach entsetzlich", stöhnte Evan Smith. „Ich habe Dalmon vor einigen Stunden als Erpresser und Schurken bezeichnet, und doch kann ich den Gedanken kaum ertragen, dass er dies wirklich getan hat."

Der Priester schien noch in einer Art Trancezustand zu sein, wie ein Mensch, der in einen Abgrund starrt. Schließlich bewegten sich seine Lippen, und er murmelte, als wenn er ein Gebet zum Himmel sandte: „Barmherziger Gott, was für eine schreckliche Rache!"

Evan Smith konnte sich bei diesen Worten nichts denken und ersuchte seinen Begleiter um eine Erklärung, aber dieser schien ihn gar nicht zu hören und fuhr wie in einem Selbstgespräch fort. „Was für ein entsetzlicher Hass! Wie kann nur ein sterblicher Wurm an einem anderen eine solche Rache nehmen! Werden wir jemals auf den Grund dieses grundlosen Menschenherzens kommen, wo solch schreckliche Gedanken reifen können! Gott bewahre uns alle vor Hochmut, aber ich kann mir in meinem Kopfe noch kein rechtes Bild von solchem Hass und solcher Rache ausmalen."

„Und ich kann mir nicht ausmalen", sagte Smith, „warum Dalmon überhaupt Vaudrey getötet hat. Wenn er ein Erpresser war, so würde es natürlicher erscheinen, dass Vaudrey ihn beseitigt hätte. Wie Sie sagen, die Halsabschneiderei war entsetzlich, aber …"

Pater Brown fuhr auf und blinzelte wie jemand, der aus tiefem Schlaf erwacht.

„Oh, daran dachte ich nicht", sagte er schnell. „Ich hatte nicht den Mord in der Barbierstube im Sinne. Ich dachte an etwas noch Entsetzlicheres, obschon dieser Mord ja an und für sich schon entsetzlich genug ist. Aber er ist viel begreiflicher, ihn hätte fast jeder begehen können. Tatsächlich war er beinahe ein Akt der Notwehr."

„Wie?", rief der Sekretär ungläubig aus. „Ein Mensch schleicht sich von hinten an einen anderen heran, während dieser andere in einem Barbierstuhl still zur Decke emporschmunzelt, und schneidet ihm die Kehle durch, und Sie nennen das Notwehr!"

„Ich sage nicht, dass es gerechte Notwehr war", erwiderte Pater Brown. „Ich sage nur, dass viele zu dieser Tat hätten getrieben werden können, um sich vor einem furchtbaren Unglück zu bewahren – das dazu ein furchtbares Verbrechen war. An dieses andere Verbrechen dachte ich. Um mit der Frage zu beginnen, die Sie eben stellten: Warum sollte der Erpresser der Mörder sein? Nun, über einen Punkt wie diesen herrschen viele falsche Vorstellungen." Er hielt ein, als wenn er nach dem schrecklichen Blick, den er soeben in den Abgrund des menschlichen Herzens getan hatte, seine Gedanken sammelte, und fuhr dann in seinem gewöhnlichen Ton fort:

„Sie beobachten, dass zwei Männer, ein älterer und ein jüngerer, viel beisammen sind und sich über ein Heiratsprojekt einig werden, aber der Ursprung ihrer Vertrautheit liegt lange zurück und wird geheim gehalten. Der eine ist reich, der andere arm, und Sie schließen auf Erpressung. Sie haben ganz recht, wenigstens bis hierher. Nur suchen Sie den Erpresser in der falschen Person. Sie nehmen an, dass der Arme Erpressung an dem Reichen verübte. In Wirklichkeit war es umgekehrt."

„Aber das scheint doch unsinnig zu sein", warf der Sekretär ein.

„Es ist viel schlimmer als Unsinn, aber es ist nicht ganz ungewöhnlich", erwiderte Pater Brown. „Die moderne Politik besteht zur Hälfte aus Erpressungen, die reiche Leute am Volke verüben. Ihre Meinung, dass das unsinnig ist, beruht auf zwei Illusionen, die beide unsinnig sind. Die eine ist, dass reiche Leute niemals reicher zu sein wünschen, die andere, dass man von jemandem nur Geld erpressen kann. Aber Geld kommt hier erst in letzter Linie infrage. Sir Arthur Vaudrey handelte nicht aus Habsucht, sondern aus Rachsucht. Und er plante die hässlichste Rache, von der ich jemals gehört habe."

„Aber warum hätte er sich an John Dalmon rächen sollen?", fragte Smith.

„Nicht an John Dalmon wollte er sich rächen", antwortete der Priester ernst.

Es trat Schweigen ein, und als Pater Brown fortfuhr, schien er das Thema ändern zu wollen. „Als wir den Leichnam fanden, sahen wir das Gesicht so, wie man es sonst niemals sieht, und Sie sagten, es sähe aus wie das Gesicht eines bösen Menschen. Haben Sie daran gedacht, dass der Mörder, als er hinter den Barbierstuhl trat, das Gesicht ebenso sah?"

„Aber das ist eine krankhafte Übertreibung, die durch den ersten Eindruck verursacht wurde", erwiderte sein Begleiter. „Das Gesicht hatte gar nichts Ungewöhnliches für mich, wenn ich es im täglichen Verkehr sah."

„Vielleicht haben Sie es niemals richtig gesehen", sagte Pater Brown. „Ich sagte Ihnen, dass Künstler ein Bild auf den Kopf stellen, wenn sie es richtig sehen wollen. Vielleicht hatten Sie sich in all diesen Jahren an das Gesicht eines bösen Menschen gewöhnt."

„Worauf wollen Sie nur hinaus?", fragte Smith ungeduldig.

„Ich spreche in Gleichnissen", sagte Pater Brown in ziemlich düsterem Ton.

„Natürlich war Sir Arthur kein gewöhnlicher Hasser, sein

Charakter wurde durch eine Anlage bestimmt, die ihn auch zum Guten hätte führen können. Aber diese hervorstehenden, argwöhnischen Augen, dieser zusammengepresste, nervös zitternde Mund hätten Ihnen etwas erzählen können, wenn Sie an diese verräterischen Anzeichen nicht so gewöhnt gewesen wären. Es gibt Körper, an denen Wunden nicht heilen. Sir Arthur hatte einen solchen Geist. Sein Geist war gleichsam ohne Haut. Seine Eitelkeit lag unaufhörlich auf der Wacht. Aus diesen gewölbten Augen spähte unablässig der Egoismus und erlaubte ihnen nicht, sich friedlich und ruhig zu schließen. Empfindlichkeit braucht keine Selbstsucht zu sein. Sybil Rye zum Beispiel hat dieselbe dünne Haut und ist dabei eine Art Heilige. Aber bei Vaudrey wurde alles zu giftigem Hochmut, einem Hochmut, der nicht einmal von sich selbst überzeugt und befriedigt war. Jeder Riss an der Oberfläche seiner Seele wurde zum eiternden Geschwür. Und das rückt erst diese alte Geschichte von dem Ägypter und dem Schweinestall ins rechte Licht. Wenn er den Ägypter nach dessen Äußerung sofort hineingeworfen hätte, so hätte man das als eine verzeihliche leidenschaftliche Aufwallung bezeichnen können. Aber es war gerade kein Schweinestall da, und so fehlte die rechte Pointe. Vaudrey vergaß die Beleidigung viele Jahre hindurch nicht und wartete auf den unwahrscheinlichen Augenblick, wo der Orientale auf einem englischen Gutshof in der Nähe eines Schweinestalles war, und dann erst nahm er die Rache, die er als die einzig angemessene und sinnreiche betrachtete … O Gott, so wollte er seine Rache immer haben."

Smith sah ihn gespannt an. „Sie denken jetzt nicht an die Geschichte mit dem Schweinestall", sagte er.

„Nein, an die andere", antwortete Pater Brown.

Pater Brown kämpfte das Zittern in seiner Stimme nieder und fuhr fort:

„In diesem einen Falle richtete Vaudrey jahrelang sein Sinnen und Trachten darauf, die Rache der Beleidigung anzupassen. Hat ihm Ihres Wissens vielleicht noch jemand etwas zugefügt, das in seinen Augen eine tödliche Beleidigung war? Ja. Ein weibliches Wesen hat ihn beleidigt."

In Evan Smiths Augen begann ein noch unbestimmtes Entsetzen aufzudämmern. Er lauschte gespannt.

„Ein Mädchen, wenig mehr als ein Kind, weigerte sich, ihn zu heiraten, weil er einmal wegen der dem Ägypter zugefügten Körperverletzung kurze Zeit im Gefängnis gesessen hatte. Und dieser Wahnsinnige beschloss in seiner Wut bei sich: ‚Sie soll einen Mörder heiraten.'"

Sie gingen eine Zeit lang schweigend am Fluss entlang auf das große Haus zu, bis Pater Brown seine Erklärung fortsetzte.

„Vaudrey war der Erpresser, denn er wusste, dass Dalmon, der eine Zeit lang mit wilden Kameraden zusammengelebt hatte, einen Mord auf dem Gewissen hatte. Wahrscheinlich war dieser Mord in wilder Leidenschaftlichkeit begangen, aber diese Morde sind nicht immer die schlimmsten. Und Dalmon sieht mir aus wie ein Mensch, der Reue kennt und der sogar bereuen wird, Vaudrey getötet zu haben. Er war in Vaudreys Gewalt, und beide lockten das Mädchen sehr geschickt in eine Verlobung hinein, Dalmon ohne böse Absicht, denn er liebte Sybil, aber der andere tat so, als ob er großmütig ihr Glück beförderte. Dalmon wusste nicht, niemand außer dem Teufel selbst wusste, was der alte Mann wirklich vorhatte.

Vor einigen Tagen machte Dalmon dann eine schreckliche Entdeckung. Er hatte Vaudrey nicht ganz wider Willen gehorcht, er war ein Werkzeug gewesen und entdeckte plötzlich, dass das Werkzeug zerbrochen und weggeworfen werden sollte. Er fand in der Bibliothek gewisse Aufzeichnungen Vaudreys, die ihm, obwohl sie sehr vorsichtig abgefasst waren, doch verrieten, dass Vaudrey die Polizei auf ihn aufmerksam machen wollte. Er begriff plötzlich Vaudreys Absicht und war ebenso vor den Kopf geschlagen wie ich, als sie mir zuerst klar wurde. Sobald das Paar verheiratet war, sollte der Mann verhaftet und gehängt werden. Die anspruchsvolle Dame, die einen Mann nicht zum Gatten nehmen wollte, weil er im Gefängnis gesessen hatte, sollte nur einen Mann haben, der am Galgen baumelte. Das hielt Sir Arthur Vaudrey für eine sinnreiche künstlerische Abrundung der Geschichte."

Evan Smith war totenbleich und sagte kein Wort. In der Ferne, auf der leeren Straße, sahen sie die breite Gestalt und den großen Hut Doktor Abbotts auf sich zukommen. Trotz der Entfernung konnten sie erkennen, dass er sich in einiger Aufregung befand. Aber sie waren noch zu stark erschüttert, um sehr darauf zu achten.

„Sie haben recht, Hass ist etwas Fürchterliches", sagte Evan Smith schließlich, „und ich atme auf, weil ich fühle, dass mein ganzer Hass gegen den armen Dalmon von mir gewichen ist – jetzt da ich weiß, dass er zweifacher Mörder ist."

Den Rest des Weges legten sie schweigend zurück. Doktor Abbott, dessen grauer Bart im Winde wehte, streckte seine großen behandschuhten Hände in einer Gebärde der Verzweiflung in die Luft.

„Ich muss Ihnen eine schreckliche Nachricht mitteilen", sagte er. „Man hat Arthurs Leiche gefunden. Er scheint im Garten Selbstmord verübt zu haben."

„Was Sie sagen!", entgegnete Pater Brown ziemlich mecha-
nisch. „Wie schrecklich!"

„Und noch mehr", rief Doktor Abbott atemlos. „John Dalmon ist abgereist, um Vernon Vaudrey, Arthurs Neffen, auf-
zusuchen, aber Vernon Vaudrey hat nichts von ihm gehört,
und Dalmon scheint völlig verschwunden zu sein."

„Ist es möglich?", sagte Pater Brown. „Wie seltsam!"

Das schlimmste
aller Verbrechen

Pater Brown wanderte durch eine Gemälde-
galerie, aber sein Gesichtsausdruck ließ darauf schließen, dass
er nicht hergekommen war, um sich die Bilder anzusehen. Er
trug in der Tat gar kein Verlangen darnach, die Bilder zu betrachten, obschon er im Allgemeinen ein großer Kunstlieb-
haber war. Nicht dass an diesen hochmodernen Malstudien
etwas Unmoralisches oder Unziemliches war. Wer durch die
Darstellung unterbrochener Spiralen, umgestülpter Kegel
und gebrochener Zylinder, mit denen die Kunst der Zukunft
die Menschheit beglückte oder bedrohte, etwa zu einer heid-
nischen Leidenschaft angeregt wurde, musste in der Tat ein
leicht entzündliches Temperament haben. Pater Brown suchte nach einer jungen Freundin, die ihm diesen etwas eigenartigen Treffpunkt angegeben hatte, da sie selbst etwas futuristisch
veranlagt war. Diese junge Freundin war zugleich eine junge
Verwandte, eine der wenigen Verwandten, die er besaß. Ihr
Name war Elisabeth Fane, vereinfacht Betty. Sie war das Kind
einer Schwester, die in eine vornehme, aber verarmte Land-
adelsfamilie eingeheiratet hatte. Da der Landjunker nunmehr
außer der Verarmung auch den Tod kennengelernt hatte, erhielt Pater Browns verwandtschaftliches Verhältnis zu seiner
Nichte noch eine außerverwandtschaftliche Festigung, er war
nicht nur ihr Onkel, sondern auch ihr Seelsorger, Beschützer

und Vormund. In diesem Augenblick jedoch betätigte er sich in keiner dieser vier Rollen, sondern richtete seine kurzsichtigen Augen auf die einzelnen in der Galerie umherstehenden oder umherspazierenden Gruppen, ohne das vertraute braune Haar und das freundliche Gesicht seiner Nichte zu erblicken. Trotzdem sah er einige Leute, die er kannte, und viele, die er nicht kannte, und unter diesen wieder einige, gegen die er, ohne sie zu kennen, eine instinktive Abneigung empfand und die er daher gar nicht kennenzulernen wünschte.

Unter den Leuten, die er nicht kannte und die doch sein Interesse erweckten, war ein schlanker und behänder junger Mann. Er war sehr elegant gekleidet und sah wie ein Ausländer aus. Während sein Bart spatenförmig zugestutzt war wie bei einem alten Spanier, war sein schwarzes Haar so kurz geschnitten, dass man es für eine eng anliegende schwarze Tuchmütze hätte halten können. Unter den Leuten, deren Bekanntschaft der Priester nicht besonders gern gemacht hätte, befand sich eine sehr imponierend aussehende, auffallend in Rot gekleidete Dame mit einer Mähne gelben Haares, das zu lang war, um kurz geschnitten genannt zu werden, aber zu wirr und lose, um ihm irgendeine andere Bezeichnung zu geben. Sie hatte ein mächtiges, ziemlich dickes Gesicht von bleicher, ungesunder Farbe, und wenn sie jemanden betrachtete, so bemühte sie sich, den Zauber eines Basiliskenblickes zu erzeugen. Als gehorsamen Diener zog sie einen kleinen dicken Mann mit mächtigem Bart, sehr breitem Gesicht und lang geschlitzten, schläfrigen Augen hinter sich her. Der Ausdruck seines Gesichtes war heiter und wohlwollend, wenn man auch das Gefühl hatte, der Mann sei noch nicht richtig wach, aber von hinten sah sein Stiernacken etwas brutal aus.

Pater Brown betrachtete die Dame, bis er das Gefühl hatte, dass das Erscheinen seiner Nichte ein angenehmer Kontrast sein würde. Aber trotzdem betrachtete er sie aus einem gewissen Grunde weiter, bis er das Gefühl hatte, das Erscheinen eines jeden beliebigen Menschen würde ein angenehmer Kontrast sein. Er drehte sich daher, als er seinen Namen nennen hörte, mit einer gewissen Erleichterung, wenn auch mit dem plötzlichen Auffahren eines aufgeschreckten Träumers um und sah ein anderes bekanntes Gesicht vor sich.

Es war das scharf geschnittene, aber nicht unfreundliche Gesicht eines Rechtsanwalts namens Granby, dessen grau gestreiftes Haar man beinahe für eine gepuderte Perücke hätte halten können, so wenig passte es zu der jugendlichen Energie seiner Bewegungen. Er war einer jener Citymänner, die in ihren Büros und auf der Straße wie Schuljungen einherstürzen. Ganz in dieser Art konnte er sich in der hochmodernen Gemäldegalerie nicht umhertummeln, aber er sah so aus, als ob er große Lust dazu hätte, und blickte ärgerlich nach rechts und links, offenbar nach einem bekannten Gesicht suchend.

„Ich wusste nicht", sagte Pater Brown lächelnd, „dass Sie ein Anhänger der neuen Kunst sind."

„Ebenso wenig wusste ich das von Ihnen", entgegnete der andere. „Ich bin hierhergekommen, um jemanden zu treffen."

„Hoffentlich haben Sie Glück", antwortete der Priester. „Ich habe dieselbe Absicht."

„Sagte mir, er sei auf der Durchreise nach dem Kontinent", brummte der Anwalt, „ich möchte ihn in dieser verrückten Bude hier treffen." Er überlegte einen Augenblick und sagte dann plötzlich: „Ich weiß, dass Sie ein Geheimnis bewahren können. Kennen Sie Sir John Musgrave?"

„Nein", antwortete der Priester. „Aber ich hätte kaum geglaubt, dass er ein Geheimnis ist, obgleich man sagt, er vergrabe sich in seinem Schloss. Ist er nicht der sagenhafte Alte, von dem man all diese Geschichten erzählt – er soll in einem Turm hinter einem wirklichen Fallgitter und einer Zugbrücke leben und sich beharrlich weigern, aus dem dunklen Mittelalter ans helle Licht der Neuzeit zu tauchen. Gehört er zu Ihren Klienten?"

„Nein", erwiderte Granby kurz, „aber sein Sohn, Hauptmann Musgrave. Der Alte spielt jedoch in dieser Sache eine wichtige Rolle, und ich kenne ihn nicht. Das ist der springende Punkt. Die Sache ist vertraulicher Natur, wie ich Ihnen schon sagte, aber ich kann mich auf Sie verlassen." Er dämpfte seine Stimme und zog den Priester in eine verhältnismäßig leere Seitengalerie, in der Darstellungen verschiedener wirklicher Gegenstände hingen.

„Der junge Musgrave", sagte er, „will von uns eine große Summe entleihen, die er nach dem Tode seines alten, in Northumberland lebenden Vaters zurückzahlen will. Der alte Musgrave hat die siebzig schon weit überschritten und wird voraussichtlich eines Tages das Zeitliche segnen. Die Frage ist nur, ob er seinen Sohn segnet. Was wird nach seinem Tode mit seinem Barvermögen, seinen Schlössern, Fallgittern und dem übrigen Zeug geschehen? Es ist ein sehr schönes altes Besitztum, das noch eine Menge wert ist, aber sonderbarerweise ist es kein Fideikommiss. Sie sehen also, wie wir stehen, und die Frage ist, wie steht der Alte zu seinem Sohn?"

„Steht er gut mit ihm, so steht es mit Ihnen umso besser", bemerkte Pater Brown. „Nein, ich fürchte, ich kann Ihnen nicht helfen. Ich bin nie mit Sir John Musgrave zusammengekommen, und er soll ja mit den Jahren immer menschenscheuer geworden sein. Aber Sie müssen sich natürlich über diesen Punkt vergewissern, bevor Sie dem jungen Herrn das Geld Ihrer Firma leihen. Hat er etwa Aussicht, enterbt zu werden?"

„Das weiß ich eben nicht", antwortete der Advokat. „Er ist sehr bekannt und als guter Gesellschafter geschätzt, aber er ist viel auf Reisen, und dann ist er Journalist gewesen."

„Nun, das ist kein Verbrechen."

„Reden Sie keinen Unsinn!", fuhr Granby drein. „Sie wissen ganz gut, was ich sagen will. Er ist ein rollender Stein, ist Journalist, Vortragskünstler, Schauspieler und alles Mögliche gewesen. Ich muss wissen, wie ich dran bin … da ist er ja."

Und der Anwalt, der ungeduldig in der ziemlich leeren Galerie auf und ab gegangen war, drehte sich plötzlich zur Tür und stürzte in den stärker besuchten Hauptraum. Er lief auf den großen und elegant gekleideten jungen Mann mit dem kurzen Haar und dem spanischen Bart zu.

Die beiden gingen, in einer Unterhaltung begriffen, zusammen fort, und Pater Brown folgte ihnen mit seinen zusammengekniffenen, kurzsichtigen Augen nach. Sein Blick wurde jedoch durch die stürmische und sogar lärmende Ankunft seiner Nichte Betty von ihnen abgelenkt. Zur Überraschung ihres Onkels führte sie ihn in den leereren Raum zurück und pflanzte ihn auf einen Stuhl, der wie eine Insel aus diesem Parkettmeer ragte.

„Ich muss dir etwas erzählen", sagte sie. „Es ist so sonderbar, dass es ein anderer gar nicht verstehen wird."

„Du überwältigst mich", sagte Pater Brown. „Handelt es sich um die Sache, die mir deine Mutter angedeutet hat? Verlobungen und dergleichen?"

„Du weißt", sagte sie, „dass sie mich mit Hauptmann Musgrave verloben will."

„Keine Ahnung", sagte Pater Brown resigniert, „aber Hauptmann Musgrave scheint ein sehr beliebtes Gesprächsthema zu sein."

„Wir sind sehr arm, und es hat keinen Zweck, vor dieser Tatsache die Augen zu verschließen."

„Möchtest du ihn gern heiraten?", fragte Pater Brown, sie mit halb geschlossenen Augen ansehend.

Sie zog die Brauen zusammen, blickte auf den Boden und sagte mit leiserer Stimme:

„Ich dachte, er wäre mir sympathisch. Wenigstens denke ich, dass ich das dachte. Aber ich habe soeben einen Schrecken bekommen."

„Was für einen Schrecken?"

„Ich hörte ihn lachen."

„Ein ausgezeichnetes Gesellschaftsspiel", bemerkte Pater Brown.

„Du verstehst nicht recht", fuhr die Nichte fort. „Es war eben kein Gesellschaftsspiel. Das ist's ja eben – er lachte nicht in Gesellschaft." Sie hielt einen Augenblick inne.

„Ich kam ziemlich früh her und sah ihn ganz allein in jenem Saale sitzen, in dem die neuen Bilder hängen. Der Saal war noch leer. Er ahnte nicht, dass jemand in der Nähe war. Er saß ganz allein und lachte."

„Nun, das ist nicht weiter erstaunlich", sagte Pater Brown.

„Ich bin kein Kunstkritiker, aber wenn man sich die Bilder so ansieht –"

„Oh, du willst mich nicht verstehen", sagte sie fast wütend.

„So klang das Lachen nicht. Er sah gar nicht auf die Bilder.

Er starrte zur Decke empor, aber seine Augen schienen sich nach innen zu kehren, und er lachte so, dass mich gruselte."

Der Priester hatte sich erhoben und ging, die Hände auf den Rücken gelegt, im Saale auf und ab. „Du darfst in einem solchen Falle nicht voreilig sein", begann er. „Es gibt zwei Arten von Menschen – aber wir können jetzt kaum über ihn sprechen, denn da ist er."

Hauptmann Musgrave trat rasch in den Saal und überflog ihn mit einem Lächeln. Der Advokat Granby war dicht hinter ihm, und sein strenges Juristengesicht trug einen neuen Ausdruck der Erleichterung und Befriedigung.

„Ich nehme alles, was ich über Musgrave gesagt habe, zurück", sagte er zu dem Priester, als sie zusammen zur Tür gingen. „Er ist ein sehr vernünftiger Mann und versteht meinen Standpunkt durchaus. Er fragte mich selbst, warum ich nicht nach Northumberland führe und mit seinem alten Vater spräche, dann könnte ich aus dessen eigenem Munde hören, wie es mit der Erbschaft bestellt sei. Einen besseren Vorschlag konnte er mir doch nicht machen. Aber er hat es mit dem Geld so eilig, dass er mir anbot, mich in seinem eigenen Auto nach Schloss Musgrave zu fahren. Ich machte ihm den Vorschlag, dass wir vielleicht zusammen fahren könnten, wenn er nichts dagegen hätte. Und morgen früh soll es losgehen."

Während sie sprachen, erschienen Betty und der Hauptmann in der Tür und gaben in diesem Rahmen wenigstens ein Bild, das sentimentale Seelen vielleicht den Kegeln und Zylindern vorziehen konnten. Was die beiden auch sonst gemeinsam haben mochten, sie sahen beide gut aus. Der Rechtsanwalt wollte gerade über diese nicht wegzuleugnende Tatsache eine Bemerkung machen, als sich das Bild plötzlich änderte.

Hauptmann James Musgrave sah in den Hauptsaal, und seine lachenden und triumphierenden Augen blieben an etwas haften, das ihn von Kopf bis Fuß zu verwandeln schien. Pater Brown blickte wie in einer bangen Vorahnung in dieselbe Richtung und sah das gesenkte Gesicht der in Rot gekleideten Frau, das unter der gelben Löwenmähne fast totenbleich erschien. Sie stand da, leicht gebeugt wie ein Stier, der seine Hörner senkt, und der Ausdruck ihres bleichen, teigigen Gesichts war so bedrückend und so hypnotisch bannend, dass man den neben ihr stehenden kleinen Mann mit dem großen Bart kaum bemerkte.

Musgrave ging fast wie eine aufgezogene, wandelnde Wachsfigur auf sie zu. Er flüsterte ihr etwas zu, das man nicht hören konnte. Sie antwortete nicht, aber sie gingen zusammen durch den langen Saal und schienen miteinander zu debattieren, der kleine stiernackige Mann schlich wie ein grotesker, koboldartiger Page hinterdrein.

„Gott sei uns gnädig!", murmelte Pater Brown, der ihnen mit zusammengezogenen Brauen nachsah. „Wer ist diese Frau?"

„Ist mir glücklicherweise völlig unbekannt", erwiderte Granby mit grimmigem Humor. „Sieht so aus, als ob ein kleiner Flirt mit ihr unheilvoll enden könnte, nicht wahr?"

„Ich glaube nicht, dass er mit ihr flirtet", sagte Pater Brown. Kaum hatte er das gesagt, so ging die kleine Gruppe am Ende des Saals auseinander, und Hauptmann Musgrave kehrte mit hastigen Schritten zu ihnen zurück.

„Zu meinem größten Bedauern", sagte er in ganz natürlichem Ton, dem jedoch seine veränderte Gesichtsfarbe nicht entsprach, „kann ich morgen mit Ihnen nicht nach Norden fahren, Herr Granby. Sie können natürlich trotzdem meinen

Wagen haben. Bitte nehmen Sie ihn, ich brauche ihn nicht. Ich muss einige Tage in London bleiben. Wenn Sie Gesellschaft haben wollen, so nehmen Sie jemanden mit."

„Mein Freund, Pater Brown …", begann der Rechtsanwalt.

„Wenn Sie nichts dagegen haben, bin ich gern bereit", sagte Pater Brown ernst. „Ich darf vielleicht zur Erklärung bemerken, dass ich meinerseits an Herrn Granbys Nachforschungen ein wenig interessiert bin, und es würde mir eine große Beruhigung sein, wenn ich mitfahren könnte."

So kam es, dass am nächsten Tag ein sehr eleganter Wagen mit einem ebenso eleganten Chauffeur über die weiten Moorflächen Yorkshires schoss, besetzt mit zwei recht ungleichen Fahrgästen, einem Priester, der wie ein schwarzes Stoffbündel aussah, und einem Rechtsanwalt, der gewohnt war, anstatt auf anderer Leute Rädern einherzujagen, auf seinen eigenen Füßen zu laufen.

Sie unterbrachen ihre Reise sehr angenehm in einem der großen Flachtäler von West Riding, speisten und schliefen in einem guten Gasthof, brachen am nächsten Morgen sehr früh auf und fuhren an der northumbrischen Küste entlang, bis sie eine Landschaft erreichten, die ein tolles Durcheinander von Sanddünen und üppigen Weiden war; irgendwo im Herzen dieser Landschaft lag das alte Grenzschloss, das als ein so einzigartiges und doch so verborgenes Denkmal der alten Grenzkriege übrig geblieben war. Nach langem Suchen fanden sie es schließlich, indem sie einem sich weit ins Land erstreckenden Meeresarm und schließlich einem Wasserlauf folgten, der wie ein nicht fertig gewordener Kanal aussah und in dem Wallgraben des Schlosses endete. Das Schloss war eine richtige viereckige, zinnenbewehrte Burg von der typischen Art, in der die Normannen überall von Palästina bis nach Schottland ihre festen Plätze erbauten. Es hatte wirklich und wahrhaftig ein Fallgitter und eine Zugbrücke, auf diese Tatsache wurden die Ankömmlinge durch einen Zwischenfall, der ihren Eintritt verzögerte, in sehr drastischer Weise hingewiesen.

Sie wateten durch langes hartes Gras und Disteln zum Rande des Grabens, der, von welken Blättern und Schaumteilchen bedeckt, wie ein Band aus goldgeschmücktem Ebenholz die Mauern umschloss. Der Wassergraben war etwa zwei Meter breit, auf der anderen Seite ragten jenseits des grünen Rasenstreifens die großen Pfeiler des Torweges auf. Aber dieses einsame weite Gebäude stand anscheinend so wenig mit der Außenwelt in Verbindung, dass die auf das ungeduldige Rufen Granbys hinter dem Fallgitter undeutlich sichtbar werdenden Gestalten die größte Mühe zu haben schienen, die rostige Zugbrücke niederzulassen. Sie ratterte halbwegs herunter, schwankte wie ein großer fallender Turm über dem Graben und blieb dann stecken. Granby, der vor Ungeduld am Graben tanzte, rief seinem Begleiter zu:

„Oh, diese langsame Zugbrückenwirtschaft geht mir auf die Nerven. Es ist einfacher, wenn wir hinüberspringen."

Und mit charakteristischem Ungestüm setzte er zum Sprunge an und landete mit leichtem Straucheln am anderen Ufer. Pater Brown mit seinen kurzen Beinen war weniger zum Springen geschaffen, umso mehr aber dazu, mit tüchtigem Plumps in sehr schlammiges Wasser zu fallen. Durch schnelles Zufassen seines Begleiters entging er einem allzu nassen Bade. Aber als er auf das grüne glitschige Ufer gezogen wurde, bückte er sich nieder und starrte eine Weile auf einen Fleck des Uferabhanges.

„Botanisieren Sie?", fragte Granby ärgerlich. „Nach Ihrem missglückten Versuch, als Taucher die Wunder der Tiefe zu erforschen, haben wir keine Zeit mehr, seltene Pflanzen zu sammeln. Kommen Sie, dreckig oder nicht dreckig, wir müssen dem Baron unsere Aufwartung machen."

Als sie ins Schloss eingedrungen waren, wurden sie von einem alten Diener, dem einzigen lebenden Wesen, das zu sehen war, mit geziemender Höflichkeit empfangen und, nachdem sie ihm den Zweck ihres Besuches auseinandergesetzt hatten, in ein eichengetäfeltes Zimmer geleitet, dessen mittelalterliche Fenster vergittert waren. Waffen aus verschiedenen Jahrhunderten hingen, immer in zwei sich entsprechenden Exemplaren, an den dunklen Wänden, und eine vollständige Rüstung aus dem vierzehnten Jahrhundert stand wie eine Schildwache neben dem großen Kamin. In einem anstoßenden großen Raum konnte man durch die halb offene Tür die stark nachgedunkelten Porträts der Ahnengalerie sehen.

„Es ist mir zumute, als wäre ich in einen Ritterroman und nicht in ein Haus geraten", sagte der Rechtsanwalt. „Ich hatte keine Ahnung, dass es derartige Illustrationen zu den ‚Geheimnissen Udolphos' gab."

„Ja, der alte Herr führt seinen historischen Spleen mit großer Konsequenz durch", antwortete der Priester. „Und alle diese Sachen sind echt. Man sieht, sie sind nicht von jemandem aufgestellt, der glaubt, alle mittelalterlichen Menschen hätten zur selben Zeit gelebt. Manchmal sind Rüstungen aus verschiedenen Stücken zusammengesetzt und bedecken nur einzelne Körperteile, aber die da nahm einen ganzen Mann auf und bedeckte ihn vom Kopf bis zu den Füßen. Es ist eine richtige Turnierrüstung."

„Der Baron scheint uns in einer solchen Rüstung empfangen zu wollen, so lange lässt er uns warten", brummte Granby.

„An einem solchen Orte muss man auf Langsamkeit in allen Dingen gefasst sein", sagte Pater Brown. „Es ist dem alten Herrn schon hoch anzurechnen, dass er uns überhaupt empfängt: zwei Menschen, die ihm gänzlich fremd sind und ihn über Dinge sehr persönlicher Natur ausfragen wollen."

Und wirklich, als der Herr des Hauses endlich erschien, konnten sie sich über ihren Empfang nicht beklagen, sie waren erstaunt zu sehen, dass er in dieser barbarischen Einsamkeit und nach so vielen Jahren ländlicher Zurückgezogenheit und griesgrämigen Brütens die angeborene und überlieferte Kultur des Umgangs mit Menschen würdevoll und mühelos zum Ausdruck bringen konnte. Der Baron schien über den seltenen Besuch weder überrascht noch verwirrt zu sein. Es mochte sein, dass er ein halbes Menschenalter hindurch keinen Gast mehr im Hause gehabt hatte, und doch betrug er sich, als wenn er erst im Augenblick zuvor Herzoginnen zur Tür hinauskomplimentiert hätte. Er zeigte weder Verschlossenheit noch Ungehaltenheit, als sie den sehr heiklen und sehr privaten Grund ihres Kommens berührten. Nach kurzer, ruhiger Überlegung schien er ihre Neugierde unter den vorliegenden Umständen als gerechtfertigt anzuerkennen. Er war ein hagerer, scharfäugiger alter Herr mit schwarzen Augenbrauen und einem langen Kinn, und wenn auch sein sorgfältig gekräuseltes Haar zweifellos eine Perücke war, so war er doch so verständig, die graue Perücke eines älteren Mannes zu tragen.

„Was die Frage anbetrifft, die Sie unmittelbar berührt", sagte er, „so ist die Antwort in der Tat sehr einfach. Ich habe die feste Absicht, mein Eigentum meinem Sohn zu hinterlassen, wie es mein Vater mir hinterlassen hat, und nichts – ich sage ausdrücklich nichts – könnte mich veranlassen, meinen Entschluss zu ändern."

„Ich bin Ihnen für diese Aufklärung zu tiefem Dank verpflichtet", antwortete der Rechtsanwalt. „Aber Ihre Liebenswürdigkeit ermutigt mich, Sie darauf aufmerksam zu machen, dass die Bedingungslosigkeit Ihrer Zusage außerordentlich ist. Ich will es gewiss nicht im Geringsten als wahrscheinlich hinstellen, dass das Benehmen Ihres Sohnes Sie veranlassen könnte, Ihren Entschluss zu ändern, weil er Ihnen als Erbe nicht geeignet erschiene. Aber er könnte doch …"

„Ganz richtig", sagte Sir John Musgrave sarkastisch, „er könnte! Der Potenzialis dürfte in diesem Falle sogar eine Unterschätzung vorhandener Möglichkeiten sein. Wollen Sie die Güte haben, mit mir einen Augenblick in das nächste Zimmer zu treten."

Er führte sie in das lange Zimmer mit der Ahnengalerie, die sie schon flüchtig gesehen hatten, und blieb voll feierlichem Ernst vor einer Reihe der geschwärzten, rissigen Porträts stehen.

„Dies hier ist Sir Roger Musgrave", sagte er und zeigte auf einen Mann mit langem Gesicht und schwarzer Perücke. „Er war einer der gemeinsten Lügner und Schurken in der schurkischen Zeit Wilhelms von Oranien. Er hat zwei Könige verraten und zwei Frauen ermordet oder wenigstens zu Tode befördert. Dies hier ist sein Vater, Sir Robert, ein alter Kavalier ohne Furcht und Tadel. Dies hier ist sein Sohn, Sir James, einer der edelsten Streiter, die unter Jakob dem Zweiten für ihren Glauben ihr Leben gelassen haben, und einer der ersten, die den Versuch gemacht haben, für die Kirche und die Armen eine Wiedergutmachung der ihnen zugefügten Schäden zu erlangen. Bedeutet es etwas, dass die Macht, die Ehre, das Ansehen des Hauses Musgrave von einem guten Menschen zum anderen durch das Verbindungsglied eines schlechten übergegangen sind? Eduard der Erste regierte England gut. Eduard der Dritte bedeckte England mit Ruhm. Und doch stand zwischen beiden der schändliche und unfähige zweite Eduard, der vor Gaveston kroch und vor Bruce flüchtete. Glauben Sie mir, Herr Granby, die Größe eines großen Hauses und einer großen Geschichte ist etwas mehr als diese zufälligen Einzelpersonen, die sie fortsetzen, wenn sie auch beiden keine Ehre machen. Unser Besitz ist stets vom Vater auf den Sohn übergegangen, und so soll es weiter bleiben. Sie können versichert sein, meine Herren, und Sie können auch meinem Sohn diese Versicherung geben, dass ich mein Geld nicht in die vier Winde hinausstreuen, sondern dem legitimen Erben vermachen werde. Bis der Himmel einstürzt, soll es jeder Musgrave einem Musgrave hinterlassen."

„Ja", sagte Pater Brown nachdenklich. „Ich verstehe, was Sie sagen wollen."

„Und es wird uns ein besonderes Vergnügen sein", fügte der Anwalt hinzu, „eine solch frohe Botschaft Ihrem Sohn zu übermitteln."

„Jawohl, Sie können ihm das ausrichten", sagte der Baron ernst. „Er wird auf jeden Fall das Schloss, den Titel, das Land und das Geld bekommen. Unter dieses Abkommen ist nur eine kleine Fußnote rein privater Natur zu setzen. Unter keinen Umständen werde ich, solange ich lebe, ihn jemals empfangen oder mit ihm sprechen."

Der Rechtsanwalt verharrte in derselben respektvollen Haltung, aber in seinen Augen machte sich ein respektvolles Erstaunen bemerkbar.

„Aber was hat er denn nur …"

„Außer dem Bewahrer einer großen Erbschaft", sagte Musgrave, „bin ich auch noch mit oder ohne Erbschaft Gentleman. Und mein Sohn hat etwas so Entsetzliches getan, dass er aufgehört hat – das Wort Gentleman will ich in diesem Zusammenhang gar nicht in den Mund nehmen –, dass er aufgehört hat, ein menschliches Wesen zu sein. Er hat das schlimmste aller Verbrechen begangen. Erinnern Sie sich, was Douglas sagte, als Marmion, sein Gast, ihm die Hand geben wollte?"

„Ja", sagte Pater Brown.

„Meine Schlösser gehören von der Zinne bis zum Grundstein meinem König, aber meine Hand gehört mir", sagte Musgrave. Er führte seine ziemlich verdutzten Gäste wieder in das andere Zimmer.

„Darf ich Ihnen etwas anbieten?", sagte er in derselben gleichmütigen Art. „Wenn Sie nicht sofort wieder abfahren wollen, würde es mir ein Vergnügen sein, Sie für die Nacht im Schloss zu beherbergen."

„Wir danken Ihnen, Sir John", sagte der Priester mit tonloser Stimme, „aber ich glaube, es ist besser, wenn wir gehen."

„Ich werde sofort die Brücke niedersenken lassen", sagte Sir John, und nach ganz kurzer Zeit füllte das Quietschen dieses mächtigen und lächerlich veralteten Apparates das Schloss, es schien sich plötzlich in eine Mühle verwandelt zu haben. So rostig die Brücke auch war, dieses Mal funktionierte sie ohne Störung, und bald standen sie wieder auf dem grasigen Ufer jenseits des Festungsgrabens.

Granby wurde plötzlich von einem Schauder geschüttelt.

„Was kann sein Sohn nur getan haben?", rief er.

Pater Brown gab keine Antwort. Aber als sie in ein nicht weit abgelegenes Dorf namens Graystones gekommen waren und dort im Gasthof zu den Sieben Sternen haltmachten, war der Rechtsanwalt denn doch ein wenig überrascht, als er merkte, dass der Priester nicht die Absicht hatte weiterzufahren, dass er mit anderen Worten anscheinend die Absicht hatte, in der Nähe zu bleiben.

„Ich kann mich mit dieser Auskunft nicht begnügen", sagte er ernst. „Ich werde den Wagen zurücksenden. Sie werden natürlich möglichst schnell mit ihm nach Hause kommen wollen. Ihre Frage ist beantwortet. Bei Ihnen handelt es sich darum, ob Ihre Firma dem jungen Musgrave das Geld leihen kann. Aber meine Frage ist nicht beantwortet, ich muss wissen, ob er sich als Mann für meine Nichte Betty eignet. Ich muss zu entdecken suchen, ob er wirklich ein Verbrechen begangen hat oder ob dieses Verbrechen nur in der Einbildung eines Wahnsinnigen besteht."

„Aber wenn Sie über ihn etwas entdecken wollen", warf der Rechtsanwalt ein, „wäre es doch besser, den Spuren des jungen Musgrave zu folgen, anstatt in diesem öden Neste zu bleiben, das er kaum betreten wird."

„Was hätte es für einen Zweck, hinter ihm herzulaufen?", sagte Pater Brown. „Soll ich etwa in Bond Street auf ihn zugehen und ihn fragen: ‚Verzeihung, haben Sie vielleicht ein so entsetzliches Verbrechen begangen, dass man Sie nicht mehr als Mensch ansehen kann?' Wenn er schlecht genug ist, ein solches Verbrechen zu begehen, so ist er sicher schlecht genug, es zu leugnen. Wir wissen nicht, was er verbrochen hat.

Das kann mir nur einer verraten, und vielleicht wird er das in einem neuen Ausbruch der Entrüstung tun. In seiner Nähe werde ich mich vorläufig aufhalten."

Und tatsächlich hielt sich Pater Brown in der Nähe des exzentrischen Barons und traf ihn mehr als einmal, wobei auf beiden Seiten mit der äußersten Höflichkeit operiert wurde. Der Baron war trotz seiner Jahre sehr kräftig und ging viel spazieren. Man sah ihn oft im Dorf und auf dem Felde. Schon einen Tag nach seiner Ankunft bemerkte Pater Brown, als er aus dem Gasthof auf den Marktplatz trat, seine große vornehme Gestalt, die sich in der Richtung auf das Postamt zubewegte. Er war sehr einfach in Schwarz gekleidet, aber sein scharf geschnittenes Gesicht trat in dem starken Sonnenschein markant hervor; mit dem silbernen Haar, den dunklen Augenbrauen und dem langen Kinn erinnerte der Baron an Henry Irving oder einen anderen berühmten Schauspieler. Trotz des altersgrauen Haares machte seine Gestalt sowohl wie sein Gesicht den Eindruck jugendlicher Kraft, er trug seinen Stock wie einen Knüttel, nicht wie eine Krücke. Er begrüßte den Priester und trug gar kein Bedenken, auf den Punkt zurückzukommen, bei dem er am Tage vorher bei seinen Enthüllungen stehen geblieben war.

„Wenn Sie sich noch für meinen Sohn interessieren", sagte er, das Wort mit eisiger Gleichgültigkeit aussprechend, „so werden Sie nicht viel von ihm zu sehen bekommen. Er hat soeben England verlassen. Unter uns gesagt, er ist aus England geflohen."

„Was Sie nicht sagen!", erwiderte Pater Brown und sah ihn ernst und durchdringend an.

„Leute, von denen ich niemals gehört habe, Grunow mit Namen, wollten von mir seinen Aufenthalt wissen, und ich will ihnen gerade ein Telegramm schicken und ihnen mitteilen, dass er, soviel ich weiß, in Riga ist und Briefschaften nur postlagernd empfängt. Selbst jetzt macht er einem noch Schereien. Ich wollte gestern schon depeschieren, kam aber fünf Minuten zu spät zur Post. Bleiben Sie länger hier? Hoffentlich werden Sie mich noch einmal besuchen."

Als der Priester dem Rechtsanwalt von dieser Unterredung mit dem alten Musgrave berichtete, war Granby erstaunt und interessiert zugleich.

„Warum ist der junge Musgrave geflohen?", fragte er. „Was sind das für Leute, die sich nach ihm erkundigen? Wer sind diese Grunows?"

„Warum er geflohen ist, weiß ich nicht", erwiderte Pater Brown. „Möglicherweise ist sein geheimnisvolles Verbrechen ans Licht gekommen. Ich möchte wohl die Vermutung wagen, dass die Leute, die ihn suchen, Erpresser sind. Wer diese Grunows sind, glaube ich zu wissen. Diese scheußliche fette Frau mit dem gelben Haar ist wohl Frau Grunow, und der kleine Mann, der sie begleitete, ist vielleicht ihr Gatte."

Am nächsten Tage kam Pater Brown ziemlich abgespannt nach Hause und legte seinen kurzen Regenschirm nieder wie ein Pilger seinen Stab. Er sah etwas niedergeschlagen aus. Aber das war oft bei ihm zu beobachten, wenn er ein geheimnisvolles Verbrechen der Aufklärung nahegebracht hatte. Er war nicht niedergeschlagen, weil ihm die Aufklärung misslungen, sondern weil sie ihm gelungen war.

„Es ist furchtbar", sagte er mit matter Stimme, „aber ich hätte es gleich ahnen sollen. Mir hätte schon ein Licht aufgehen sollen, als ich ins Zimmer trat und das Ding da stehen sah."

„Als Sie was sahen?", fragte Granby ungeduldig.

„Als ich sah, dass nur eine Rüstung vorhanden war", antwortete Pater Brown.

Der Rechtsanwalt starrte ihn mit halb offenem Munde an. Nach einer Weile fuhr Pater Brown fort:

„Neulich in der Galerie war ich gerade dabei, meiner Nichte zu sagen, dass die Menschen, die allein lachen können, von zweierlei Art sind. Man könnte fast sagen, der Mensch, der allein lacht, ist entweder sehr gut oder sehr schlecht. Er vertraut den Spaß entweder Gott oder dem Teufel an. Aber jedenfalls hat er ein inneres Leben. Es gibt wirklich Menschen, die ihren Spaß mit dem Teufel teilen. Es liegt ihnen nicht nur daran, dass kein anderer Mensch an dem Spaß teilnimmt, darf doch ein anderer diesen Spaß nicht einmal ahnen. Der Spaß an und für sich genügt ihnen, wenn er genügend unheimlich und böse ist."

„Aber wovon sprechen Sie denn überhaupt?", fragte Granby. „Von wem sprechen Sie? Wer teilt einen unheimlichen Spaß mit Seiner satanischen Majestät?"

Pater Brown sah ihn mit einem geisterhaften Lächeln an.

„Ah", sagte er, „das ist eben der Spaß!"

Das Schweigen, das jetzt einsetzte, war bedrückend, es schien sie zu umgeben wie das Zwielicht, das langsam immer dunkler und dunkler wurde. Pater Brown saß unbeweglich da, die Ellbogen auf dem Tisch, und als er fortfuhr zu sprechen, war auch in seiner Stimme keine Bewegung.

„Ich bin die Reihe der Musgraves durchgegangen", sagte er. „Sie sind eine kräftige und langlebige Rasse, und ich glaube, selbst bei natürlichem Verlauf müssten Sie ziemlich lange auf Ihr Geld warten."

„Darauf sind wir gefasst", antwortete der Rechtsanwalt, „aber ewig kann es ja nicht dauern. Der alte Mann ist fast achtzig, obgleich er noch umherläuft und die Leute hier sagen, sie glauben nicht, dass er jemals sterben wird."

Pater Brown sprang mit einer seiner seltenen, aber schnellen Bewegungen auf, ließ jedoch die Hände auf dem Tisch, beugte sich vor und blickte dem Rechtsanwalt ins Gesicht.

„Das ist's", rief er mit leiser, aber erregter Stimme. „Das ist das ganze Problem. Das ist die einzige wirkliche Schwierigkeit. Wie wird er sterben? Wie um Himmelswillen soll er sterben?"

„Ich verstehe Sie nicht, was wollen Sie damit sagen?", fragte Granby.

„Ich will sagen", tönte die Stimme des Priesters aus dem Dunkel, „dass ich das von James Musgrave begangene Verbrechen kenne."

Seine Stimme klang so unheimlich, dass Granby kaum einen Schauder unterdrücken konnte, er murmelte noch eine Frage.

„Es war wirklich das schlimmste Verbrechen, das es auf der Welt gibt", sagte Pater Brown. „Wenigstens hielten es verschiedene Völker und verschiedene Zeiten für das schlimmste aller Verbrechen. Seit den frühesten Zeiten wurde es bei Stämmen und Völkern auf das schrecklichste bestraft. Ich weiß jetzt, was der junge Musgrave getan hat und warum er es tat."

„Und was hat er getan?", fragte der Rechtsanwalt.

„Er hat seinen Vater ermordet", antwortete der Priester.

Nun erhob sich auch der Rechtsanwalt und blickte mit zusammengezogenen Brauen über den Tisch.

„Aber sein Vater ist im Schloss", rief er in scharfem Ton.

„Sein Vater liegt im Wassergraben", sagte der Priester, „und ich begreife nicht, dass ich das nicht gleich erkannt habe, als mir etwas an dieser Rüstung auffiel. Erinnern Sie sich, wie das Zimmer aussah? Wie sorgfältig alles angeordnet und gestellt war? Zwei gekreuzte Schlachtäxte hingen an der einen Seite des Kamins, zwei an der anderen. An einer Wand hing ein runder schottischer Schild, ein gleicher Schild an der anderen. An einer Seite des Kamins stand eine vollständige Rüstung, die andere Seite war leer. Nichts wird mich glauben lassen, dass ein Mann, der das ganze Zimmer in solch einer übertriebenen Symmetrie ausstattete, diesen einen Platz, der dazu noch sehr in die Augen fiel, unsymmetrisch ließ. Es war sicher noch eine andere Rüstung vorhanden. Und was ist aus ihr geworden?"

Er hielt einen Augenblick ein und fuhr dann mehr in der sachlichen Art eines Berichterstatters fort.

„Wenn Sie sich alles überlegen, so war der Plan gut angelegt und löste das kitzlige Problem der Entfernung der Leiche. Der Tote konnte stunden-, ja tagelang in der geschlossenen Rüstung stehen, während Diener ein- und ausgingen, bis der Mörder ihn in dunkler Nacht herausschleppen und ihn im Graben versenken konnte, ohne über die Brücke zu müssen. Und wie gut war er dann gegen Entdeckung geschützt! Sobald der Körper in dem stehenden Wasser verfault war, blieb nichts mehr übrig als ein Skelett in einer Rüstung aus dem vierzehnten Jahrhundert, und was konnte man anders in dem Wassergraben einer alten Grenzburg erwarten! Es war unwahrscheinlich, dass jemand dort nach etwas suchte, aber wenn man suchte, so würde man über diesen Fund nicht in Erstaunen geraten. Mir war noch etwas anderes aufgefallen. Als ich über den Graben gesprungen war und auf den Boden blickte, fragten Sie mich, ob ich botanisierte. Ich sah die Eindrücke zweier Füße, die so tief in den festen Rasen eingesunken waren, dass ich überzeugt war, der Mann müsse entweder sehr schwer gewesen sein oder einen sehr schweren Gegenstand getragen haben. Ich habe aber auch aus meinem prächtigen katzengleichen Sprunge über den Graben noch etwas anderes gelernt."

„Mein Kopf dreht sich", sagte Granby, „aber ich verstehe jetzt langsam, um was es sich handelt. Und was ist es mit Ihrem Sprung?"

„Am Postamt habe ich mich heute erkundigt", sagte Pater Brown, „wann dort geschlossen wird, und da der Baron mir gestern sagte, er habe an dem Tage, als wir ankamen, ein Telegramm aufgeben wollen, sei aber einige Minuten zu spät gekommen, so habe ich festgestellt, dass er zur selben Zeit dort gewesen sein muss, als wir vor der halb herabgelassenen Zugbrücke standen. Verstehen Sie, was das bedeutet? Es bedeutet, dass er nicht im Schloss war, als wir ankamen, und dass er eintraf, als wir warteten. Darum mussten wir so lange warten. Und als ich mir hierüber klar wurde, sah ich plötzlich ein Bild, das mir die ganze Geschichte enthüllte."

„Ja, und was für ein Bild?", fragte der andere ungeduldig.

„Ein alter Mann von achtzig Jahren kann spazieren gehen", sagte Pater Brown. „Ein alter Mann kann sogar ziemlich weite Wege zurücklegen. Aber ein alter Mann kann nicht springen. Er würde sogar noch weniger elegant über den Graben setzen als ich. Aber wenn der Baron zurückkam, während wir warteten, muss er auf demselben Wege hineingelangt sein wie wir – durch Überspringen des Wassergrabens – denn die Brücke wurde erst später niedergelassen. Ich glaube, er hatte den

Mechanismus selbst in Unordnung gebracht, um unbequeme Besucher aufzuhalten, denn sonst hätte sie nicht so schnell repariert werden können. Aber das ist nicht von Wichtigkeit. Als ich dieses Bild vor meinen Augen sah – die schwarze Gestalt mit dem grauen Haar zum Sprunge über den Graben ansetzend –, wusste ich sofort, dass der Springer ein junger Mann war, der sich als Greis verkleidet hatte. Da haben Sie die ganze Geschichte."

„Sie meinen", sagte Granby leise, „dass dieser nette junge Mann seinen Vater ermordete, den Leichnam in der Rüstung verbarg, diese in den Wassergraben warf, sich verkleidete und so weiter?"

„Sie hatten eine große Ähnlichkeit", sagte der Priester. „Sie konnten an den Familienporträts sehen, wie stark die Ähnlichkeit war. Sie sprechen von seiner Verkleidung. Aber in gewissem Sinne ist jedermanns Kleidung eine Verkleidung. Der alte Mann verkleidete sich mit einer Perücke, und der junge mit einem spanisch zugestutzten Bart. Als er sich rasierte und die Perücke auf seinen kurz geschorenen Kopf stülpte, sah er genau aus wie sein Vater, wenn er seine Züge mit ein wenig Schminke ins Greisenhafte verzog. Sie verstehen nun seine höfliche Einladung, zur Reise seinen Wagen zu benutzen. Er bot Ihnen den Wagen an, weil er selbst am Abend mit dem Zuge fahren wollte. Er kam eher an als Sie, beging sein Verbrechen, verkleidete sich und war für die Verhandlung bereit."

„Sie meinen also", sagte Granby, „dass der alte Baron diese Verhandlung ganz anders geführt hätte?"

„Er würde Ihnen offen erklärt haben, dass sein Sohn niemals einen Pfennig von ihm zu erwarten hätte. Der Mord war, so seltsam es klingt, wirklich der einzige Weg, Ihnen diese Aufklärung vorzuenthalten. Aber bedenken Sie die listige Verschlagenheit, die in seiner Erzählung lag. Sein Plan erfüllte zugleich verschiedene Zwecke. Diese Russen pressten wegen irgendeiner Schurkerei, von der sie Kenntnis hatten, Geld aus ihm heraus. Vielleicht hat er während des Krieges Landesverrat getrieben. Er entzog sich ihnen blitzartig, und wahrscheinlich suchen sie ihn jetzt in Riga. Aber das größte Raffinement lag darin, dass er seinen Sohn zwar als Erben, aber nicht als menschliches Wesen anerkannte. Das verschaffte ihm nicht nur das Geld, sondern bot auch eine Art Ausweg aus der größten Schwierigkeit, der er sich bald gegenüber sehen musste."

„Ich sehe verschiedene Schwierigkeiten", sagte Granby, „welche meinen Sie?"

„Wenn er den Sohn nicht enterbte, so musste es sehr sonderbar erscheinen, dass Vater und Sohn niemals zusammenkamen. Die Theorie eines persönlichen Abscheus behob diese Schwierigkeit. So blieb nur noch die eine übrig, die ihm wahrscheinlich jetzt Kopfzerbrechen macht. Wie um Himmelswillen soll der alte Mann sterben?"

„Ich weiß, wie er sterben sollte", sagte Granby.

Pater Brown schien in träumerisches Nachsinnen zu verfallen und fuhr dann in abstrakterer Art fort.

„Und doch hat die Sache noch einen tieferen Hintergrund", sagte er. „An dieser Theorie gefiel ihm etwas, das mehr – nun, mehr theoretisch ist. Es verschaffte ihm ein perverses intellektuelles Vergnügen, Ihnen in der Rolle des Vaters zu erzählen, dass er als Sohn ein Verbrechen begangen hatte – wo er wirklich seinen Vater ermordet hatte. Das ist die höllische Ironie, der Spaß, den er mit dem Teufel teilte. Was ich jetzt sage, klingt wie ein Paradox. Manchmal macht es teuflische Freude, die Wahrheit zu sagen, und vor allem sie so zu sagen, dass jeder sie missversteht. Darum gefiel ihm die Possenrolle, sich als einen anderen auszugeben und sich dann schwarz zu malen – wie er in Wirklichkeit war. Darum hörte ihn meine Nichte in der Gemäldegalerie vor sich hin lachen."

Granby fuhr auf wie jemand, der aus unwahrscheinlichen Regionen in den Alltag zurückversetzt wird.

„Ihre Nichte", rief er. „Wollte ihre Mutter sie nicht mit Musgrave verheiraten? Sie glaubte wohl, ihre Tochter reich und vornehm zu verheiraten?"

„Ja", sagte Pater Brown sarkastisch, „die Mutter wollte gern, dass Betty eine gute Partie machte."

Gilbert Keith Chesterton – ein christlicher Autor

> „Gott blickte auf alle Dinge und sah, dass sie gut waren."
> Dies enthält einen feinen Gedanken:
> Es ist die These, dass es keine bösen Dinge gibt, sondern böse Anwendungen der Dinge, nur böse Gedanken und besonders böse Vorsätze …
>
> *Gilbert Keith Chesterton*

Als Gilbert Keith Chesterton die Figur des Pater Brown erschuf, da war die Tradition des Krimis bereits über 70 Jahre alt. Große Detektive wie Sherlock Holmes oder Auguste Dupin waren längst erfunden und hatten unzählige Fans. Aber einen Geistlichen in die Rolle des Detektivs schlüpfen zu lassen – das hatte vor Chesterton noch niemand getan. Diese Idee war so ungewöhnlich, dass der erste Band mit Pater-Brown-Geschichten *The Innocence of Father Brown* (1911) in der deutschen Übersetzung schlicht *Priester und Detektiv* hieß.

Chesterton (1874–1936) stammt ursprünglich aus einer protestantischen Familie. Nach einigen Experimenten mit okkulten Praktiken besann er sich wieder stärker auf seinen christlichen Glauben und konvertierte 1922 zum Katholizismus. Zu dieser Zeit hatte er bereits zwei seiner fünf Bände mit Pater-Brown-Geschichten veröffentlicht, hatte sich also schon länger mit dem katholischen Glauben beschäftigt.

In der ersten Geschichte „Das blaue Kreuz" wird Pater Brown dem Leser als katholischer Geistlicher vorgestellt. Er ist klein und äußerlich unscheinbar, ja, er erweckt sogar den Eindruck eines einfältigen und äußerst ungeschickten Menschen: „Er hatte ein Gesicht so rund und nichtssagend wie ein Norfolkpudding, er hatte Augen so leer wie die Nordsee, und er trug einige braune Papierpakete, die beisammenzuhalten er völlig außerstande war." Er agiert scheinbar „mit der Einfalt eines Mondkalbs". Dieser Eindruck trügt jedoch gründlich. Es kommt immer wieder vor, dass Pater Brown von anderen Personen unterschätzt wird; sein Scharfsinn und seine Tatkraft sieht man ihm nicht an. Mit psychologischem Gespür klärt er die mysteriösesten Verbrechen auf. Dabei geht es Pater Brown nicht so sehr um Gerechtigkeit vor dem Gesetz, sondern darum, dass der Schuldige sein Gewissen erleichtern kann. Er ist Seelsorger durch und durch, und nicht jeder, der schuldig geworden ist, wird der Polizei übergeben.

Deutschsprachigen Lesern ist Chesterton vor allem durch seine Kriminalgeschichten bekannt. Deswegen wundert man sich vielleicht zunächst darüber, dass Papst Pius XI. Chesterton nach dessen Tod mit dem Titel Fideo defensor (Verteidiger des Glaubens) ehrte und dass seit 2013 ein Seligsprechungsprozess für den Schriftsteller vorbereitet wird. In England und in den USA ist Chesterton tatsächlich viel stärker als hierzulande für seine Essays bekannt, in denen er theologisch-philosophische Fragen erörtert und auf oft sehr pointierte Weise den Katholizismus und das Christentum verteidigt. Zu seinen

Arbeiten zählen auch Biografien über den hl. Franziskus und den hl. Thomas von Aquin. Die Vorbereitungen für eine Seligsprechung Chestertons werden von Bischof Peter Doyle von Northhampton geleitet. Vielleicht ist es ein günstiges Zeichen, dass Papst Franziskus ein Ehrenmitglied der argentinischen Chesterton Society ist.

So originell Chestertons Essays über die katholische Kirche sind, persönliche Erlebnisse klammert er dabei aus. In einem Aufsatz mit dem Titel „Warum ich Katholik bin" schreibt er, er hätte zwar das Thema auch persönlich behandeln und seine eigene Bekehrung schildern können, habe aber die Befürchtung, dass die Sache dadurch viel kleiner erscheine, als sie wirklich sei. Stattdessen schreibt er lieber darüber, wie der Katholizismus die Wahrheit verteidigt. An anderer Stelle argumentiert er, dass im Grunde jedes Thema mit Gott zu tun habe, egal ob man nun über Schweine oder über den Binomischen Lehrsatz spreche. Dinge überspitzt und dadurch besonders eindrücklich auszudrücken, ist Chestertons Stärke.